중소기업 박 대리는 강남 아파트를

어떻게 샀을까

중소기업 박 대리는
강남 아파트를
어떻게 샀을까

초판 1쇄 발행 | 2024년 9월 30일

지은이 | 산군 김리치
펴낸이 | 박영욱
펴낸곳 | 북오션

주　소 | 서울시 마포구 월드컵로 14길 62 북오션빌딩
이메일 | bookocean@naver.com
네이버포스트 | post.naver.com/bookocean
페이스북 | facebook.com/bookocean.book
인스타그램 | instagram.com/bookocean777
유튜브 | 쏠쏠TV · 쏠쏠라이프TV
전　화 | 편집문의: 02-325-9172　　영업문의: 02-322-6709
팩　스 | 02-3143-3964

출판신고번호 | 제 2007-000197호

ISBN 978-89-6799-839-4 (03810)

중소기업 박 대리는
강남 아파트를
어떻게 샀을까

산군 김리치
부동산 소설

목차

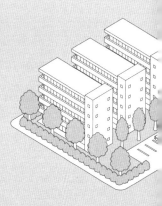

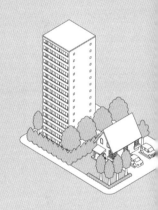

1장

자취나 할까

현우는 싸한 느낌에 잠자리에서 일어났다. 벌써 아침 여섯 시가 훌쩍 넘어 있었다.

'아, 알람 못 들었잖아. 조졌네. 회사 늦겠다.'

어제도 새벽 세 시가 넘도록 옆집 부부가 고성을 지르고 물건을 던지며 싸웠다. 그 소리가 벽을 넘어 현우 집까지 들리는 바람에 시끄러워서 도저히 잠들 수 없었다.

'옆집은 전부터 몇 번이나 조용히 하라고 해도 들어 처먹질 않네. 어휴, 이 빌라 사람들은 왜 이따구일까?'

예전에 살던 아파트가 경매로 넘어가지만 않았더라면 이런 삶이 있다는 건 몰랐을 거다. 그나마 LH에서 임대주택을 지원해 준덕에 이 정도라도 살아서 감사하긴 하지만, 아파트 살던 시절이 그

립기만 하다. 도둑 들고 물 새는 빌라살이 따위, 아무리 해도 익숙해지지 않는다. 언젠가는 다시 아파트를 사고야 말리라.

현우는 서둘러 출근 준비를 한다. 눈곱만 떼고 옷은 대충 걸쳐 입는다. 식탁에 어머니가 두신 샌드위치를 들고 헐레벌떡 집을 뛰쳐나갔다. 버스정류장까지 전속력으로 달려갔지만, 석남역 가는 버스는 야속하게도 바로 현우 눈앞에서 지나가 버린다.

'아, 저거 놓치면 25분 더 기다려야 되는데. 망했다. 지각이다. 강남에 조금만 더 가까운 데서 살아도 지금보다 훨씬 낫겠다. 꼴랑 월급 220만 원 받으려고 이게 웬 고생이야?'

현우는 인천 서구 석남동에서 어머니, 여동생과 함께 살고 있다. 서른이 되어 겨우 취업한 회사는 서울 서초구 서초동에 있다. 인천 집에서 서초동 회사까지 가는 출근길은 멀고도 험한 지옥길이다.

7호선 석남역에서 지하철을 탔다. 출근길은 종점이라 앉아서 갈 수 있어서 그나마 나은 편이다. 처음에는 책을 읽거나 자기계발도 해보려고 했지만, 입사한 지 겨우 석 달 만에 모자란 잠을 보충하기에도 버거울 지경이었다. 부평구청역이 되니 벌써 사람이 꽉 찬다. 잠 좀 자보려는데 현우 앞에 선 아저씨가 자꾸 현우 무릎을 민다.

'아, 왜 자꾸 치냐, 매너 없게. 짜증 나네.'

온수역이다. 발 디딜 틈 없는 열차 안으로 더 많은 사람이 와그

르르 들어왔다. 현우 앞에 서 있던 아저씨는 휘청거리다, 앉아있는 현우 무릎 위로 주저앉았다.

"으악, 죄송합니다."

아저씨는 현우에게 재빨리 사과하고 일어서려 했으나, 다음 역에 더 많은 사람이 밀고 들어와 현우의 무릎에 앉은 채 일어서질 못했다. 낯모르는 아저씨는 그렇게 현우 위에서 어색하게 몇 정거장이나 가다가 가산디지털단지역에서야 겨우 일어서서 연신 미안하다고 말하며 황급히 떠났다.

현우 가방 안의 샌드위치는 짓눌린 채 납작하게 찌그러져 있었다.

"오늘 회식입니다. 코로나 끝나고 첫 회식이니, 전원 참석하세요."

이 팀장의 통보에 현우는 짜증이 올라온다.

'회식 당일 통보 클라스 무엇? 코로나 때 회식 안 해서 좋았는데. 꼰대 회사라 빠질 수도 없고, 어휴.'

회식 장소는 서초동 회사 근처 술집이었다. 회식이 끝나고 근처에 사는 높으신 양반들은 편하게 들어가셨다. 현우도 비틀거리는 몸을 이끌고 대중교통에 몸을 실어 집으로 향했다.

인천 집에 도착하니 새벽 두 시다. 씻고 누우니 벌써 두 시 반인데, 내일 출근하려면 새벽 다섯 시 반에 일어나야 한다. 겨우 세 시간밖에 못 잔다. 억울한 마음에 짜증 섞인 생각이 솟구친다.

'나도 퇴근하면 누워서 넷플릭스 보고 쉬고 싶은데…. 운동 못 한

지도 너무 오래됐네. 근데 그럴 여유도 없다. 이게 사람 사는 건가?'

다들 이렇게 산다고는 하지만, 너무 힘들고 화가 난다. 억지로 잠을 청하려는데 또 벽 너머에서 옆집 싸우는 소리가 쩌렁쩌렁 울린다. 도저히 안 되겠다.

'에이씨, 자취나 할까?'

결국 현우는 회사 가까운 곳으로 자취방을 알아보기로 했다. 집을 사서 독립하는 게 꿈이지만, 자기 같은 중소기업 사원 처지에 강남에 집 사는 건 말도 안 된다는 것쯤은 안다. 현실은 월세다.

"바로 입주 가능한 집 중엔 이게 제일 컨디션이 좋아요."

부동산 중개사가 현우에게 오피스텔 물건을 보여주며 말했다.

"이 방은 얼마라고 하셨죠?"

"보증금 1,000에 월세 100이요. 이거 아니면 아까 보신 거, 그것도 1,000에 90은 주셔야 해요."

'장난 아니네. 겨우 이 방이 월세가 100만 원? 내 월급이 220인데? 거기다 관리비 15만 원은 별도잖아.'

아무리 강남 한복판 신논현역이라도 이 시세는 너무했다. 그 좁은 공간 안에 구색만 갖춘 가구들을 보니 더 답답해졌다. 창밖을 보니 바로 옆이 공사 중이다. 건물을 올리나 보다. 공사를 중단하라는 시뻘건 현수막이 그 맞은편 건물에 붙어있다.

"사장님, 여기 공사 중인데 시끄럽진 않나요?"

"전혀요. 그런 얘긴 없으시던데? 안 그래도 이 집도 아까 보고
간 분이 마음에 든다고 해서 금방 계약할 것 같아서요. 이거 하고
싶으면 빨리 결정하셔야 돼요. 오늘 100만 원이라도 입금되세요?"

"음…. 생각해 보고 연락드리겠습니다."

월세가 이렇게까지 비쌀 줄은 몰랐다. 현우는 집으로 돌아가는
지하철 안에서 직방 앱에 들어가 오피스텔 월세 매물을 뒤적거린
다. 오늘은 운이 나쁜지 부천이 지나도록 자리가 나지 않는다. 정

장에 구둣발로 내내 서 있으려니 고역이다. 매물까지 보고 온 터라 발이 유난히 더 아프다.

'왜 하필 우리 회사는 강남에 있을까? 어머니가 강남 회사가 기회가 많을 거라고 꼭 다니라고 하지만 않으셨어도 진작 때려치웠지. 쯧, 뻘생각 말고 매물이나 찾자.'

강남역 인근도 시세가 만만치 않다. 강남 쪽 오피스텔 월세는 현실적으로 어려울 것 같다. 해볼 만한 가격대의 오피스텔은 회사에서 한 시간은 떨어져 있다. 대중교통 갈아타야 하는 건 기본이다.

'회사랑 가까우면 비싸고, 싼 건 애매하게 머네. 그럴 거면 그냥 집에서 다니는 게 나은가? 아냐, 지금처럼 살 수는 없지.'

현우는 고민에 빠진다.

회사 점심시간, 현우는 옆 팀 유 과장과 식사하러 나섰다. 유 과장은 주임인 현우와는 직급 차이가 나지만, 현우와 동갑이라 금세 친해졌다. 유 과장이 한숨을 쉬며 말한다.

"저 전세 살잖아요. 이번에 계약갱신청구권 써서 보증금은 5%만 오르니 선방했어요. 그런데 대출 금리가 너무 올라서, 이전보다 이자가 두 배는 나가는 것 같아요. 부담돼 죽겠네요."

유 과장은 푸념 섞인 말이었지만, 현우는 거기서 답을 찾은 기분이었다.

'그래, 전세 대출이라는 게 있었지. 생돈 월세로 내긴 너무 아까

우니까, 싼 대출 받아서 전세로 가자.'

현우는 이런저런 키워드를 넣어보며 전세 대출을 알아본다.

'〈전세대출〉, 〈싼 대출〉, 〈정부대출〉…. 찾았다. 연 1.2% 이자만 내는 거.'

현우는 주택도시기금에서 중소기업취업청년 전월세보증금대출을 받을 수 있다. 대기업 다니는 대학 동기들은 전세자금대출을 받을 때 금리가 3% 중후반대였다고 했지만, 현우는 연 1.2%만 이자로 내면 1억 원까지 대출받을 수 있는 것이다.

'1억에 1.2%면 한 달 이자가 10만 원밖에 안 되네. 한 달 월세로 100만 원 태우는 것보다 개이득인데?'

중소기업에 다니고 연봉이 3,500만 원이 안 되는 덕분에 대출 요건이 되는 자기 처지가 묘하게 위로가 되었다.

'잠깐, 이거 아무 방이나 구하면 안 되네?'

주택도시기금 중소기업전세대출을 이용하려면 전세 보증금은 2억 원 이하여야만 한다.

'저번에 본 보증금 1,000에 월 100짜리 오피스텔은 전세로 하면 2억 6,000만이랬지. 그런 오피스텔은 2억 원이 넘으니까 안 되겠다.'

아주 저렴한 전세만 찾아야 한다. 그러려면 눈높이를 낮추고 수많은 조건을 포기해야 한다. 신축? 빌트인 가전? 보안? 그런 건 따질 처지가 아니다. 이제 현우는 오로지 '전세보증금'과 '회사와의

거리'만 고려하기로 한다. 아무리 후진 방이어도 괜찮다. 군대도 갔다 왔는데 뭐가 대수일까. 호주 워킹홀리데이 가서 캥거루가 뛰어다니는 야생 바닥에서도 잘만 잤는데 방 환경이 어떻든 상관없을 것 같았다.

2021년 9월, 그렇게 현우는 강남에 방을 구했다. 보증금이 1억 2천만 원밖에 안 되었다. 서초동 주택가 골목에 위치한, 곰팡이 냄새 나는 다섯 평짜리 방 한 칸이다. 그 빨간 벽돌 다세대 주택 건물은 누가 봐도 너무 낡았다. 젊은 여자들이라면 기겁하고 도망갈 것이다.

현우는 운이 좋았다. 이 인근에 이런 시세가 있을 리가 없었다. 80대 집주인 할머니가 큰 욕심 없이 저렴하게 내놓은 덕분이다. 현우가 가진 돈은 4,000만 원뿐이었지만, 보증금으로 2,000만 원만 내고 모자란 1억 원은 대출 신공이 해결해 주었다. 이사하는 날, 집 상태를 본 어머니가 겨우 이런 집에 꼭 살아야 하냐며 속상해하셨다.

"현우야, 엄마가 못 도와줘서 미안해."

"아녜요. 이 돈으로 강남 한복판에 집을 구한 게 기적이죠."

이제 현우는 아침 일곱 시까지 푹 잔다. 자취방에서 10분만 걸으면 회사다. 현우는 더 이상 왕복 통근길에 하루 네 시간을 낭비하지 않는다. 그 많은 사람들과 부대끼며 진을 빼지도 않는다. 비록 지금 자취방은 창문을 열면 담배 냄새가 들어오고 빨래는 늘 마르지 않아 쿰쿰한 냄새가 나지만, 그 정도는 감수할 만하다.

'아침에 더 자는 거 진짜 좋네. 집 위치가 이렇게 중요하구나. 지금은 이런 방에 살지만, 언젠가는 꼭 내 집을 살 거야.'

남는 시간과 에너지 덕분에 그토록 바라던 운동을 시작했다. 운동은 매일 간다. 돈을 모아야 하니 다른 건 일절 하지 않기로 했다.

잿빛 인생

회사에서 일하던 중, 현우 핸드폰에 진동이 울린다. 대학 동기 양 주사가 단톡에 연말 모임을 하자며 투표 공지를 띄웠다.

'귀찮은데. 그래도 오랜만에 동기들 봐야지.'

현우는 어차피 늘 별 일정이 없었으므로 아무 날짜나 선택했다.

퇴근하고 돌아오니 자취방 현관문 앞에 종이가 붙어 있다.

[관리비 고지서- 104호 박현우 님 / 2021년 11월 관리비 56,320원 입금 바람]

현우는 종이를 누가 볼까 황급히 떼어냈다.

'이 집주인 할망구, 관리비 고지서에 대체 이름은 왜 쓰는 거야? 세상이 어느 땐데 실명을 써놓냐. 개인정보보호법은 얻다 팔아치

웠나? 이거 진짜 다음 달에는 얘기 좀 해야지.'

아무리 집주인이 80대 할머니라 개인정보에 대해 별생각 없으시다 해도, 매번 이렇게 신상이 노출되는 건 영 찝찝하다.

그다음 주말, 인하대 동기들 만나는 날이 되었다. 현우는 화장실에 핀 곰팡이를 닦다가 약속 시간이 다 되어 강남역으로 걸어 나갔다.

동기들은 다들 자리를 잘 잡았다. 대학 다닐 땐 취업 얘기, 여자 얘기만 하던 것들이 아저씨가 되더니 국제 정세와 레고랜드 채권 사태와 주가 이야기를 한다. 현우는 본인도 언제부턴가 경제 뉴스를 챙겨보게 되었듯, 멍청한 줄만 알았던 친구들의 변화가 퍽 재밌었다.

판교 업무지구로 출근하는 강 프로가 현우 옆자리로 왔다. 현우는 반가운 마음에 강 프로에게 말을 건넸다.

"어이 새신랑, 신혼 좋냐?"

강 프로는 한숨을 푹 내쉰다.

"현우야, 나 죽을 것 같다. 나 결혼하면서 집 산 거 알지? 그때 와이프가 임신해서 송도에 있는 친정에서 도움받아야 한다고, 송도에 집 사자고 해서 영끌했잖아."

"그랬지."

"근데, 4억 떨어졌어. 작년엔 집값 계속 오르니까 안 사면 큰일

날 줄 알았지. 있는 돈 없는 돈 다 끌어서 샀는데 4억이 없어져 버렸다?"

강 프로의 얼굴이 까맣다. 뭐라 위로할지 몰라 말을 고르는 현우에게 강 프로가 말을 토해낸다.

"출퇴근길은 좀 머냐. 너도 해봐서 알잖아. 송도에서 판교까지 매일 왕복 네 시간씩 오가려니 죽겠다. 퍼포먼스 떨어지니까 팀장은 계속 갈구고. 집에 가면 와이프도 힘드니까 애 봐달라고 하고. 정말 이런 생각 하면 안 되지만⋯ 애고 뭐고, 다 없어져 버리면 좋겠어."

GS계열사 다니는 차 과장이 말한다.

"야, 그래도 살다 보면 그 집값 다 회복된다. 동기 중에 최수진 기억 나? 걔보단 낫지. 걔 갈산동에 전세 들어간 거, 사기당해서 난리래. 부동산이 집주인한테는 월세라고 해놓고 걔한테는 전세 보증금 받아서 보증금 차액 들고 날랐대."

다른 동기도 말을 얹는다.

"헐, 걔도 고생이네. 이민혁이네도 신혼집으로 얻은 빌라, 경매 넘어가서 멘붕 왔잖아. 집주인이 세금 계속 안 내고 밀려서 경매 넘어간 거래. 집주인한테 전화해도 집주인이 돈 없다고, 보증금 못 준다고 버텨서 전세금 날리게 생겼다고 한 게 몇 달 전인데, 너희 걔랑 연락돼?"

마음이 무겁다. 요즘 세상이 그렇다. 집 문제 앞에서는 다들 불행하다. 자가든 전세든 상관없이, 그 누구도 예외는 아니다.

그때 가게로 양 주사가 활짝 웃으며 들어온다.

"늦어서 미안, 쏘리쏘리. 오늘 내가 쏠게! 맘껏 먹어."

인천에서 공무원으로 일하는 양 주사는, 술잔이 나오지도 않았는데 우쭐거리며 얘기를 풀어냈다.

"야, 봤지? 내가 전에 말한 신도시 분양권 3억 올랐어. 우리 와이프랑 어머니랑 명의로도 하나씩 해서 전부 9억 올랐잖아."

이 와중에 양 주사처럼 돈을 버는 사람도 있다. 현우에게 9억이면 숨만 쉬고 돈 모아도 평생 만져보지 못할 금액처럼 어마어마하게 느껴진다. 강 프로가 질투 섞인 목소리로 말한다.

"야, 양 주사 이 새끼 봐라. 집값 오른 거 자랑하려고 우리 불렀구먼? 아이고 형님, 술 잘 마시겠습니다."

"그러니까, 너희들 내가 거기 분양권 들어가라 그랬잖아. 저번에 내 말 듣고 산 애들 다 돈 많이 벌었어. 다른 거라도 투자 정보 알려줘?"

동기들은 양 주사의 이야기에 귀를 쫑긋 세운다. 다들 양 주사의 영웅담에 홀린 것 같다. 현우는 그러거나 말거나 한 귀로 듣고 한 귀로 흘리면서 말없이 고기만 먹는다. 돈 번 건 부럽지만, 현우에게 양 주사가 하는 말은 헛소리로 들린다.

'븅신, 네가 자랑하는 신도시 신축 아파트 바로 옆이 쓰레기 매립지다. 좋기도 하겠네.'

20

인천에 오래 산 현우가 보기에, 양 주사는 그 땅이 본래 어떤 곳인지 모르는 게 확실하다. 그렇지만 집값 올랐다고 기분 좋아하는 친구 앞에서 초를 칠 수는 없는 노릇이다.

양 주사가 현우에게 묻는다.

"현우 너 직장 강남이랬지? 어떻게 살아?"

"나? 전세지. 전세대출 풀로 받았어."

"아, 그렇겠지. 근데 강남은 전세도 비싸잖아. 현우 너도 집 사야지."

"글쎄."

"남자가 집은 있어야지. 검단은 이제 가격 너무 올랐고, 운정 청약 넣어. 그게 대박칠걸?"

현우는 길 찾기 앱에서 양 주사가 말한 파주 운정신도시 아파트단지를 찾아봤다. 회사까지 대중교통으로 두 시간은 걸린다고 나온다.

"세 번은 갈아타야 하네. 이 새끼야, 넌 서울로 출퇴근이라는 걸해봤니?"

다른 동기가 끼어든다.

"뭘 파주까지 가? 내 지인들 용현동 재개발한 신축 많이 당첨되던데, 현우 너도 거기 분양 알아보든가."

"야, 거기도 우리 회사까지 너무 멀어. 그리고 나 돈 없어."

차 과장이 현우에게 묻는다.

"현우 너는 결혼 안 하냐? 여친도 없지? 눈 좀 낮춰라. 아직도 멍청한 여자 싫다고, 여자 만나면 시험 보고 다니냐?"

"아니, 그것도 20대 때나 그랬지, 내 처지에 무슨 여자야. 여자들도 보는 눈이 있는데, 나 같은 월급 200따리는 아무도 안 만나 줄걸? 나도 여자한테 맞춰주기 싫어. 그냥 혼자 살고 말지."

"그러면 넌 술도 안 마시고 담배도 안 피우고, 여친도 없고. 뭔 재미로 사냐? 운동만 하면서."

"이런 게 바로 직장인 찐 광기지. 흐흐."

"박현우 이거 진짜 또라이네. 하하하."

자취방에 걸어오는 길, 현우는 마음이 헛헛하다. 현우보다 입학 성적도 안 좋았던 동기들이지만, 현우와 비교하면 훨씬 잘나간다. 집값 떨어졌다고 앓는 소리를 하는 친구조차 억대 연봉에 결혼도 했고 집도 있다. 현우 사정을 아는 친구들은 오늘도 현우는 회비를 못 내게 했다.

친구들에게 내색은 안 했지만, 현우는 늘 집이 사고 싶다. 자기 처지가 초라하게 보일까 봐 관심 없는 척할 뿐이다. 현우는 슬쩍 검색창에 '서울 청약'을 검색해 봤는데, 전부 다 경쟁률이 너무 세다. 서울에 청약 당첨되려면 자녀를 셋은 키워야 하고, 노부모님도 모시고 15년 넘게 자기 집 없이 살아야 한다. 현우 같은 싱글은 가망이 없다.

어린 시절 현우네 집은 풍족했었다. 무역 사업을 크게 하는 아버지 덕분에 현우는 도련님 소리를 들으며 동네 친구들이 부러워하는 삶을 살았다. 유달리 영특했던 현우는 공부도 곧잘 해서 주위의 기대를 한 몸에 받았다. 행복한 날이 영원할 줄 알았다.

그러나 어느 순간 아버지 사업이 망했다. 아버지는 도망가고 집은 경매로 넘어갔다. 현우는 어머니, 여동생과 함께 인천 서구 빌라 월세로 내몰렸다.

고등학교 하굣길, 친구들은 에쿠스와 그랜저가 줄지어 모셔갔다. 하지만 이제 현우를 데려가주는 차는 없었다. 무거운 책가방을 둘러메고 언덕길을 두 다리로 걸어 내려갔다.

수능 성적이 나왔다. 현우의 사정을 아는 담임 선생님이 입시 상담을 하며 말했다.

"현우야, 경인교대 갈래? 학교 추천이면 붙고도 남는데."

"선생님, 안 돼요. 사나이 자존심에 쪽팔려요. 제가 20대에 발레복을 입을 순 없잖아요."

"그러면 인하대 가. 네 성적이면 장학금 줘."

현우는 그해 인하대에 합격했다. 학비 때문에 어쩔 수 없는 선택이었다. 다행히 입학할 때 전액 장학금을 받았다.

20대의 현우는 남은 가족을 지켜야 했다. 군대를 다녀와서는 휴학하고 밤낮없이 일하며 돈만 벌었다.

과외가 제일 편하고 좋았다. 휴학하고 공장에서 금속 가공하는 건 할만 했지만, 머리 사이에 낀 알루미늄 찌꺼기 때문에 머리 감기가 힘들었다. 그 와중에 플랜트 공사판 아저씨들 대하는 건 장난이 아니었다.

"아저씨! 하이바 안 쓰면 돼져요."

안전 관리를 하는 현우에게 아저씨들은 "죽지 뭐."라며 낄낄대며 웃었다. 현우 성격에 그냥 넘어갈 리가 없었다.

"하하, 아저씨 돼지면 마누라가 보험금 딴 놈이랑 써요. 하이바 좀 쓰시죠."

호주로 워킹홀리데이도 갔다. '워킹'만 죽어라 하고 '홀리데이'는 전혀 없었다. 타일 붙이고 지게차 몰면서 1억 원 넘게 벌어 왔다.

그렇게 현우는 아버지가 어머니 앞으로 받아 놓은 집안 빚까지 모조리 갚아냈다. 등록금까지 벌고 복학하니 시간이 많이 흘러 있었다. 늦게나마 대학을 졸업했다. 그때가 벌써 서른 살이었다.

요즘 현우의 삶은 매일 똑같다. 퇴근하면 헬스장에 들러 운동하고 집에 간다. 재미있는 일도, 특별한 일도 없다. 흑백 텔레비전 속 반복되는 잿빛 영상 같다.

'인생 역전이 필요해. 역시 믿을 건 주식뿐인가?'

현우는 주식 계좌를 열어본다. [마이너스 1,000만 원]이 찍혀 있다.

'에이씨, 이럴 바엔 돈을 그냥 쓰는 게 낫겠다. 유 과장 말 듣고 테마주에 들어가는 게 아니었어. 개잡주였네. 주식은 글렀어. 나도 코인이나 할까? 아니야, 일상생활 못 하는 미친놈 될 것 같아서 안 돼. 청년희망적금이라도 부을까? 연 7% 준다던데.'

듣기로 적금 꼬박꼬박 부으면 정부가 지원해서 10년 후 1억 원을 만들어준다고 해서, 가입 방법을 알아본다.

'이렇게 열심히 돈 모으면, 집을 살 수 있기는 할까? 근데 10년 후 내 나이 40대에 1억 원 가지고 뭘 할 수 있을까?'

미래에 대한 불안함이 밀려온다. 이대로 살다 죽는 게 인생이라면, 참 슬플 것이다.

윤아를 만나다

자취한 지 일 년 하고도 몇 달이 지났다. 벌써 2022년 겨울이다. 추운 날이 오자 현우는 드디어 화장실 곰팡이에서 해방되었다. 그런데 이제는 옷장 옆쪽 벽면에 결로 때문에 곰팡이가 피어오른다.

'와, 나 나름 환기 자주 하는데, 이 집 단열 왜 이따위냐. 여기저기 돌아가면서 가지가지 하네.'

현우는 각 잡고 청소를 시작했다. 창문을 활짝 열었다. 그러자마자 담배 냄새가 훅 밀고 들어오는 통에 다시 금세 닫아버릴 수밖에 없었다.

'벌써 운동 갈 시간이네.'

현우는 최근 헬스장을 바꿨다. 전에 다니던 헬스장은 PT 영업이 너무 심해서 불편했는데, 지금은 정해진 프로그램에 자유롭게

참여하면 되어 훨씬 낫다. 새 헬스장은 자취방 근처 아파트 상가에
있었다.

현우가 사는 서초동에는 궁궐 같은 아파트가 모여 있다. 래미안
퍼스트원, 서초그랑프리자이, 래미안서초엑스퍼티지, 래미안서초
하이퍼엑스퍼티지, 그리고 아크로블리스클라우드서초로 재건축
예정인 오래된 아파트. 사람들은 서초동의 이 다섯 아파트 단지를

일컬어 〈독수리오형제〉라고 불렀다.

저녁 일곱 시, 현우는 운동 시작 시각에 딱 맞춰 헬스장에 도착했다. 오늘도 그녀가 있다. 그녀는 큰 눈에 뽀얀 피부가 눈에 띄는 외모라 현우도 모르게 종종 쳐다보곤 한다. 자주 마주치다 보니 인사 정도는 하는 사이가 되었다.

'저분은 스물일곱쯤 됐으려나? 나처럼 근처에서 일하나? 도도할 것 같아. 남자친구, 있겠지?'

헬스장 코치가 말한다.

"오늘은 파트너 운동이에요. 정해진 시간 안에 파트너랑 번갈아가면서 최대한 많은 개수 하시고 끝난 후에 칠판에 기록 적으시면 됩니다. 현우 님은 윤아 님이랑 하시고요."

그녀와 눈이 마주쳤다. 이름이 윤아인가 보다. 윤아가 가까이 다가와 말한다.

"현우 님? 잘 부탁드려요."

이런 우연이 있을까? 윤아에게 멋진 모습을 어필할 절호의 기회다. 지금이야말로 박현우 32년 인생 최대의 퍼포먼스를 보여줄 때다. 현우는 남들보다 무거운 웨이트를 들고, 누구보다 빠르게 동작을 수행했다. 윤아 차례일 때는 힘차게 응원한다. 여린 몸으로 지친 기색 없이 해내는 윤아가 참 멋지다는 생각이 든다.

이렇게 최선을 다한 게 살면서 얼마 만일까? 기록을 보니 압도적인 1등이다. 심장이 터질 것 같다. 오늘의 주인공이 된 기분이다. 윤아가 웃으며 말한다.

"현우 님이랑 같이하니까 페이스 맞아서 좋네요."

"저도요. 덕분에 즐거웠어요."

윤아가 꾸벅, 인사하고 돌아서려 한다. 왠지 윤아를 이대로 보냈다간 후회할 것 같다. 윤아에게 자신이 헬스장 NPC 중 하나로 남는 건 싫다. 일단 아무 말이나 지르고 본다.

"윤아 님, 끝나고 바로 가세요? 차 한잔하실래요? 저 이디야 쿠폰 있는데, 오늘까지라서요. 괜찮으시면 그대로 가시고, 싫으시면 백스쿼트 200kg으로 5번만 해주세요."

"아하하, 그게 뭐예요. 저 마침 오늘은 별일 없어요. 같이 가요. 차 마시러."

오, 세상에. 기대도 안 했는데, 윤아가 승낙했다. 박현우 아무 말 대잔치가 먹힌 것이다.

현우는 윤아가 궁금하다. 이것저것 물어본다.

"저는 회사도 이 근처고, 집도 근처예요. 윤아 님은요?"

"전 여의도에서 일해요. 집이 근처고요. 여기 우성아파트일 때부터 살았어요."

"몇 살인지 물어봐도 돼요?"

"음…. 좀 많은데, 서른둘이요."

"진짜요? 전혀 그렇게 안 보였는데. 많아 봐야 20대 후반일 줄 알았어요. 저도 서른둘인데, 동갑이네요. 이것도 인연인데 동네 친구 해요. 동네 친구끼리 심심할 때 같이 놀아요."

윤아는 '동네 친구'라는 말이 재미있다는 듯 웃는다. 현우는 자신에 대해 이런저런 이야기를 한다.

"저는 본가는 인천이에요. 작년에 취업해서 서초동으로 이사 왔어요. 그 전에 논 건 아니고요, 공장 일도 하고 워킹홀리데이도 갔다 왔어요. 호주에는 원래 타일공으로 갔는데, 하다 보니 손이 안 움직여서 다른 일 구해야겠더라고요. 그때 돈이 없어서 2천 원짜리 빵 하나 가지고 일주일 동안 먹으면서 버텼어요. 호주 시골길 따라 업장마다 고용해 달라고 문 두드리고 다녔는데, 아무것도 없는 동양 애가 와서 일 달라고 하는 게 신기했는지 다행히 몇 군데에서 연락이 오더라고요. 그 경험 덕분에 세상에 못 할 일은 없다는 걸 알았어요. 하면 다 되더라고요. 안 되면 되게 해야죠."

"정말요? 현우 님 대단하시네요. 그렇게까지 노력하기 쉽지 않은데요."

윤아 눈이 초롱초롱하게 빛난다. 현우 이야기가 흥미로운가보다. 현우는 윤아처럼 자기 이야기를 진지하게 귀 기울여 들어주는 사람이 처음이다. 그전에 만난 사람들은 "에이, 거짓말하지 마요."라든가 "그래서요?" 따위의 반응을 보이곤 했다. 현우는 신이 나서 호주에서 찍은 사진을 보여준다.

"인스타에 그때 사진 올려뒀는데, 이건 제육볶음이랑 오이냉국

해 먹은 거요. 물김치도 담갔고요, 치킨 튀겨 먹은 적도 있어요."

어쩌다 보니 음식 사진이 태반이다. 의외로 윤아의 눈이 휘둥그레진다.

"와, 이 요리를 다 직접 한 거예요?"

"네, 지금도 밥은 집에서 매일 해 먹어요. 제가 해 먹는 게 맛있어요. 밖에서 먹는 것보다 훨씬 건강하고 식단 관리하기 좋잖아요. 어머니가 예전에 식당 하셔서 저도 주방 일은 익숙해요."

"정말 멋있어요. 저는 요리 못 해서, 이렇게 잘하는 분들 존경스러워요."

"다음에 먹고 싶은 거 있으면 해드릴게요. 뭐든 말만 해요. 다 할 수 있어요."

"메뉴 고를 수도 있는 거예요? 대단하세요!"

현우는 자신이 대단한 사람이 된 것처럼 우쭐한다. 윤아처럼 대화가 잘 통하는 사람을 이제야 만나다니. 이러려고 그동안 아무 여자나 안 만났나 보다.

"윤아 님은 주말에 주로 뭐 하세요?"

"저요? 특별한 건 없고, 일만 해요."

"주말에도 일해요? 투잡이에요?"

"뭐…. 그렇다고 해두죠. 젊을 때 열심히 살아야 한다고 생각해서요."

현우는 윤아가 멋진 사람인 것 같다. 똑똑하고, 성실하고, 인생에 진지한 태도로 간절하게 열심히 사는 사람. 그리고 자신과는 다르게 반짝이는 사람. 더 알아가고 싶다. 진짜 궁금했던 걸 묻는다.

"주말이 크리스마스이브인데, 남자친구 만나세요?"

"네? 저 남자친구 없어요."

"왜죠? 당연히 있을 줄 알았는데요."

"남자들은 저같이 놀 줄 모르고 일만 하는 여자는 안 좋아할걸요. 보통은 자기 뒷바라지 해주기나 바라지. 저는 수요 없는 공급이죠, 하하. 남자 만날 시간도 없고요. 여자가 일하는 거 온전히 존중해줄 남자가 얼마나 되겠어요."

그때 카페 사장이 마감 시간이 다 되었음을 알린다. 윤아가 일어서며 말한다.

"이제 갈까요?"

시간이 어쩜 이리 빨리 흐르는지, 이대로 돌아가기 아쉽다. 현우도 따라 일어서서 윤아를 바라보며 말해본다.

"윤아 님, 크리스마스이브에 할 거 없으면 동네 친구끼리 만나서 놀아요. 뭐할지 제가 찾아볼게요. 진짜 재미있을 거예요. 그리고 다음에 볼 때는 말 편하게 해요."

아침부터 이 팀장이 소리 지른다.

"현우 씨, 내가 말한 자료 왜 안 주나? 팀장 말이 우스워? 일을 열심히 해야 승진도 하고, 나처럼 강남에 아파트도 살 거 아냐."

어처구니가 없다. 메일로 보내두고 구두 보고까지 했는데 자기가 까먹어 놓고 성질이다. 현우는 팀장에게 건성으로 죄송하다고 하고 자료를 다시 보낸 후, 윤아와의 크리스마스이브 계획을 짠다.

'윤아는 그날 3시까지는 강남역에서 일이 있댔지. 스크린 사격한 번도 안 해봤다니까 예약해 볼까? 카페는 어디 가지? 동선 보고 최단 거리로 정해야겠다. 저녁은 뭐 좋아하려나? 술은 안 마신다니 음식 맛있는 곳으로 검색해 봐야지.'

온 정성을 다해 엑셀로 일정표를 짠다. 윤아가 뭘 좋아할지 모르니 1안부터 4안까지 만들어 카톡으로 보낸다. 이 중 하나쯤은 윤아 취향이 있으리라. 인천 본가에도 연락해 둬야겠다. 동생에게 연락한다.

[박현정, 나 크리스마스에 집에 안 간다. 엄마한테도 따로 말씀드릴게.]

[왜? 뭔 일 있음? 여친 생김?]

[그랬으면 좋겠네.]

크리스마스이브다. 현우는 들떠서 약속 시간보다 30분 일찍 도착했다. 운 좋게 스타벅스에 겨우 한 자리 남은 걸 차지하고 앉았다. 아메리카노를 앞에 두고 윤아가 오기만을 기다린다. 괜히 거울을 한 번 더 들여다본다.

곧 윤아가 왔다. 생각보다 앞 일정이 일찍 끝났다고 했다. 윤아는 운동복만 입어도 예쁜데, 사복을 입으니 눈부셔서 어쩔 줄 모르겠다. 그래도 호들갑 떨지 않고 태연한 척 인사하였다.

"오는데 추웠지? 오다 주웠다."

현우는 주머니에서 따뜻하게 데운 핫팩을 꺼내 윤아 손에 쥐여주었다. 윤아가 웃는다.

"나 주는 거야? 너도 추울 텐데 나 줘도 돼? 고마워. 잘 쓸게. 안 그래도 손 시렸는데."

사소한 거에 고마워하는 윤아가 너무 좋다. 그동안 만났던 여자들은 현우가 해주는 걸 당연하게 여기곤 했다. 아직 스크린 사격장 예약 시간까지 20분이 남았다. 카페에서 이야기하다가 가기로 한다.

"윤아 너 앞에 일정 없었으면 오전부터 봐도 됐는데. 오늘 어디 갔다 온 거야?"

"결혼정보회사가 여기 있거든."

커피 뿜을 뻔했다.

'얘가 뭐라는 거야.'

"평생 혼자 살 건 아니니까, 결혼을 하긴 해야겠는데 누굴 만날 시간은 없어서. 직장 동료가 결정사 통해서 남편 만났는데 좋았다고 소개해 줬거든. 소개팅하고 싶을 때 지인한테 부탁할 거 없이 돈만 내면 알아서 약속 잡아줘서 편하댔어. 오늘 처음 상담 가본 거야."

"그래서, 어땠는데?"

"회비는 480만 원인데 330만 원짜리 해도 된다고 하고, 내일까지 등록하면 20% 할인해 준대. 등록하면 50억 자산가, 기업 대표나 전문직 같은 남자 매칭시켜 주겠대. 근데 난 그런 조건은 전혀 필요 없는데, 나랑 안 맞는 영 엉뚱한 얘기만 한다 싶었어."

"진짜 돈 낭비네. 그런 거 하지 말고 나랑 놀아. 나랑 노는 게 더 재미있을걸?"

현우는 윤아를 데리고 스크린 사격장에 갔다. 소총을 처음 잡아보는 윤아가 신기해하며 총을 이리저리 살펴본다. 현우는 총 잡는 법을 알려주며 윤아와 손을 맞대 본다. 윤아 손이 조그맣고 귀엽다. 윤아도 현우 손을 보며 신기해한다.

"너, 손 진짜 크다. 남자 손이라 그런가?"

"나 손 예쁘다는 얘기 많이 들어. 남자 손인데 예쁘지?"

이제 육군 병장 만기 제대 사격 실력을 자랑할 시간이다. 그런데 웬걸, 윤아가 너무 잘한다. 현우보다 점수가 높다.

"뭐야, 윤아 너 군인 출신이야? 스나이퍼야?"

"어? 아니, 난 원래 다 잘 배우는 편이야."

윤아가 별일 아니라는 듯 멋쩍게 답한다.

밥 먹으러 왔다. 현우는 핸드폰으로 다음에 놀러 가고 싶은 곳 포스팅을 찾아보며 말한다.

"연말에 시간 되면 해넘이 보러 갈래? 서산 바다에 해넘이 보러 같이 가고 싶어. 내가 차 빌려 올게."

현우는 윤아 쪽으로 핸드폰 화면을 돌려 보여준다. 맞은편에 있는 윤아가 몸을 앞으로 기울인다. 잘 안 보이는 것 같다. 현우는 윤아 옆으로 의자를 가까이 옮긴다. 나란히 앉아서 같은 핸드폰 화면을 본다. 가깝다. 우와, 윤아와 어깨가 닿았다. 현우 귀가 빨개졌다. 이러다 두근거리는 심장 소리를 들킬 것 같다.

현우가 미처 글을 다 못 읽었는데 윤아가 스크롤을 훅 내려버린다. 그러다 눈치채고는 "미안, 천천히 봐. 네 속도에 맞출게."라며 현우를 기다려준다. 박현우 인생에 이런 경험은 처음이다. 그동안 세상 그 누구도 본인보다 글을 빨리 읽는 걸 본 적이 없었다. 어떻게 이럴 수 있지? 이 여자 너무 매력적이다. 미치겠다.

현우는 밥을 코로 먹었는지 입으로 먹었는지 모르겠다. 윤아는 레스토랑 분위기도, 식사도 마음에 든 것 같다. 현우에게 알아봐 줘서 고맙다고 한다. 미리 답사까지 와보길 잘했다.

교보타워 사거리 앞에 커다란 크리스마스트리가 보인다.

"윤아야, 사진 찍어줄게."

윤아가 쑥스러워하면서 트리 앞에 섰다. 현우는 핸드폰 카메라로 윤아의 모습을 담는다. 옆에 있던 커플이 현우에게 말을 건다.

"연인끼리 사진 같이 찍어드릴게요."

현우는 핸드폰을 건네고 윤아 옆으로 가서 선다. 카메라를 보고 쭈뼛거리며 어색하게 포즈를 잡는다.

'우리도 남들 눈에는 연인으로 보이는 걸까?'

현우 마음을 아는지 모르는지, 윤아는 아이 같은 얼굴로 환하게 웃고 있다. 별생각이 없어 보인다.

벌써 저녁 9시다.

"윤아야, 이제 뭐 할래? 내일 쉬는 날이라 나는 시간 많아. 카페 또 가도 되고."

"늦었다. 집에 가자."

늦었다고? 강남역 인근에 나와 있는 수많은 커플 모두 이제 시작인 것처럼 들떠 있는데; 우리는 이대로 돌아가야만 하나? 신데렐라도 이것보다는 더 오래 같이 있을 것이다. 그렇지만 아쉬워도 잡을 명분이 없다. 내가 뭐라고. 현우는 윤아와 나란히 강남대로를 걸으며 집으로 향한다. 또 둘이 만날 수 있을까?

"내일 크리스마스엔 뭐해? 나랑 놀자."

"내일은 일정이 있어서, 미안. 가족들이랑 시간 보내기로 했어."

"그다음 날은? 운동 끝나고, 저녁에."

"아마 일하지 않을까? 이대로 일만 하다가 평생 혼자 살 것 같긴 한데, 하하. 어쩔 수 없네."

오늘 만남이 찰나의 꿈으로 끝나는 걸까? 이대로는 안 되겠다.

"윤아야, 너 남자 잘 모르는 것 같아서. 남자들이 수작질 하는 거 알려줄까? 손 펴볼래?"

윤아가 주머니에서 손 한쪽을 빼서 펴 보인다. 현우는 윤아 손바닥에 자기 손을 맞대었다.

"이렇게 하면서 손 크기 재보자고 한다? 그리고 손금 봐준다고 해. 그러면서 은근슬쩍 스킨십하고 손잡는 거야. 이렇게."

현우는 윤아 손을 잡았다. 윤아는 눈을 끔뻑이며 말한다.

"아, 그래?"

이게 아닌데. 눈을 질끈 감고 지른다.

"답답아, 지금 나 너한테 개수작 부리는 거야. 남자는 아무 마음 없는데 크리스마스이브같이 특별한 날에 여자한테 만나자고 안 해. 나 너한테 이성적으로 호감 있어. 친구 말고 연인으로 만나면 안 될까?"

윤아 눈이 동그래진다.

"미안, 몰랐어."

윤아가 말이 없어졌다. 그대로 한참을 말없이 걷는다. 윤아도 생각할 시간이 필요할 것이다. 그래도 맞잡은 손을 뿌리치지 않는 걸 보면, 현우가 싫지는 않은 것 같다. 벌써 서이초교 사거리다. 윤아 집에 거의 다 왔다. 윤아네 아파트 앞에 멈춰 섰다. 윤아가 망설이다 말한다.

"현우야, 네가 말한 거… 다음에 대답해도 될까?"

2023년 새해가 밝았다. 현우는 대리로 승진했다. 좋소라 기대를 안 했는데 승진해서 다행이다. 월급이 세금 떼도 실수령 250만 원으로 오른 덕분에 데이트 비용을 확보할 수 있게 되었다.

윤아는 크리스마스이브 이후, 아무 답도 하지 않은 채 연말 해 넘이 보러 가는 약속에 나왔었다. 그리고 별다른 말 없이 같이 재 밌는 시간을 보냈다.

현우는 밤늦게 윤아를 집 근처까지 바래다주면서 다시 물어보았다.

"대답해 줄 수 있어? 나랑 사귀는 거. 난 너랑 하고 싶은 게 많아."

"현우야, 할 말이 있어."

윤아가 입을 연다. 긴장된다. 어떤 답이 돌아와도 존중해 주기로 마음먹긴 했지만, 제발 거절만 아니기를 빌어본다.

"나 파혼한 적 있어. 그래서 싫을 수도 있는데. 괜찮아?"

현우는 푸핫, 웃음을 터뜨렸다. 별거 아니었다.

"아무것도 아니었네. 그게 뭐 대수라고. 돌싱이어도 상관없어. 너는 너잖아. 나는 있는 그대로 네가 좋아. 그러면 내일부터 1일 하자. 1월 1일부터."

윤아가 고개를 끄덕이며 수줍게 웃었다. 만세! 박현우 인생 최고의 순간이었다. 이렇게 멋진 사람이 내 여자친구가 되다니.

행동하는 남자

현우는 요즘 데이트 계획하는 게 즐겁다. 바쁜 윤아를 위해 일정은 미리 잡아야 한다. 현우는 윤아와 무얼 할지 상상하며 벌써 다섯 달 후 데이트 코스까지 엑셀에 정리해 두었다. 매일 보고 싶다.

출근길, 윤아에게 카톡을 한다.

[굿모닝. 잘 잤어? 이따 운동 끝나고 고기 먹을래? 뭐가 좋아? 튀긴 거 vs 물에 빠진 거 vs 구운 거.]

양재역 인근 고깃집 세 군데를 위치 정보와 함께 보낸다. 지인들에게 물어본 검증된 곳이다. 윤아는 바쁜지 답이 없다. 점심시간쯤 되어서야 답장이 온다.

[나도 그러고 싶은데, 오늘 저녁은 일이 있어서. 다 맛있겠다. 내일 영동목살 갈까?]

다음 날 운동 후에 간 영동목살은 회식하는 직장인들로 가득하다. 윤아가 기분 좋은 목소리로 말한다.

"맛있는 집 먼저 찾아봐 줘서 고마워. 다른 사람이랑 가면 보통 내가 찾는데."

"너랑 만나는데 당연하지."

현우는 컵에 물을 따라 윤아에게 건넨 후 수저를 꺼내준다.

"고마워. 대접받는 것 같아서 좋아."

현우는 별것 아닌 행동도 고마워하는 윤아가 진짜 괜찮게 느껴진다. 오늘따라 고기가 맛있다.

"윤아는 어제 뭐 했어?"

"저녁에? 일이 있어서 삼성역에 다녀왔어. 그런데 2호선 열차가 고장 나서 삼성역에서 출발을 안 하더라고. 봉은사역까지 걸어가서 9호선 탔지 뭐. 버스 탈 걸 그랬나?"

"오~ 대안이 많네. 인천은 하나 고장 나면 끝인데. 역시 강남~."

현우의 말에 윤아 표정이 굳는다.

"현우야, 나 그 말 안 좋아해. '역시 강남' 같은 말 안 하면 좋겠어."

단호한 목소리다.

"아, 싫구나. 미안. 다신 안 할게."

말실수했나 보다. 분위기가 어색해졌다. 현우는 화제를 돌려본다.

"30대 되니까 결혼한 친구들이 많아. 대학 동기들 중 여자들은 거의 다 결혼했고. 남자들은 반반? 얼마 전에 만난 친구는 2년 전에 결혼했어. 저번에 이 동네 와서 밥 먹었거든."

현우는 핸드폰을 열어 윤아에게 친구 사진을 보여준다.

"이 친구는 평택에 있는 회사 다녀. 와이프는 유치원 교사였는데 결혼하면서 일 그만뒀고."

"일을, 그만둬? 와이프가 일 그만둔다고 하면 남자들은 무슨 생각 해?"

"그럴 수도 있다고 생각하지. 친구들 와이프 중 일 안 하는 경우 많아. 남자는 결혼할 때 자기 와이프랑 자녀는 본인이 책임질 생각을 하거든. 그래서 상관없어."

현우의 말을 윤아가 매우 신기해한다.

"와, 나 이런 이야기 처음 들어봐. 남자들이 그런 책임감을 느낀다고? 난 여자들 입장에서만 보니까. 내 주변 여자들은 다 자기 일 중요하게 생각하고 돈 열심히 벌거든. 이런 말 하긴 좀 그렇지만, 남자들은 사고나 안 치면 중간은 가는 것 같아서."

"그래?"

"어떤 집은 부부가 같은 직장에 다녀. 여자분이 부동산 투자를 잘했어. 임대로 주는 집이 여러 채 있거든. 그런데 부동산 얘기 괜찮아? 불편할 수도 있어서."

"부동산 얘기? 재밌는데? 내가 모르는 세계에 관한 이야기잖아."

"그렇구나. 다행이다. 아무튼, 그 남편이 와이프보고 적폐라고 맨날 욕했거든. 와이프 투기하러 다니는 거 용납 못 한다며 반대하

고. 그런데 집값이 어마어마하게 올라서 돈이 되는 걸 보니까 눈이
뒤집혀서, 이젠 그게 다 자기 건 줄 아는 거야.”

“양심 가출했네.”

“그 남편이 직장 후배들 다 불러놓고 맥주 사주면서 그랬대. ‘너
희 암만 직장생활 열심히 해봐야 더 벌거 없어. 나처럼 부동산 투
자를 해야지. 내가 집이 몇 채인 줄 알아?’ 하고 잘난척했대. 그 말
이 회사에서 돌고 돌아 와이프 귀에 들어온 거야.”

“그럼 안 되지. 그 머리통은 머리카락 키우는 장식인가? 생각
좀 해야 할 텐데.”

“그러고서 그 남편, 회사에서 좌천됐잖아. 원래 시청 근처에서
근무했는데, 갑자기 하남 외곽으로 발령 났대. 상사가 그 남편더러
‘회사 어려운데 당신은 돈 많으니 이해하라’고 그랬다는 거야. 그러
길래 왜 떠벌리고 다니냐고. 제 무덤 제가 판 거지. 더 웃긴 건, 와
이프한테 ‘좌천된 거 기분 나빠서 회사 못 다니겠다, 집에 자산도
많은데 이제 일 그만두면 안 되냐’고 하면서 놀 생각이나 하더래.”

“진짜 철없네. 와이프 속에 천불 나겠다.”

“그렇지? 다른 집도 보면 와이프가 알뜰살뜰 모아서 열심히 투
자해 두면, 남편이 주식하다 홀랑 까먹은 경우도 있어. 와이프 자
산 있다고 본인은 월급 300 직장인이면서 외제 차 뽑고 명품 사 모
으거나. 이상한 남자들 한둘이 아냐. 남자는 참하고 조신한 게 최
고라는 말이 왜 나왔는지 알겠더라.”

"그럴 수 있지. 그 마음 이해해."

"그래서 난 네가 남자의 책임감을 말하는 게 참 신기해. 그럴 수도 있구나."

"나는 책임감 있고 조신해. 헛짓거리 안 하고 집에 잘 있어. 집안일도 기똥차게 해. 행동으로 보여줄게."

남자는 자신감이다. 현우의 뻔뻔한 말에 윤아가 웃음을 터뜨린다.

"윤아 넌 이상형이 어떻게 돼?"

"이상형? 글쎄. 굳이 말하자면 술담배 안 하고, 여사친 없고, 주식이랑 코인 안 하는 사람. 너는?"

"나는 눈 되게 높아. 예쁘고 자기 일 있고 운동하는 똑똑한 사람. 그런 사람이 너밖에 없더라고. 그런데 생각해 보면 그런 조건이 아니었어도 나는 널 좋아했을 거야."

자취방에 돌아온 현우는 여자 과 동기들 연락처를 다 지우고 인스타도 언팔했다. 다음 날 아침에는 주식시장이 열리자마자 HTS 앱을 열어 보유한 주식을 시장가로 전량 매도해 버렸다. 1,200만 원 손절이다. 그래도 상관없다. 어차피 뒤도 안 올랐을 것 같다. 윤아의 마음에 드는 남자가 되는 게 더 중요하다. 현우는 자기가 이 정도로 누군가에게 진심이 될 거라고는 상상도 못 했다.

윤아는 현우와 단둘이 있는 걸 한동안 어색해했다. 그러다 요즘은 좀 익숙해졌는지 자연스럽게 더 많은 시간을 현우와 함께 보낸다. 예전에 윤아는 미리 약속하지 않으면 평일 저녁에도 일해야 한다며 운동 끝나자마자 집으로 돌아가기 일쑤였는데, 어느새부터인가 현우와 저녁을 같이 먹게 되었다.

이제는 좀 더 오래 함께 있게 된다. 윤아는 식사 마치고 서둘러 집에 가지 않고, 카페에 태블릿을 펴놓고 일한다. 그럴 때면 현우는 옆에서 핸드폰을 보거나 책을 읽으며 윤아 곁을 지킨다. 서로가 있는 시간이 서로의 일상으로 스며들고 있다.

현우가 유튜브를 보다가 윤아에게 말을 건다.

"윤아야, 인간이 블랙홀에 진입하면 어떻게 되는지 알아?"

"어떻게 되는데?"

"원래는 사건의 지평선에 가기 전에….."

윤아는 현우가 말할 때면 항상 하던 걸 멈추고 세상에서 가장 재미있는 이야기를 듣는 표정으로 귀 기울여 듣는다. 이때 윤아 귀가 미묘하게 쫑긋거리며 움직이는데, 아마 현우만 알 것이다. 현우는 윤아와 이야기 나누는 게 참 좋다. 현우는 그동안 자기가 과묵한 성격인 줄 알았다. 그러나 그건 단지 대화하고 싶은 사람이 없었기 때문이었다. 매일 시시콜콜한 일상까지 윤아에게 말하는 게 일과이자 즐거움이다.

"팀장 너무 짜증 나. 멍청해. 실무는 알지도 못하면서 권위 세우고 싶으니까 맨날 쓸데없이 꼬장부려."

"또 그래? 너 같은 고급 인력을 믿어줘야지. 어련히 알아서 잘

할 텐데. 현우가 힘들었겠다. 그놈의 회사 때려치워도 돼.”

“하하, 아니야. 네가 얘기 들어줘서 이제는 괜찮아. 웃긴 얘기해줄까? 어떤 카이스트 대학생이 소개팅 나가서 엑스포다리 철근이 왜 안 끊어지는지 설명했는데, 상대방 여성분이 도망갔대.”

“첫 만남에 무난한 주제는 아니네. 그래서 다리 철근이 왜 안 끊어진대?”

“나도 궁금해서 찾아봤거든. 장력 얻으려고 철근을 꼬아서 만들었대. 설계할 때 최대 하중을 늘릴 수 있는 철근 수를 예상하고, 철근을 당겨주는 아치형 하중 분산 주탑을 이용한대.”

“오, 진짜? 재밌어. 넌 정말 아는 게 많구나. 너랑 있으면 이것저것 배워서 좋아.”

윤아가 자기편 들어주고 추켜세워주는 게 이렇게 든든할 수 없다. 남자는 자기를 알아주는 여자를 위해서 산다는데, 바로 자신 같은 경우를 두고 한 말인가 보다. 현우는 윤아를 위해서라면 뭐든 할 수 있을 것 같은 자신감이 든다.

점심시간에 전화가 왔다. 집주인 할머니다.

“현우 씨, 집에 없지? 집 좀 봐야 되겠는데. 아랫집에서 물 샌다고 해서, 현우 씨네 세탁기 자리 좀 봐야 쓰겠는데. 언제 와?”

“저 회사 와있어서 6시나 돼야 퇴근하죠.”

“아이고, 안 되는데. 비번 좀 알려주면 안 될까?”

"에이, 39521874*이요."

"뭐가 이렇게 길어? 문자로 좀 넣어줘요. 지금 좀 가보게요."

비밀번호를 알려줘야 한다니, 찝찝하긴 하지만 남의 집 살면 어쩔 수 없다.

현우는 퇴근하자마자 집에 돌아왔다. 답답했던 정장 바지를 벗어 던지고 의자에 털썩 주저앉았다. 한숨 돌리려는데 누군가 띡띡 띡띡, 현관 비밀번호를 누른다.

'뭐지?'

순간 놀라 정지 상태가 되었다. 벌컥, 현관문이 열린다. 팬티밖에 안 입고 있는데 집주인 할머니가 예고도 없이 문을 연 거다. 저녁에는 온다는 말이 없었는데, 노크도 없이? 현우는 황급히 몸을 가린다. 짜증이 치밀었다.

"아니, 뭐 하시는 거예요. 저도 사생활이 있는데 그냥 오시면 안 되죠."

"뭐, 내가 물건 훔쳐 가기라도 해?"

집주인은 적반하장으로 화를 낸다. 진짜 옛날 집주인 마인드다. 세입자가 자기 아랫사람인가? 어처구니가 없다. 현우는 집주인이 다시는 못 들어오게 비밀번호를 열 자리로 바꿔버렸다.

'평생 여기 살 수는 없어. 남의 집살이 더러워서 못 해 먹겠네. 빨리 집 사서 탈출해야지.'

이 월급으로 집을 어떻게 사

윤아와 사귄 지 한 달이 다 되어간다. 윤아는 현우와 하는 모든 걸 좋아했다. 가방을 들어주거나 패딩 지퍼 올려주는 사소한 일에도 순수하게 기뻐하는 모습을 볼 때마다 현우는 자신이 대단한 사람이 된 것 같다.

윤아는 본인보다 짠순이다. 결코 쓸데없는 데 돈을 쓰지 않고, 현우에게 무언가 해달라고 요구하지도 않는다. 현우가 기분 내려고 비싼 식당이라도 데려가려 하면 괜찮다며 손사래 친다. 그저 같이 동네 산책만 해도 행복해한다. 이런 경제 관념 있는 여자친구라니, 동네방네 자랑하고 싶다.

그런데 문제가 있다. 윤아는 너무 바쁘다. 주중에도 출장인지 야근인지는 모르겠지만 일한다고 밤늦게 돌아오는 경우가 종종 있다. 토요일에는 항상 어디를 가고 없다. 일요일이면 온전히 시간을 내긴 하지만, 피곤해하는 기색이 보여 멀리 놀러 가지도 못한다. 그런 줄 알고 만나긴 했어도 남자친구가 되어보니 아쉬운 건 어쩔 수 없다. 한편으로는 불안하다. 혹시 다른 남자가 있는 걸까? 임자 있는 걸 모르고 누가 들이대면 어떡하지? 커플링이라도 끼워줘야 안심이 될 것 같다.

"윤아야, 커플링 할 생각 있어?"

"커플링? 만난 지 한 달도 안 됐는데?"

"응. 원래 100일에 선물해 주려 했는데, 안 되겠어. 딴 놈들이 못 채가게 얼른 끼워 주고 싶어."

"하하, 그럴까? 생각 좀 해볼게."

"주변에 좀 물어봤거든. 까르띠에나 티파니나 불가리 같은 데 가볼래? 그런 게 요즘 대세라는데. 아니면 종로 같은 데 가서 맞춰도 된대. 백금이 좋아, 금이 좋아? 난 뭘 하든 상관없어. 너 마음 드는 걸로 하려고."

윤아는 조금 생각하더니 말한다.

"나는 그런 거 잘 몰라. 브랜드 필요 없어. 너만 괜찮으면 써지컬스틸 해도 돼? 우리가 쇠질을 하는데, 약한 금속 쓰면 금방 흠집 날 거 아냐. 감가상각 되는 데다 돈 쓰기도 좀 그렇고."

"그래도 좋은 거 해주고 싶은데."

현우는 윤아가 자기 지갑 사정을 배려하는 건지, 진심으로 말하는 건지 확신이 안 선다.

"마음이 중요한 거잖아. 진짜야. 다른 건 안 하고 싶어."

"알겠어. 그러면 어디서 파는지 내가 알아볼게."

일요일, 윤아와 홍대입구에 갔다. 10대들이나 갈 법한 저렴한 액세서리 가게에서 윤아가 한 개에 만 원짜리 커플링을 골랐다. 그래도 30대인데, 겨우 이런 걸로 괜찮은지 걱정이 된다. 미안하기도 하다.

"진짜 괜찮겠어?"

"응! 예쁘고 마음에 들어."

"윤아야, 이건 내가 사게 해줘. 내가 사서 끼워 줄 거야."

"하하, 그래. 고마워."

평소에 데이트 비용을 정산해 달라고 말하는 윤아지만, 이 순간은 현우가 결제하는 걸 존중해 준다. 현우는 윤아를 데리고 미리 찾아둔 아기자기한 카페에 왔다. 자리에 앉아 떨리는 마음으로 윤아의 손을 살포시 잡는다. 그리고 네 번째 손가락에 반지를 끼워 주었다. 윤아는 반지가 정말 마음에 든 것 같다. 행복한 얼굴이다.

"현우야, 너 운동화 바꾸고 싶다고 했잖아. 온 김에 나이키 가자. 생일 선물 미리 사줄게."

만 원짜리 커플링을 주고 20만 원짜리 운동화를 받았다.

'이게 맞나? 윤아도 나를 좋아하긴 하나 보다.'

월요일에 출근하니 다른 직원들이 난리다.

"와, 박 대리님 커플링 하셨네요. 밀그레인이네요. 이번에 승진하셨다고 비싼 거 하신 거예요?"

"밀, 뭐요? 밀가루?"

"아니, 그 브랜드 티파니잖아요. 거의 300만 원 할 텐데, 대리님 카드값 많이 나오겠는데요? 여자친구 강남 사람이라더니 맞춰주기 힘드시겠어요."

"아닌데요."

"박 대리님은 데이트할 때 뭐 하세요? 연애 얘기 좀 해주세요. 오마카세 가거나 백화점 데이트하는 거 아니에요? 고급 호텔 호캉스 가시나요?"

"그런 거 안 해요. 그냥 근처에서 산책하거나 카페 가요."

"에이~ 거짓말하지 마요. 한창 좋을 때인데. 학생들처럼 데이트하는데 여자친구가 뭐라고 안 해요?"

진실을 모르는 그들이 아무렇게나 말하는 게 우스우면서도 씁쓸하다.

그나저나 100일 기념일이 두 달 남짓밖에 안 남았다. 선물 받은 게 있으니 기념일이라도 특별하게 챙기고 싶다. 미리 준비해야 한다. 현우는 같은 팀 여자 사원에게 물어본다.

"여자들은 100일 선물로 뭐 받고 싶어 해요?"

"선물요? 사람마다 다 취향이 달라서요, 그냥 분위기 좋은 데서 식사하고, 평소에 여자친구분 갖고 싶어 했던 걸 드리는 게 좋지 않아요? 선물은 자기 돈으로 사기 아까운데 갖고 싶은 거 받을 때 제일 기분 좋잖아요. 한번 물어보세요, 뭐 갖고 싶은지."

"그럴까요?"

맞는 말 같다. 아까 인터넷 검색해 보니 명품 지갑 같은 거 주라고 하던데 명품은 너무 비싸기도 하고, 윤아가 부담스러워할 것 같다. 돈만 쓰고 실속 없이 호감도 못 얻을 바에야 윤아에게 직접 물어보기로 한다. 퇴근하고 윤아를 만났다.

"윤아야, 100일 선물로 받고 싶은 거 있어?"

"100일을 벌써 챙겨? 음···. 딱히 없는데. 괜찮아. 돈 쓰지 마."

"그래도 갖고 싶은 거 있을 거 아냐."

"그러면, 집 사줘."

"장난이지? 특별히 없으면 그냥 내가 해주고 싶은 거 한다?"

"아, 나 생각났어. 네가 해주는 밥 먹고 싶어."

"그게 뭐 별거라고. 밥은 지금도 해줄 수 있어. 뭐 먹고 싶어? 오늘 수육 해줄까? 장 보러 가자."

윤아를 데리고 서초그랑프리몰 지하 이세상마트에 왔다. 쌈채소, 양파, 고기··· 현우는 바구니에 자연스럽게 식재료를 감별하며 척척 담는다.

"와! 멋있어. 프로 같아."

윤아가 감탄하며 현우를 졸졸 따라다닌다. 그런데 현우가 미처 생각 못 한 문제가 있다. 요리하려면 윤아를 자취방에 데려가야만 한다. 윤아에게 곰팡내 나는 작고 낡은 방을 보여주려니 새삼 부끄러워진다. 방 안을 아무리 깨끗이 청소했어도, 건물 자체가 우중충한 건 숨길 수가 없다. 방 안에서 혼자 지내는 건 별생각 없었지만, 그곳을 여자친구에게 보여주는 건 전혀 다른 문제였다. 윤아가 내 구질구질한 현실을 보고 실망해서 헤어지자고 하면 어떡하지? 그렇다고 현우 요리를 잔뜩 기대하며 폴짝거리는 윤아에게 이제 와서 안 되겠다고 무를 수도 없다. 언질이라도 해둬야겠다.

"근데 윤아야. 알아둘 게 있는데. 내 방, 좀 별로거든. 보면 놀랄수도 있어."

"괜찮아. 이미 알고 있는데 뭐. 구축 다가구 살잖아. 상관없어."

윤아 반응이 의외다. 현우는 한 번도 자기가 사는 자취방에 관해 설명하거나 묘사한 적이 없었기 때문이다.

"안다고? 어떻게?"

"네가 전에 방에 있는 쿠션 사진 찍어서 보여줬잖아. 그때 벽지 보고 알았지. 커다란 꽃무늬 합지 벽지. 임대인 어르신이겠구나, 이 근방 구축 빨간 벽돌 건물 같은 데 자취하겠네, 하고. 그래서 괜찮아."

"그걸 보고 알았다고? 하하, 맞췄네. 너한텐 아무 말이나 하면 안 되겠다. 가자. 요리 맛있게 해줄게."

현우는 자신의 처지를 짐작하고도 그동안 내색 없이 만나준 윤아가 선녀같이 느껴진다.

자취방에 도착했다. 낡아빠진 건물 상태를 실제로 마주하면 윤아가 놀랄까 봐 내심 신경 쓰였지만, 윤아는 아무렇지 않은 표정으로 따라 들어오며 아늑해서 좋다고 말한다. 현관문을 닫았다. 방안에 단둘이 있다. 윤아가 어색하게 선 채로 묻는다.

"현우야, 뭐 도와줄까?"

"아니, 저기 앉아서 쉬어."

현우는 평소에 하던 대로 셔츠 소매를 걷고 요리를 한다. 현관 바로 앞에 있는 싱크대 앞에 섰다. 겨우 폭 1미터는 될까 싶은 좁은 싱크대지만 수시로 치우면서 요리하면 공간은 충분하다. 혼자 먹을 때보다 정성 들여 고기를 자른다. 특제 소스도 만든다. 현우가 보기에도 완벽한 요리다. 뿌듯하다.

"우와. 셔츠 입고 요리하는 건 반칙이잖아."

윤아가 뭐가 그리 좋은지 호들갑 떨며 깡충거린다. 현우는 다이소에서 5천 원 주고 산 밥상을 펴고 음식을 차린다. 윤아는 음식 맛을 보더니 눈이 휘둥그레진다.

"다 맛있어! 어떻게 이렇게 하지? 너 정말 멋있는 거 알아? 잘생기고 성실하고 부지런하고 집안일도 잘해. 여자들이 좋아하는 조건 다 가진 남자 아냐? 넌 정말 완벽해."

윤아가 까르르 웃으며 칭찬과 찬사를 보낸다. 현우 얼굴이 빨개진다.

"아니야. 너만 그렇게 생각할걸? 나 인기 없는데."

"나한테만 인기 좋으면 됐지 뭐. 현우야, 나 너한테 ㄷ자 싱크대를 선물하고 싶어. 지금 이렇게 좁은 데서도 잘하는데, 넓은 주방을 주면 얼마나 편하게 요리할지 기대돼."

대체 뭘 준다는 말일까? 윤아는 뭘 받고 싶은지 말하랬더니, 되려 뭘 주고 싶은지를 말한다. 윤아가 배시시 웃는다. 어쨌든 이렇게 행복해하는 걸 보니 자주 요리해 줘야겠다.

윤아를 바래다주는 길, 눈치 없이 폰이 계속 울린다.

"윤아야 미안, 잠깐만."

뭔가 보니 대학 동기 양 주사가 단톡방에 아파트 사진을 한 무더기 보내 놨다.

[더센트럴퍼스트시빌런포레킹덤 사전점검 옴ㅋ]

저번에 자랑한 아파트 분양권 얘기인가 보다. 아파트 이름을 뭐라고 읽어야 할지도 모르겠다. 발음이… 조심히 읽어야 하는 건 알겠다. 사진을 대충 보니 이제 아파트가 거의 완성된 모습이다. 양주사가 분양받은 아파트 따위 별로 알고 싶지 않지만, 커뮤니티 수영장은 호텔 리조트 같고 번쩍번쩍한 것이 멋있긴 하다. 넋 놓고 바라본다. 나는 집 살 돈은 안 되는데, 양 주사는 곧 날마다 이 커뮤니티를 누리겠구나. 윤아가 빤히 쳐다본다. 아차, 윤아를 기다리게 했다.

"별거 아냐. 친구가 신도시에 집 산 거 사전점검 한다고 사진 보내서. 얘 맨날 지인들한테 여기 분양권 사라고 노래를 불렀어. 사진 보여줄까? 커뮤니티 잘 해놓긴 했네."

현우는 윤아에게 핸드폰을 주며 양 주사가 보낸 사진을 보여준다. 윤아가 호기심 어린 눈으로 사진을 넘겨 본다. 사진, 괜히 보여 줬나? 갑자기 후회된다.

'윤아도 새 아파트라 좋아 보인다고 하려나? 저런 데 이사 가고 싶다고 하면 어떡하지?'

예상외로 윤아는 걱정스러운 목소리로 현우에게 말한다.

"나 이 단지 알아. 현우 너는 이 아파트 안 샀지?"

"응, 별로 안 내켜서."

"다행이다. 저런 거 사는 거 아니야. 거긴 안 돼."

거긴 안 된다니, 왜일까? 그래도 양 주사가 집도 사고 돈도 번 건 잘한 일 아닌가. 윤아에게 솔직하게 말한다.

"그래도 부럽긴 해. 나는 집 살 돈은 안 돼서. 이번 정부에서 청년도약계좌 나온다길래 그걸로 1억 모아볼까도 생각했어. 근데 10년 뒤면 40대인데, 1억 들고 집 살 수 있는 것도 아니니까…."

"집, 사면 되지."

"내가? 집을? 돈도 없는데? 내가 얼마 있는 줄 알고. 하하."

"지금도 살 수 있어. 집은 돈이 없어도 살 수 있고, 돈이 있어도 못 사는 거야."

윤아는 현우가 이해할 수 없는 말을 남긴 채 돌아갔다.

한창 업무하다 뻐근하던 찰나, 친한 유 과장과 눈이 마주친다. 유 과장이 현우에게 나가자는 눈짓을 보낸다. 담배 타임 가나 보다.

현우는 담배는 피우지 않지만 따라서 옥상으로 바람 쐬러 나왔다.

"과장님은 여자친구 사귄 지 1년 되셨댔죠? 결혼 얘기 나와요?"

"네, 결혼할 마음은 있죠. 근데 집 구하는 게 문제라. 안 그래도 여자친구가 어제 친구 청첩장 모임 갔다 와서는 계속 눈치 주네요. 청첩장 준 친구가 어떻게 프러포즈 받았다는 줄 알아요? 남자가 무릎 꿇고 등기권리증 줬대요. 등기필증인가? 집문서 말이에요. '너랑 살려고 집 샀다, 결혼하자'고 멘트 치면서요. 그거 들은 여자들 다 꺅꺅거리고 뒤집어졌다네요."

"와, 미쳤네. 그 남자 금수저예요?"

"그러니까요. 괜히 그런 얘기 듣고 눈만 높아져서 저보고 좋은 집 구해오라고 은근히 압박하잖아요. 지금 저 사는 신림동 투룸 들어와서 살라고 하면 싫어하겠죠? 돈이라도 좀 보태주든가. 에잇, 코인은 또 떨어졌네요."

유 과장이 한숨을 쉬며 줄담배를 태운다.

"박 대리님, 그렇잖아요. 우리 월급으로 어떻게 집을 사겠어요?"

현우도 동의한다. 말없이 하늘만 바라본다. 그러다 문득 어제 윤아가 한 말이 떠오른다.

'집은 돈이 있어도 못 사고, 돈이 없어도 살 수 있는 거라고 했는데. 무슨 말일까? 그나저나 집 가지고 프러포즈하는 거 되게 신기하네. 윤아도 그런 거 좋아하려나? 저번에 윤아가 농담으로 집 사달라고 하긴 했는데. 개집이라도 살까? 그런데, 집을 내가 어떻게?'

모르겠다. 답 없는 고민만 계속 머릿속을 맴돈다. 유 과장이 후, 하고 담배 연기를 내뿜고는 묻는다.

"대리님도 요즘 데이트한다고 바쁘시겠어요. 여자친구랑 주말에 어디 좋은 데 가세요?"

"아뇨. 뭐 딱히. 일요일에만 잠깐 동네에서 볼걸요? 평소에 자주 봐서 괜찮아요."

"그거, 여자친구도 괜찮대요? 지금은 아무렇지 않은 척해도 나중에 서운해할 수 있는데. 춥네요. 들어가시죠."

현우는 유 과장에게 자신이 여자친구 마음도 못 헤아리는 무심한 남자로 보인 것 같아서 억울하다.

'저도 놀러 가고 싶다고요. 아, 윤아랑 1박 2일 여행 가고 싶다. 토요일에 일한다는 건 대체 언제까지 하는 거야? 나도 거기 따라간다고 하면 너무 찌질해 보이겠지. 설마 앞으로 계속 이러지는 않겠지?'

주말에 대체 뭐 하는데

퇴근 후, 운동 끝나고 윤아와 길마중길을 산책한다. 윤아는 무슨 일이 그리 바쁜지, 지금도 전화가 오는 것 같다. 하지만 현우에게 집중하고 싶다며 받지 않는다. 현우는 윤아에게 몸을 가까이 붙이고 팔짱을 끼며 물어본다.

"토요일에 나가는 건 언제까지 가?"

"글쎄, 아마 계속?"

환장하겠다.

"계속이라고? 나 좀 신경 쓰여. 거기 남자들 있는 거 아니야? 아니면 토요일마다 못 보는 게 다른 이유가 있는 건 아닐지 걱정되기도 해."

"아, 신경 쓰이게 해서 미안해. 근데 다 여자들만 있어. 걱정하지 마. 사진 보여줄게."

윤아가 어쩔 줄 모르며 사진을 여러 장 보여준다. 정말 또래 여자들만 있다.

"남자 없으면, 됐어."

현우는 의심하지 않기로 한다. 자신과 만났을 때 진심으로 대해주는 윤아를 믿는다. 아쉽긴 하지만 일하러 가는 거고, 여자들만 모인다는데 더 뭐라고 하면 쪼잔해 보일 것 같다. 그래도 윤아가 미안한 눈치다. 윤아는 항상 미안해하긴 했다.

"매번 토요일에 시간 못 내서 미안. 거기서 나랑 제일 친한 분 소개해 줄까?"

"좋아. 언제든지. 안 그래도 네 지인들 만나보고 싶었어."

"응, 약속 잡아볼게. 이분이 투자도 잘하고 사업도 하고 부자야. 내가 아는 분 중 제일 부지런하고 열심히 살거든. 우리보다 어려도 대단한 분이셔서 배울 점이 많을 거야."

며칠 후 저녁이다. 현우는 퇴근 후 지하철을 타고 고속터미널역에 내렸다. 세상에, 사람은 왜 이리 많고 어쩌나 길이 복잡하게 생겼는지 갈피를 못 잡겠다. 마계 던전 부평역 지하상가는 옆으로만 가면 뭔가 나오긴 했는데, 여기는 현우에게 낯선 서울 한복판인 데다가 위아래로 여기저기 얽혀 있어서 아득해진다. 나름 길을 잘 찾는 편이라 자부하는데도, 지도 앱을 암만 봐도 그 출구 번호가 어느 쪽으로 가야 있는지 모르겠다. 위로 가면 엔터식스라고 쓰여있고, 저쪽은 고투몰? 이쪽도 신세계인데, 저쪽도 신세계라고 되어 있다. 경부선이나 호남선으로 가는 건 아닐 것 같은데. 자꾸 빙빙 돈다. 어디로 가야 하는지 당최 모르겠다. 윤아에게 전화한다.

"나 고속터미널역 내렸어. 어디로 가?"

"옆에 뭐가 보여? 여기 서울 3대 미로라 길 엇갈릴 수 있거든. 가만히 있어. 내가 데리러 갈게."

윤아가 저 멀리에서 걸어온다. 윤아에게 빛이 난다. 현우는 수많은 인파 속에서도 윤아만큼은 또렷이 알아볼 수 있다. 경이롭고 신비한 기분이다. 미로에서 헤매는 현우에게 바른길을 인도해 주는 천사가 온 것이다. 현우는 무신론자이지만, 만약 자신을 측은히 여긴 신이 윤아를 보내준 거라면 오늘부터 그 신을 섬길 수 있을 것 같다. 아니, 아니다. 윤아야말로 여신 그 자체다. 현우는 윤아 손을 꼭 잡았다. 주접은 속으로 삼키며 윤아를 따라 반포뉴코아 아울렛에 예약해 둔 샤브샤브 식당으로 갔다. 안내받은 자리에 앉는다. 윤아가 핸드폰을 보며 말한다.

"지은 님 거의 다 도착했대. 아, 저기 오신다."

발랄한 여성분이 환하게 웃으며 현우네 테이블 쪽으로 왔다.

"안녕하세요, 말씀 많이 들었어요. 현우 님이시죠? 저는 지은이예요."

지은이 친근하게 먼저 손을 내밀며 인사를 건네는 폼이 흡사 선거철 정치인 같다.

'정말 성격 좋아 보인다.'

윤아가 지은을 맞이하며 말한다.

"바쁜데 시간 내주셔서 감사해요."

"이렇게 재밌는 자리에 제가 안 올 리가 있겠어요? 윤아 님이 누굴 만나시나 엄청 궁금했거든요."

지은이 능글맞은 얼굴로 현우 쪽을 바라본다.

"제가 궁금하셨어요?"

"그럼요. 윤아 님이 몇 년을 무리하면서 긴장만 하고 살았는데, 요새는 좀 얼굴이 편안해지셔서 현우 님께 제가 다 고맙죠. 같이 일하니까 서로 컨디션 살필 수밖에 없거든요. 저희 둘 다 맨날 인 사말이 '오늘은 주무셨나요?'였는데요. 하하. 할 일이 많으니까 잠을 줄이는 거죠. 새벽 3시든 4시든 카톡 하면 서로 실시간으로 답 하고. 그 시간이면 아직 안 잔 건지, 자다 깬 건지 헷갈려요. 근데 윤아 님이 요즘 들어 여유가 생긴 것 같아서 좋아요. 새벽에 연락 안 오는 거 보면 잘 지내나 봐요. 덕분에요."

현우가 묻는다.

"두 분은 같이 일하시는 동료이신 거죠?"

"전우죠." "전우야. 인생 고비를 함께 이겨낸."

지은과 윤아가 동시에 답한다. 샤브샤브 육수가 끓는다. 현우는 자연스럽게 집게와 가위를 잡는다. 그리고 냄비에 채소를 먹기 좋은 크기로 잘라 담그고 고기도 적당히 익힌다. 지은이 이야기를 한다.

"저도 부동산 투자 오래 했는데요, 초창기에는 투자 정보 얻으려고 고수 같아 보이는 사람들 따라다니고 술 같이 먹으면서 귀동냥하곤 했어요. 그런데 이 판이 살벌해요. 믿었던 고수가 자기 악성 물건 설거지하거나, 공동투자 하자고 돈 받아먹고 잠적하거나. 그런 전쟁터에서 살아남으면서 배운 거예요.

그러다 몇 년 전에 윤아 님을 만났거든요. 그때 윤아 님이 따뜻하게 대해주면서 조건 없이 이것저것 나눠주면서 알려준 감동을 잊을 수가 없어요. 이 바닥에 이렇게 좋은 분이 없거든요. 저도 그걸 아니까 진심으로 고마웠고, 그래서 윤아 님께 꼭 좋은 동료가 되어드리겠다고 약속했어요. 그 인연이 지금까지 온 거고요."

"말씀은 저렇게 하셔도 지은 님 원래 대단한 분이셔. 나야말로 고맙지. 이렇게 꾸준히 인연 이어 나가면서 서로 의지가 되는 분이 없거든. 내가 지은 님한테 정말 많이 의지하고 있어. 감사한 분이라 꼭 너한테도 소개해 드리고 싶었어."

"두 분이 서로에게 좋은 인연이네요."

지은이 싱글벙글하며 현우에게 말한다.

"윤아 님이랑 남자 절대 안 만날 거라고 했었어요. 굳이 만날 거면 '운동하고 조신하고 참한 연하남이어야 된다'고 했거든요. 하하."

"뭘 그런 걸 얘기해요." 윤아가 부끄러워한다.

"제가 조신하고 참하긴 하죠. 윤아랑 학번은 같은데 제가 빠른

년생이라, 연하 맞아요."

현우는 뻔뻔하게 답하고는 윤아와 지은의 그릇에 익힌 채소와 고기를 덜어주었다. 빈 물잔에 물도 따라준다. 지은이 그 모습을 보며 감탄한다.

"현우 님은 MBTI가 어떻게 되세요?"

"INTJ에요."

"하이고, 같은 INTJ인데 엄청 다르네. 제 남동생도 INTJ인데 입만 살았어요. 아주 상전이 따로 없어요. 남 부려 먹을 줄만 알지. 전 INTJ는 다 재수 없는 줄 알았는데, 현우 님이 이래저래 윤아 님 챙기는 거 보면 그건 아닌 것 같네요. 현우 님은 INTJ 희망 편이다. 하하하."

"당연히 제가 챙겨야죠. 좋아하는 사람한테 뭐라도 해주고 싶지 않나요?"

"잠깐 화장실 좀."

윤아가 잠시 자리를 비웠다. 지은이 현우에게 말한다.

"현우 님이 윤아 님한테만 지극정성이라면서요? '차도남'이라던데요."

"그렇죠. '차 없는 도시 남자'긴 하죠."

"하하. 듣던 대로 유쾌하시네요. 차 없으면 뭐 어때요. 서울은 차 필요 없어요. 윤아 님은 집만 있으면 된다고 할걸요? 그나저나 대단하세요. 솔직히 여자친구가 매주 임장 나가는 거 이해하기 쉽지 않으실 텐데요.”

'윤아, 토요일마다 부동산 임장 가는 거였어?'

현우는 몰랐다. 그러나 특유의 포커페이스로 원래 알고 있었던 척하였다.

“뭘요. 남자들 있는 것도 아닌데요.”

“그렇죠? 저희도 겪어보면 부동산은 여자들이 잘해요. 남자들도 몇 번 해봤는데, 다 그런 건 아니지만 남자분들이 고집이 세서 잘 못 배우시는 경우가 많더라고요. 그래서 여자들이랑만 다니는 거예요. 남자들은 대부분 자기가 더 잘났다는 마음이 있어요. 부동산은 아내가 더 잘하더라도 의견을 안 굽혀요. 그래도 윤아 님이 현우 님은 '쓸데없는 자존심 안 세워서 좋다'고 하더라고요.”

“자존심 세울 게 뭐 있나요. 저는 모르는 분야에서 함부로 아는 척 안 해요. 윤아를 존중하는 게 당연하죠.”

지은이 신기하다는 눈빛으로 본다. 그리고 말한다.

“제가 윤아 님한테 남자 만나면 제발 부동산 얘기하지 말라고 했거든요. 윤아 님이 어쩌셨나 모르겠네요. 부동산 빼고 한마디도 못 하지 않던가요?”

“저희 그런 얘기 안 하고도 재밌어요. 제가 무슨 말을 해도 다 재밌게 들어주던데요.”

윤아가 돌아왔다. 지은이 윤아를 바라보며 웃으며 말한다.

“윤아 님 행복하겠어요.”

"그럼요."

윤아는 아무것도 모르는 눈치다.

'윤아가 나한테는 부동산 얘기 거의 안 하는데. 그동안 말을 못 해서 답답하지 않았을까?'

지은은 3호선을 타고 갔다. 현우는 윤아와 3420번 버스를 타고 서초중앙로를 따라 내려온다.

"윤아야, 들었어. 너 토요일마다 부동산 공부한다며?"

윤아가 당황한 것 같다.

"어? 맞아. 미리 말 못 해서, 미안."

현우는 윤아 손을 잡고 이야기한다.

"내가 부담스러워할까 봐 말 못 한 거지? 그냥 그런 거라고 알고 있을게. 나는 네가 어떤 사람이어도 좋아. 부동산 얘기 얼마든지 해도 돼. 사실 나도 집 사는 데 관심 많은걸. 앞으로는 편하게 얘기해도 괜찮아. 난 공부도 될 것 같고, 오히려 좋아."

"...응."

"정말이야. 나한테는 무슨 말을 하든 상관없어. 너니까."

윤아가 고개를 끄덕인다. 사랑스럽다. 처음에는 도도한 냉미녀일 줄 알았는데, 보면 볼수록 귀여운 야옹이다. 현우는 윤아가 부동산에 관심이 있다는 게 기쁘다. 안 그래도 꼭 집을 사야겠다고 생각했는데, 좋아하는 사람과 부동산 이야기까지 같이하면 든든

할 것 같다.

"윤아야, 나 부동산 공부하려고. 어떻게 하면 돼? 너희 모임 같이 가고 싶은데 여자들만 갈 수 있는 거지?"

"응. 같이 가는 건 어려워서, 미안. 너도 다른 모임 알아봐도 돼. 그런데 어차피 누구랑 같이 공부하더라도 판단은 스스로 해야 하고, 요즘 워낙 인터넷에 좋은 정보가 많아서 혼자 해도 충분하긴 해."

"그러면 혼자 할래. 쭉정이들이랑 친목할 마음은 없어서, 너랑 같이 못 할 거면 혼자 하는 게 속 편해. 아무튼 나도 부동산 정보 좀 검색해 보긴 했거든. 부동산 유튜브 몇 개 봤는데, 맨날 핵폭발 섬네일만 올리고 불안 조장하는 말만 하길래 정신 나갈 것 같아서 안 보게 되더라. 공부 뭐부터 하지? 요즘 뉴스 탭에서 부동산 관련 기사는 계속 읽긴 하는데, 거기에 집 사는 방법이 나오는 건 아니라서. 네가 나보다는 많이 알 것 같은데, 너 봤던 것 중에 인사이트 좋은 사람 추천해 주면 안 돼?"

윤아는 고민하는 것 같다. 잠시 생각하더니 현우에게 카톡으로 블로그 링크를 보내준다. 현우는 바로 열어본다.

"〈산군 김리치의 부동산 투자〉? 아, 나 이분 검색하다 본 것 같아. 책도 내시고 유명하던데. 추천 고마워. 집 가서 바로 공부해 볼게."

버스에서 내렸다. 윤아가 아파트 펜스 문을 열고 들어간다. 현우는 윤아를 집 앞까지 데려다주고 싶지만, 들어갔다간 마음대로 나오지 못할 걸 알기에 멈추어 선다.

"조심히 들어가."

현우는 윤아의 모습이 보이지 않을 때까지 손을 흔들다가 아쉬운 발걸음을 돌린다.

2장

산군 김리치의 부동산 투자

집으로 돌아와 노트북을 열었다. 윤아가 준 링크를 타고 〈산군 김리치의 부동산 투자〉 블로그에 들어간다. 각 잡고 공부할 심산이다. 산군 김리치 님 프로필은 큰 호랑이 사진이다. 왠지 고수의 위엄이 느껴진다. 도합 천 개가 넘는 부동산 관련 게시글, 그리고 수많은 감사 댓글을 보니 예사 분은 아닌 것 같다.

'메인에 뜬 게 가장 최근 글이구나.'

… 무주택 지인이 매수를 망설이길래 지금이 타이밍이라고 말씀드리고 계약서 쓰고 들어오는 길입니다. 매도자분이 몇 달 동안 보러 오는 손님이 하나도 없었는데, 지인분이 산다니 반가운지 호가에서 천만 원을 깎아주셨습니다. 수중에 5천만 원 있으셨는

데 잔금하고 인테리어를 해도 돈이 남겠네요. …

'지인분이 나랑 가진 돈은 별 차이 안 나는데 서울에 아파트를 샀다고? 말도 안 돼. 진짜인가? 동생도 보여줘야지.'

동생한테 링크를 보낸다.

[야 박현정, 이거 보고 너도 집 사라.]

[오빠 뭔데? 집 사게? 어디?]

[아직 모름.]

다른 글도 이어서 읽어본다.

… 강추위가 기승입니다. 아니나 다를까 세 준 복도식 아파트에서 물이 안 나온다고 합니다. 수도관이 얼어붙은 겁니다. 이런 사태가 생기면 수습하는 데 하루 종일 걸립니다. …

'임대 사업하시나 보다. 임대로 준 집 관리하는 내용이 종종 보이네. 첫 글부터 볼까? 워, 한참 예전까지 내려가네.'

… 성남지원에 입찰하러 다녀왔습니다. 입찰 가격을 잘못 쓰면 무조건 새 기일입찰표를 받아서 새로 작성해야 합니다. 입찰 가격은 가리고 쓰고, 가격을 소리 내서 말하지 않습니다. 주변의 누가 여러분과 같은 물건에 입찰할지 모르니까 항상 조심하도록 합니다. 입찰 봉투를 제출하면 집행관이 이렇게 생긴 봉투 위쪽의 입찰자용 수취증을 잘라서 줍니다. …

덤덤한 말투로 쓴 부동산 투자 일지에는 현장에서 실전 경험을 해야만 알 수 있는 내용으로 가득하다. 윤아가 왜 추천해 줬는지 알 것 같다. 이분은 그동안 숱하게 봐온, 어그로 끌거나 광고해서 돈 버는 자칭 전문가들과는 내공의 깊이가 다른 게 느껴진다.

'김리치 님 대단한 분이시구나. 글 느낌을 보아하니 나이 좀 있으신 형님인 것 같다. 나도 저분 나이쯤 되면 저렇게 투자해서 부자가 될 수 있을까? 부자까지는 바라지 않으니까, 나 살 집 하나만이라도 살 수 있으면 좋겠다. 이분께 배우려면 어떻게 해야 하지? 강의는 안 하시네.'

시계를 보니 벌써 새벽 세 시다.

'아, 조졌네. 내일 하체 해야 되는데.'

다음 날, 운동 끝나고 윤아가 배고프다고 한다. 맥도리아 뱅뱅 사거리점에 왔다.

"윤아야, 나 산군 김리치 님 블로그 글 읽어봤어. 네가 왜 추천해 줬는지 알겠더라. 재밌어서 새벽까지 봤네. 아까 점심시간에도 보면서 공부했어."

"정말? 나 이런 거 알려줬을 때 바로 읽는 사람 처음 봤어."

"네가 알려준 건데, 당연히 바로 신경 써서 봐야지."

윤아가 기뻐하며 활짝 웃는다. 현우는 바로 이런 윤아의 인정을 원했다. 일하는 시간 빼고 내내 공부한 자신이 뿌듯하고 자랑스럽다.

"읽어 보니 어땠어?"

"글 잘 쓰시던데? 배운 게 많아. 읽으면서 중요해 보이는 거 따로 정리해 뒀는데, 들어볼래? 부동산은, 그러니까 아파트를 살 때도 건물 자체 말고 땅을 중요하게 봐야 한다는 걸 알았어. 건물이 신축인지 구축인지는 부차적인 거고, 입지가 중요해. 집을 살 때는 입지를 봐야 해. 입지 안 좋은 신축보다 차라리 입지 좋은 구축을 추천하시대. 나도 그게 맞는 것 같아."

"그렇구나."

"그리고 경제학적으로 접근하는 것도 인상적이었는데, 우리나라는 자본주의 사회라 인플레이션이 있어야만 굴러가는 체제야. 물가가 오르는 게 자연스러운 거랬어. 2000년대 초반에 한 줄 1,000원 하던 김밥이 이제는 4,000원이 넘는 것처럼. 집값도 마찬가지래. 사람들은 집값이 계속 오른다고 생각하지만, 사실은 집값이 오르는 게 아니라 화폐가치가 떨어지는 거고. 만 원 가지고 할 수 있는 일이 뭐가 있는지 옛날이랑 지금이랑 비교해 보면, 그때는 할 수 있었던 게 지금은 안 되는 게 태반이잖아. 나 어릴 땐 '만 원의 행복' 같은 거 하면서 만 원만 있으면 하루 동안 살 수 있었는데, 이젠 만 원으로 밥 한 끼 먹기도 힘들지. 시간이 지날수록 같은 물건을 사려면 더 많은 돈을 줘야 해. 집도 마찬가지여서, 무주택자는 돈 모으면서 집 살 타이밍 기다리지 말고 지금 사는 게 제일 싸대.

그리고 또, 맞다. 여기 서울은 사람들이 살고 싶어 할 만한 주택 수가 부족해. 수요는 많은데 공급이 말도 안 되게 적어. 가구 수도 늘어나고 있고. 집값이 출렁일 수는 있어도 장기적으로는 계속 우상향해. 통화량이 계속 늘어나니까 집 같은 실물 자산을 사야 손해를 안 봐. 내가 이해하기로는 집 없이 현금만 갖고 있으면 점점 가난해지는 거더라.

웃긴 건, 내가 분명히 수요랑 공급, 인플레이션, 통화량, 심리적 요인 같은 개념을 대학교 때 배웠단 말이야. 교수님이 말씀하실 땐 얻다 써먹는진 모르고 시험용으로 외우기만 했거든. 근데 김리치 님이 집값에 이런 것들이 어떤 영향을 주는지 부동산 시장 돌아가는 모습이랑 같이 써주시니까 바로 이해가 되더라고. 신기했어. 왜 그럴지 생각해 봤거든? 내가 내린 결론은, 교수님은 학자고, 김리치 님은 부자야."

"푸하하. 재밌네. 네 말이 맞는 것 같아."

"그리고 집은 꼭 사야 한다는 확신이 들었어. 사람은 본인 집이든 남의 집이든 간에, 어디에든 들어가서 살아야 하잖아? 우리나라에 선택지는 월세, 전세, 자가가 있는데, 월세는 생돈을 집주인한테 주는 거라 아까워. 나는 월세는 싫더라. 전세는 원금은 보존되는 것 같지만 전세금 묶인 기회비용이랑 인플레이션 생각하면 실질 가치에선 손해를 보는 거였어. 그래서 내 집이 있어야만 인플레이션을 방어하는 동시에 들어가 살면서 사용 가치도 누리는 거지. 내 집 없이 지금처럼 전세에 사는 건 주식으로 치면 하락인 숏에 배팅하는 거라 안 돼. 집 살 거야."

"현우, 정말 멋있다. 전문가 같아. 대단해! 넌 분명 집 살 수 있을 거야."

눈 반짝이며 응원해 주는 윤아가 고맙다. 내 집 마련이라는 큰 꿈에 한 발 내디딘 것 같다.

"아무튼, 김리치 님 블로그 구독했어. 계속 보려고. 근데 이분 투자만 하시고, 강의는 절대 안 하시더라. 초보자들 보라고 가끔 부린이 맞춤형 글 써주시는 건 감사한데, 강의는 왜 안 하시지? 강사들처럼 얼굴 팔리는 게 싫으신가? 그런데 글 내용 보면 지인들 집 사는 거 자주 도와주시는 것 같거든. 나도 이분 지인이면 좋겠다. 좀 제대로 배우고 싶은데. 일단 혼자 열심히 해봐야지."

자취방으로 돌아가는 길, 네이버 뉴스 탭을 열어 부동산 기사를 본다.

[역대급 거래절벽… 서울 25개구 중 8곳 아파트 거래량 '제로']

[서울 아파트 13주째 집 파는 사람만 늘었다… "한동안 하락세 이어질 것"]

[부동산 전문가 모 교수 "부동산 더 빠르게 식을 수 있다"]

기사 제목만 봐도 부동산 샀다가는 다 망할 것처럼 무시무시하다. 지금 집을 사는 게 맞나? 뉴스에서 계속 하락 얘기 나오는데,

지금 하락기에 괜히 집 산다고 설치는 건 아닐지 걱정이 된다. 집을 사고는 싶은데, 고점에 물리는 건 끔찍하다. 내가 집 사고 나서 계속 집값이 떨어지면 어떡하지? 누가 '짠' 하고 나타나서 최고의 타이밍을 짚어주면 좋겠다. 그러고 보니 산군 김리치 님도 가끔 시장 상황에 대해 분석을 해주시는 것 같다. 블로그 글을 뒤져본다.

> 2023년 1월 현재, 시장은 반등 양상을 보입니다. 지역마다 차이는 있지만, 선도 단지들은 벌써 낙폭을 상당 부분 회복하며 매물량이 감소하였습니다. 개포는 호가가 상승세입니다. 잠실과 목동도 거래 분위기가 확산되고 있습니다. 실수요자라면 지금이 바로 아직 오르지 않은 가성비 좋은 집을 살 기회입니다. 혹자들이 말하는 데드캣바운스라는 데는 동의하지 않습니다. 집값이 하락할까 봐 걱정되어 매수를 망설였던 분께는, 이렇게 시장이 바닥을 찍고 반등하는 걸 확인하고 사는 게 최적의 타이밍이라고 말씀드립니다. 집은 지금처럼 대중이 공포에 빠져있고, 정부가 특례보금자리론 같은 혜택을 만들어 집 사라고 등 떠밀어줄 때 사는 겁니다.

김리치 님이 제시한 각종 지표와 현장 소식 및 거래 현황, 상승이라고 생각하는 근거를 읽어보니 맞는 말씀이다. 듣자 하니 언론에서 하는 말은 원래 한두 달 정도 시장 상황보다 늦게 반영된다고 했다. 김리치 님은 현장을 다니시는 분이니, 기자들보다 소식이 빠를 것이다. 게다가 실무를 하고 투자 경력이 오래된 분이니 비전문가가 시장 상황을 분석하는 것보다 설득력 있게 느껴진다.

이번에는 김리치 님이 저번 달에 올린 정부정책자금 주택담보대출 관련 글을 읽는다.

> 2023년, 특례보금자리론이 출시되었습니다. 매매가 9억 이하 주택을 매수할 경우 최대 5억 원까지 대출이 나옵니다. 내 집 마련하시는 분들께 적극 추천해 드립니다. …

자세한 내용은 주택금융공사 홈페이지에 들어가서 안내 글 원문을 읽어보라고 쓰여 있지만, 굳이 그렇게까지 안 들여다봐도 충분히 이해할 수 있을 것 같다. 최대 5억 원이나 대출을 해준다니! 올해 한시적으로 혜택을 주는 대출상품과 상승 반전된 시장. 현우는 이 모든 게 본인만을 위해 준비된 기회 같다. 더는 망설이지 말고 지금 집을 꼭 살 것이다.

'김리치 형님, 저 형님만 믿고 지금 집 삽니다?'

현우는 자취방으로 돌아와 집을 사기 위한 계획을 세워본다. 집을 사려면 뭐부터 해야 할까? 예산부터 세워야겠다. 산군 김리치 님의 〈어떤 집 살지 찍어드림〉 글이 눈에 띈다. 역시 전문가는 다르다. 최적의 단지를 찍어주나 보다.

아파트 찍어달라고 하는 분들께. 저는 결코 특정 단지를 찍어드리지 않습니다. 얼굴도 모르는 저에게 "이 아파트 사요, 마요?" 같이 여러분 가족의 인생이 걸린 집 사는 문제를 너무 가볍게 질문하시는 건 아닌지 걱정이 되는군요.

집을 사면 필연적으로 집이 위치한 동네의 교통, 학군, 환경, 생활 편의시설, 이웃 등이 따라옵니다. 집을 산다는 것은 동네를 사는 것과 마찬가지지요. 따라서 내 집 마련을 하시려면 우리 가족의 상황을 파악하는 게 우선입니다. 내 상황을 잘 모르는 제삼자한테 특정 단지가 어떤지 단순히 물은 후, 그 답을 절대적인 진리로 받아들이는 건 주의해야 합니다.

몇 만 원짜리 립스틱 사는 데도 고려할 게 많은데, 몇 억 원짜리 집을 살지 말지 판단하는 데는 더 여러모로 신중해야 하지 않을까요? 집값은 단위가 억대라서 성급하게 실수하면 인생 내내 돌

이키기가 쉽지 않습니다.

그런데 여러분이 집을 구하려고 마음 먹고 보면 소위 부동산 전문가라는 분들한테 의지해서 상담 받고 묻지도 따지지도 않고 쉽게 결정하고 싶은 유혹이 들 수 있습니다. 스스로 이 집 저 집 알아보기에는 너무 바빠서 시간이 안 나고, 부동산 공부를 하자니 잘 모르겠고 어렵게만 느껴질 테니까요. 그렇지만 남에게 조언을 구하더라도 결국 최종 판단은 여러분이 해야 하고, 그 결정의 책임은 온전히 여러분 스스로가 지는 겁니다. 전문가 말 듣고 집을 샀는데 살다 보니 여러분에게 안 맞아서 전문가가 실력이 없었다고 불평하며 탓해도 해결되는 건 없습니다.

그렇기 때문에 여러분의 상황에 대해 구체적으로 파악하는 게 우선이고, 내가 원하는 집의 조건을 생각한 다음에 비슷한 조건의 여러 단지를 스스로 찾아다녀 보고 비교해 보면서 스스로 판단할 수 있는 능력을 키워나가면 좋겠습니다.

항상 여러분께서 스스로 판단하셔야 합니다. 우리 가족이 어느

> 동네에 거주하시는 것이 좋을지, 직접 현장으로 임장을 다녀오시
> 고 가족들과 이야기하며 비교해 보시는 것을 추천해 드립니다.

에잇, 김샜다. 그런데 맞는 말이다. 사람마다 가진 돈이 다르고, 직장 위치도 다르고, 연령대와 가족 구성원도 다르고, 생활 방식이나 선호하는 인프라도 다르고, 모든 조건이 다 다르다. 만약 김리치 님이 제일 좋은 단지 찍어준답시고 〈잠실 역세권 신축 대단지 초품아 한강뷰 엘리지움팰리스〉같은 고가의 아파트를 추천해 줬더라면 집 살 의욕만 꺾였을 것이다. 내 상황은 어느 전문가보다 내가 더 잘 알 수밖에 없다. 현우는 자신의 상황을 정리해 본다.

'나는 애는 없으니까 학군은 포기하고, 회사 가까운 데나 지하철 역세권이기만 하면 될 것 같다. 연식은 크게 상관없지. 집 상태는 쪽팔리지만 않을 정도면 돼. 면적은… 지금 사는 5평짜리보다 조금이라도 크면 좋겠다. 현장에 가야 답이 있댔지. 임장 다니면서 매수 후보 좀 추려보자.'

현우는 윤아에게 전화를 걸었다.

"윤아야, 내일 저녁에 일정 있어?"

"내일? 역삼동에서 미팅 있는데 언제 끝날지 몰라. 너는?"

"아쉽다. 너 시간 되면 부동산 같이 가자고 하려고 했는데. 그러면 나는 집 좀 보고 와도 돼?"

"물론이지. 어디로 가는데?"

"약수역 근처 다녀올까 해. 옆팀 팀장이 서초신동아 살다가 재건축 때문에 이주해야 해서, 약수역 근처 아파트로 이사 갔대. 그 단지가 역세권이고 회사까지 다닐만하다고 했던 게 생각나서, 궁금해서 한번 가볼게. 근데 너는 약수 괜찮아?"

"나한테 물어볼 필요가 있어? 네가 살 집인데, 내 의견은 중요하지 않은 것 같아."

"아니, 그래도 이사 가면 네가 놀러 올 수도 있고. 그리고…."

어쩌면, 앞으로 윤아와 관계가 더 깊어진다면 현우가 새로 매수하는 집에서 같이 살게 될지도 모른다. 그러니 윤아의 의견이 궁금하다. 어쩌면 신혼집이 될 수도 있다는 걸 염두에 두면 설레발일까?

"현우야. 물어봐 주는 건 고마운데, 내 생각이 네가 집 사는 데 영향을 주는 게 옳은 일인지는 잘 모르겠어. 그래서 너한테 부동산 얘기를 하는 게 조심스러워. 집을 산다는 건 네 인생에 가장 큰 결정이 될 텐데, 이런 말 해서 미안하지만… 솔직히 우리 만난 지 얼마 안 됐고, 우리가 앞으로 어떻게 될지는 아무도 모르잖아. 아직 그렇게까지 친한 건 아닌데 집 얘기부터 하면 우리 관계가 이상해질 것 같아."

서운하다. 나름 배려해서 물어본 거였는데. 그렇지만 현실적으로는 윤아 말이 맞다. 보통의 연인들은 결혼을 결심하고 양가 어른을 뵌 후 결혼식 날짜를 잡는 등 결혼이 확실해진 상황에서 집 이야기를 한다고 한다. 그런데 현우는 지금 혼자 마음만 앞서 있다.

냉정하게 둘의 관계는 아직 알아가는 단계일 뿐이고, 서로 미래를 약속한 사이도 아니다. 지금 현우가 살 집을 구하는 건 온전히 현우가 책임져야 할 문제다. 어떤 집을 살지 윤아에게 계속 묻는다면, 윤아 입장에서 충분히 부담스러울 것 같다.

"이해했어. 너한테 부동산 얘기 안 물어볼게. 내 집 구하는 거니까 내가 스스로 해볼게. 대신 내가 뭐 하고 있는지는 평소처럼 얘기해도 되지?"

"그럼, 얼마든지. 항상 응원할게. 너는 잘할 수 있을 거야. 난 너를 믿어."

아파트 매물 임장

현우가 회사 화장실 변기에 앉아 김리치 님이 추천해 주신 부동산 앱 여러 가지를 다운받는 중이었다. 블로그 새 글 알람이 떴다.

[공지] 내 집 장만, 산군 김리치가 도와드립니다

집을 사고 싶은데, 어떻게 해야 할지 막막하시지요? 저도 초심자 시절 투자하면서 어려움을 겪을 때면, 누군가 이끌어주었으면 좋겠다는 생각을 한 적이 있습니다. 그 마음을 알기에 저의 경험담을 글로 나누며 여러분께 도움을 드리고자 하였습니다. 그 과정에서 많은 분께서 댓글로 질문을 주셨습니다. 저는 한낱 투자자일 뿐, 부동산 강사나 유사투자자문업자가 아니기에 구독자 여러분께서 개인적으로 궁금하신 것에 대해 일일이 답변해

드리지 못한 점 양해해 주십시오.

그동안의 성원에 보답하고자 구독자 여러분 중 몇 분을 선발하여 매수 전 과정을 도와드리려 합니다. 부동산 계약은 특성상 집마다 얽힌 사연과 조건이 다르기에, 그동안 글에서 다룬 사례들이 개인의 계약에 그대로 적용하는 데에는 무리가 있었으리라 봅니다. 부동산은 도제식으로 배울 수밖에 없기에, 제가 내 집 장만이 간절한 분과 온라인으로 매수 전 과정을 함께하며 입주까지 도와드릴 것입니다. 특정 단지나 매물을 찍어드리지는 않습니다. 제가 단계마다 과제를 내드리면, 스스로 임장하고 고민하며 해결해 보십시오. 중간에 막히는 부분이나 의문점에 대해서는 답변드리겠습니다. 전 과정 무료이며, 그런 만큼 꼭 필요한 분들께 기회를 드리고자 합니다.

단, 신청 시 조건이 있습니다. 첫째, 실수요 무주택자만 신청해 주십시오. 6개월 안에 반드시 집을 사서 입주할 각오로 임하셔야 합니다. 포기하지 않고 매수 및 입주까지 자기 자신을 믿고 나아갈 수 있는 분이면 좋겠습니다. 둘째, 집을 사면 꼭 행복하게 지내십시오. 매수를 후회하거나 다른 무주택자를 멸시하거나 더 나은 집을 가진 사람을 부러워하지 말고, 행복한 일상을 영위해 나가겠다고 약속하는 분만 신청하시기를 바랍니다.

뭐라고? 산군 김리치 님이 매수 전 과정을 도와준다고? 게다가 무료라니! 현우는 자리에서 벌떡 일어났다. 상식적으로 바쁜 고수가 귀한 시간을 할애해서 낯모르는 초보를 도와줄 의무는 전혀 없기에, 솔직히 도움만 받을 수 있다면 천만 원을 불렀어도 할 생각이었다. 그런데도 기꺼이 노하우를 공짜로 나누어 주신다니, 이거야말로 놓치면 안 되는 기회다. 신청 양식 링크는 오늘까지만 유효하다. 현우는 서둘러 양식을 작성해 제출했다.

'경쟁률, 엄청 높겠지? 만약에 내가 선발된다면, 왠지 김리치 님은 현장 전문가니까 내가 그동안 부동산도 안 가보고 방구석에서 공부만 했다고 하면 안 좋아할 것 같다. 어디라도 다녀온 티를 내야 간절해 보이겠지. 오늘 부동산 예약하길 잘했다. 발표 전까지 다른 데도 가보자.'

퇴근한 현우는 홀로 3호선을 타고 강북으로 향한다. 압구정역을 지났다. 열차 창밖으로 탁 트인 한강이 보인다. 현우가 아는 서울에서 볼 수 없었던 개방감이 시원하다. 사람들이 이래서 한강뷰를 선호하나보다. 김리치 님이 입지분석 글에서 말씀하시기를, 이십여 년 전 3호선을 타고 동호대교를 지날 때면 강남 쪽에는 압구정 아파트가, 강북 쪽에는 옥수 달동네가 기묘하게 대조되는 모습이 눈길을 끌었다고 한다. 그리고 그 달동네는 이제는 재개발되어 젊은 층이 선호하는 부촌으로 거듭나 소위 '뒷구정'으로 불리는 것처럼, 도시와 입지는 계속 변한다고 했다.

약수역에 내렸다. 매물 보기로 예약한 약수동아 아파트 부동산으로 간다. 부동산 방문이 처음은 아니지만, 매매여서 그런지 전월세를 알아보는 것과는 다른 긴장감이 든다. 아파트 단지 내 상가에 있는 부동산에 들어서니 사장님이 반겨준다.

"안녕하세요, 저 7시에 집 보기로 예약했는데요."

"아아, 새신랑인가 보네. 집주인분한테 지금 간다고 전화할게요. 바로 가시죠."

새신랑이라는 말이 간질간질하지만, 굳이 부정하지는 않았다. 현우에게 묻지도 않고 새신랑이라고 하다니, 신혼부부가 매수하러 많이 오나 보다. 사장님은 현우에게 따라오라며 단지 안으로 들어간다. 오늘 볼 매물이 있는 뒷동까지 걸어 올라갔다.

"이 집은 가격이 착해요. 다른 건 9억도 달라고 하는데 이 물건은 딱 8억이잖아요. 근데 입주도 되고요."

단지 내에서도 단차가 심했다. 사장님이 숨이 찬지 헉헉대며 말을 이어간다. 앞 동에서 뒷동까지 10분은 걸었다. 숨이 차다. 사장님은 왜 등산할 거라고 미리 말하지 않은 걸까? 한두 번이야 운동 삼아 오르내릴지 몰라도, 매일 다니기에는 쉽지 않을 것 같다. 사장님이 산자락 위에 있는 복도식 아파트 건물로 들어가며 말한다.

"다 왔어요. 여긴 지대가 높아서 공기가 좋아요. 바람도 잘 들고."

겨울바람이 서늘하다. 환기는 잘될 것 같다. 엘리베이터를 타고 올라가 복도를 주욱 따라 걸어 들어간다. 복도 한쪽 벽면에는 세대 현관이 줄지어 있고, 맞은편으로는 난간이 허리까지 올라와 있다. 난간 위쪽은 뻥 뚫려 있다. 바깥쪽을 슬쩍 내려다보니 좀 무섭다. 사장님이 방범창에 우산이 걸려 있는 집 앞에 멈춰서서 노크한다. 50대 후반쯤 되어 보이는 집주인이 반겨주며 설명을 해준다.

"저는 이 집에서 참 잘 지냈어요. 경치도 좋고요. 뒷길로 남산까지 걸어갈 수 있는데, 1시간 30분밖에 안 걸려서 산책하러 자주 갔어요. 막상 팔려니 아쉽네요. 애들 다 커서 이제 지방으로 내려가려고 파는 거예요."

집안을 본다. 방이 두 개나 있고 널찍한 건 좋은데, 생각보다 집이 너무 낡았다. 벽지는 누렇고, 싱크대 타일 몇 개는 금이 간 채 떨어질 것처럼 벽에서 들떠 있다. 집을 나와서 사장님에게 말한다.

"겨우 이게 8억이라고요? 이 가격이 맞아요? 말도 안 돼요."

"이것도 싼 거예요. 저 밑에 역 가까운 동은 같은 평형이 9억 5천이야."

"아, 등산하면서 갈리는 제 연골 값이 1억 5천이라는 얘기네요."

"하하하, 그렇게 볼 수도 있네요. 결혼은 언제세요?"

"네?"

현우는 생각해 본 적 없는 질문이 당황스럽다. 집 사는데 대뜸 결혼이 언제냐니. 결혼이야 언젠가 할 마음은 있지만, 윤아와 아직 결혼의 '결'도 꺼낸 적이 없으니 결혼 날짜 같은 게 있을 리가 없다. 처음부터 솔직하게 말할걸, 괜히 새신랑이라는 말에 들떠서 말할 타이밍을 놓친 게 후회된다. 지금이라도 혼자 산다고 얘기해야 하나? 사장님이 말을 잇는다.

"입주가 언제일까 해서요."

"아, 입주요."

현우는 뭐라고 말해야 할지 모르겠다. 현우가 답을 머뭇거리는 모습을 보고 부동산 사장님이 고개를 갸우뚱한다. 어떻게 대답했어야 옳은 거였을까? 일단은 궁금한 걸 물어봐야겠다. 전세 구했던 노하우를 떠올리며 현우가 생각하기에 제일 중요한 걸 질문한다.

"이건 권리관계가 어떻게 돼요? 대출 있어요?"

"대출이 약간 있긴 한데, 그건 우리 신랑분이 매수 잔금을 하시면 다 갚으실 거니까 걱정 안 하셔도 돼요. 말씀하시는 거 들어보니, 부동산 처음 보시는 거죠? 다른 단지도 많이 다녀보세요. 그리고 매수 생각 있으시면 연락해 주시고요."

아직 처음이라 그런지 잘 모르겠다. 더 다녀봐야겠다. 돌아오는 3호선 열차 안에서 네이버 부동산 앱을 열었다. 아파트 매매가 9억 이하로 필터링해 다른 단지를 검색해 본다. 그리고 강남구 개포동에 있는 양남시영2차 아파트를 찾았다.

'여긴 강남구인데도 9억 이하가 있네. 게다가 역세권이야. 연식이 오래되었긴 하지만. 그러고 보니 김리치 님이 쓴 〈강남구 리모델링 소형평형 단지 비교분석〉 글에서 봤던 것 같다. 내일은 여기 예약하고 가보고, 나머지 두 단지도 가봐야지.'

그나저나 아까 부동산 사장님에게 입주 날짜에 대해 속 시원히 대답하지 못한 게 마음에 걸린다. 양남시영2차에 가도 똑같은 질문을 받을 것 같다. 지금 현우가 사는 자취방 전세 만기는 올해 10월이다. 아직 여덟 달이나 남았다.

'입주 날짜를 물어보면, 전세 만기에 맞춰서 2023년 10월이라고 하면 되나? 그러면 지금부터 집을 알아보는 게 의미가 있나? 전셋집 만기 다가올 때쯤 집 보러 다녀야 하나?'

답을 모르겠다. 그렇다고 가만히 생각만 해서는 아무것도 안 된다. 잘 모르겠을 때는 현장에 부딪히면서 배우면 된다. 일단 '날짜는 안 정해졌는데 집 보러 왔다'고 하기로 마음먹는다.

현우는 사무실에서 일하는 척 네이버 부동산에 접속한다. 양남시영2차를 검색한 후, 거래유형은 '매매' 외에는 체크를 해제한다. 낮은 가격순으로 정렬하여 제일 상단에 노출되는, 매매가가 가장 저렴한 물건 선택한다. 스크롤을 아래로 내려 중개사 정보에 쓰여 있는 부동산 연락처로 전화를 걸었다.

"부동산입니다."

"안녕하세요, 양남시영2차 46제곱미터, 8억 4천에 올리신 것 볼 수 있나요?"

"아, 14평이요. 어디신데요? 부동산이세요?"

"아뇨, 신혼부부인데요."

혼자 살 거지만, 어제 들었던 "결혼이 언제냐"는 말을 생각하다가 자기도 모르게 신혼부부라고 해버렸다. 에라, 모르겠다. 될 대로 되라지.

"아 그러시구나. 입주하시는 거죠? 오늘도 되시면 이따 7시에 다른 팀도 보기로 했는데 그때 오실래요?"

"네, 그때 뵙겠습니다."

오후 6시에 퇴근하고 회사 근처 양재역에서 3호선을 타니 아파트가 있는 대청역까지 10분도 안 걸렸다. 생각보다 일찍 도착해버렸다. 회사가 가까워서 여기 살면 좋겠다는 생각을 해본다. 이제 휴일에 멍하니 시간을 때우기보다는 임장을 해야겠다. 집을 사는 건 그 동네를 사는 거라는 김리치 님 말씀이 생각났다.

'동네 구경해 보자.'

현우는 주위를 둘러보며 천천히 걷는다. 김리치 님이 부동산 볼 때 꼭 필요한 앱으로 추천해 주신 앱 중 하나인 호갱노노를 보며 내 위치가 어디인지, 저쪽에 보이는 아파트는 뭔지 확인한다. 개포동은 약수역 인근보다 조용하게 느껴진다. 여기는 주변이 다 아파트다. 카카오맵을 열어 '지도 설정'에서 '지적편집도'를 체크한다. 인근 지도가 다 노란색이다. 일반주거지역이다. 무엇보다 평지인 건 마음에 든다. 추운 날씨지만 양재천 산책로를 걷는 주민들이 꽤 보인다. 주변에는 재건축된 걸로 보이는 번쩍번쩍한 새 아파트도 있었다. 그 너머의 산세가 멋있다. 지도를 보니 대모산인 것 같다. 그나저나 그럴싸한 큰 상가는 눈에 띄지 않는다. 장은 어디서 보는지 궁금하던 차에 마트가 눈에 띄어 들어가 본다. 현우 자취방 근처보다 식재료가 싸다. 새로 생긴 것 같은 도서관도 기웃거려본다. 벽면에 붙어 있는 안내문이 재미있다.

[제발 신문 가져가지 마세요. 모두가 함께 보는 자산입니다.]
[책에 밑줄 긋거나 낙서하지 마세요.]

아직도 집 보기로 한 시각까지 20분이 남았다. 약속한 부동산에 전화를 해본다.

"좀 일찍 도착했는데, 혹시 지금 가도 되나요?"

"그럼요, 오세요. 저희 사무실 위치 아시죠?"

부동산 사무실로 들어섰다.

"안녕하세요, 아까 14평 매매 보기로 전화 드린 사람인데요."

"어서 오세요. 약속 잡아놨어요. 다른 팀 오려면 시간 좀 걸린다니 선생님 먼저 집 보시죠. 이사 날짜가 언제세요? 이 집이 집주인이 사셔서 우리랑 웬만하면 맞춰줄 수 있거든."

"지금 사는 집이 있어서, 이사 날짜는 조정할 수 있어요."

"아, 그럼 서로 여유가 좀 있네요. 집주인분한테 지금 가도 되냐고 전화해 볼게요."

사장님이 전화하는 동안, 현우는 사무실 벽면에 걸린 큰 지도를 본다.

'〈개포택지개발지구〉. 아파트가 되게 많네. 도로가 반듯하다. 안정감 있어.'

"집주인이 5분만 있다 오라고 하시네요. 양남2차가 한창 조용하다가 요새 들어 손님들 많이 오세요. 혹시 선생님도 텔레그램 보고 오셨어요?"

"텔레그램요? 아닌데요."

"뭐 어디 텔레그램 방에서 양남2차를 찍었나 봐요. 갑자기 저번 주부터 젊은 손님들이 문의가 많아서요. 여긴 리모델링 조합이 설립돼 있잖아요. 그래서 리모델링 호재 보고 들어오시는 투자자분들이 많으시거든요."

"그런 건 별로 신경 안 써요. 그냥 제가 들어와서 살려고요."

"여기가 신혼집으로 너무 좋죠. 동네가 조용해서요. 오래된 아파트지만 인테리어 싹 예쁘게 하면 새 아파트 같고 살기 좋아요. 인테리어 업체도 내가 소개해 줄 수 있어요. 이제 집 보러 가실까요?"

양남시영2차는 전에 본 약수동아이파트 같은 복도식 아파트였다. 계단을 타고 2층으로 올라가서 기다란 복도를 따라 걸어갔다. 2층이라 엘리베이터를 안 기다려도 되어서 편할 것 같다. 사장님이 현관문을 노크한다.

"사모님 안녕하세요, 부동산이에요."

30대 초반으로 보이는 여성분이 아기를 안고 문을 열어준다. 현우는 꾸벅 인사하고 집을 둘러본다. 현관에서 신발을 벗자마자 오른쪽에 있는 방문 안쪽을 들여다보니, 옷과 짐이 한가득 쌓여있다. 좁은 통로를 따라 왼쪽에는 일자형 주방이 있고, 바로 맞은편에는 작은 욕실이 있다. 정면에는 장롱과 침대로 꽉 차 있는 안방인지 거실인지 모를 공간이 보인다. 아기 짐이 여기저기 놓여있는 바람에 발 디딜 틈이 없다.

'여기가 14평이구나. 아까 본 약수동아 24평보다 너무 작은데? 나야 괜찮지만, 윤아는 이렇게 좁은 집을 보면 뭐라고 생각할까?'

집주인이 보채는 아기를 달래며 말한다.

"저희 신혼집으로 사서 잘 지냈어요. 애가 생기다 보니까 어쩔 수 없이 이사 가려고요."

집을 나왔다. 부동산 사장님이 말한다.

"선생님이 이 집이 마음에 드신다고 하시면 매매가는 좀 조정해 달라고 얘기해 볼게요. 이 주인분 이사 가실 집도 저희가 구해드린다고 했어요. 그 집을 깎아드린다고 하면 500만 원 정도는 조정해 볼 수 있을 것 같아요."

"그럼 8억 3,500까지 생각하면 되지요?"

"네. 생각해 보시고 연락 주세요. 이게 지금 제일 싼 거고, 뒤에 다른 팀도 본다고 하셔서 빨리 결정하시는 게 좋아요."

김리치 님은 매수 대안 여러 후보를 추려 비교평가 해 보라고 강조했었다. 아직 두 단지밖에 안 봤을 뿐인데, 섣불리 사겠다고 할 수는 없다. 마침 윤아는 내일 저녁도 일이 있다고 한다. 데이트도 못 하니, 부동산이나 가야겠다. 현우는 인근 비슷한 가격대 단지에 매물 예약을 했다.

이번에 들른 참새마을은 양남시영2차에서 한 정거장 떨어진 일원역 근처에 있다. 공기가 맑다. 참새마을 부동산 사장님께 물어본다.

"사장님, 여기랑 양남2차랑 어디가 더 좋아요?"

"여기가 훨씬 낫죠. 제가 참새마을을 주로 거래해서 하는 얘기가 아니라, 이 동네에서 20년 넘게 중개해 보니까 여기가 좋더라고요. 거긴 영구임대아파트 붙어 있어서 선호도가 여기만 못해요. 여기는 주변이 중대형 평형 위주고, 예전부터 사시던 점잖은 분들이 많죠. 아이들 키우기에도 제일 좋은 동네예요."

이번에는 수서역에 내렸다. 서수7단지 부동산에서도 물어본다.

"저 참새마을도 비교해 보고 있는데, 어떻게 생각하세요?"

"거긴 너무 외진데요? 지하철역 빼고는 주변에 즐길 거리가 없어서 심심하실걸요. 젊은 분이 맨날 대모산 등산만 하고 살 거예요? 여긴 수서역세권개발 호재도 있고 투자가치가 비교가 안 되죠. 부동산 좀 아는 분들은 서수7단지 일부러 매수하러 오세요. 지방에서도 오시는걸요."

'아, 옆 단지 까는 건 국룰이네.'

그 단지 사장님은 그 단지의 좋은 점만 이야기한다. 옆 동네에서도 정보를 모은 덕분에 단지별 장단점을 좀 더 객관적으로 알 수 있었다. 인터넷의 단지 정보에는 입주민들이 그 단지에 애착을 가지고 쓴 장점 가득한 후기만 많기에, 결국 진짜 정보를 얻으려면 스스로 현장을 뛰며 파악해야 해야 한다는 말씀이 뭔지 알겠다.

산군 김리치입니다

돌아가는 지하철에 앉았다. 현우가 보기에 그동안 본 단지 전부 좋아 보인다. 집에 가면 엑셀에 표로 비교해서 정리해 두어야겠다. 그때 현우 핸드폰이 울린다. 윤아인가? 아니었다. 채팅방에 초대되었다고 뜬다. 누구지?

[박현우 님, 안녕하세요? 산군 김리치입니다. 박현우 님의 내 집 마련 여정을 도와드리고자 연락 드렸습니다. 선발을 축하드립니다.]

세상에, 놀라 까무러칠 뻔했다. 산군 김리치 님이다. 이게 된다고? 어머니께서 작년에 현우 사주를 보셨을 때 현우에게 곧 대운이 들어온다더니, 그게 바로 이 순간이었나보다. 자세를 바르게 고쳐 앉았다. 스승님 되실 분께 예를 표해야 하는데 핸드폰에 대고 무협지에서 본 것처럼 아홉 번 절할 수는 없고, 공손한 태도로 타이핑하며 인사 올린다.

[안녕하세요, 박현우입니다. 소중한 기회를 주셔서 감사드립니다. 그 많은 사람 중에 제가 선발된 까닭을 여쭈어도 될까요?]

[현우 님께서 써주신 지원 동기에서 내 집 장만을 향한 강한 열의를 보았습니다. 저는 현우 님처럼 주어진 현실에 좌절하거나 순응하지 않고 삶을 개선해 나가는 분을 돕는 데 보람을 느낍니다. 아시다시피 돈이 많은 사람이 집을 사는 건 상대적으로 쉽습니다. 그런 분들은 굳이 제 도움이 없어도 잘 삽니다. 돈이 부족한 사람이 집을 사는 건 까다롭습니다. 그것이야말로 종합 예술이고, 기적입니다. 같이 기적을 만들어 봅시다.]

'같이 기적을 만들어 보자'니, 이런 감동적인 말씀이 어디 있을까? 내가 뭐라고. 현우는 감사한 마음을 꾹꾹 담아 답장을 쓴다.

[기대에 부응하도록 열심히 해서 좋은 집 매수하는 성과를 내겠습니다.]

김리치 님이 현우에 대해 기본적인 사항을 확인한 후, 매수 준비는 어떻게 하고 있는지를 묻는다. 현우는 예전에 생각해 두었던 본인만의 집 구하는 기준을 이야기한 후, 부동산을 몇 군데 가보았다고 했다. 그리고 궁금했던 걸 여쭈어본다.

[부동산 사장님이 입주 날짜가 언제냐고 물을 때마다 어떻게 말

해야 할지 고민입니다. 지금 집을 사서 바로 이사 가고 싶은데, 아직 전세 만기가 여덟 달은 남은 상황입니다. 살고 있는 집 전세 기간이 끝나야 이사 갈 수 있는 거지요? 전세 만기인 10월 날짜로 맞춰서 집을 봐야 할까요?]

[이 경우, 집주인께 양해를 구하고 만기 전에 이사 나오면 됩니다. 원칙적으로는 정해진 기간 동안 거주하기로 계약하였기 때문에, 계약 기간 중 이사 가는 건 안 된다고 말하는 임대인도 있습니다. 그렇지만 상당수 임대인은 임차인이 사정이 생겨서 일찍 이사를 나가는 상황을 이해해 주곤 합니다. 이때 임차인 일방의 사정으로 계약을 깨는 상황이기 때문에 임대인에게 정중하게 양해를 구하고, 직접 새 세입자를 맞추고 집주인 몫의 복비까지 내는 것이 관례입니다.]

[정리하면, 집주인한테 미리 허락받은 다음에 제가 저 대신 살 사람을 구해놓고 중개보수도 집주인 대신 내면 된다는 거네요.]

[그렇지요. 입주 날짜와 관련한 글 링크 보내드리니 살펴보시기를 바랍니다.]

현우는 집주인 할머니에게 어떻게 말을 꺼낼지 차차 생각해 보기로 한다. 김리치 님이 보낸 링크를 열어본다.

집 구하는 데 있어서 매물 가격보다도 이사 날짜가 중요합니다. 그래서 부동산 사장님들이 다른 조건보다도 제일 먼저 입주 날짜(=이사일)가 언제인지 물을 겁니다. 나는 지금 당장 이사해야 하는데, 마음에 드는 물건이 열 달 후에나 짐을 빼준다면 나랑은 인연이 아닌 겁니다. 내 입주 날짜와 맞는 매물을 찾아야 합니다.

'아하, 언제쯤 이사할 거라고 말했어야 사장님도 날짜 맞는 집을 소개해 줄 수 있는 거라 계속 물어봤구나. 날짜가 안 맞으면 소용이 없으니까. 나는 싸고 집 상태만 좋으면 되는 줄 알았지. 그럼 대략 언제쯤이라고 말하면 되지?'

글을 이어서 읽는다.

… 보통 잔금일에 이사를 합니다. … 일반적으로 계약 후 2~3달 후면 잔금을 치르는데, 잔금을 주고받으며 여러 집이 동시다발적으로 움직입니다. …

현우는 김리치 님께 이야기한다.

[지금이 2월이니까, 당장 계약서를 써도 빠르면 4월 말에 이사할 수 있다는 걸 알았습니다. 부동산에는 잔금 날짜 고려해서 넉넉하게 5월쯤 입주하는 걸로 얘기해 보겠습니다. 그러면 지금까지 보고 온 단지와 매물을 보여드릴까 하는데, 제가 비교하기에는 다 좋아 보입니다. 김리치 님의 고견이 궁금합니다.]

[매물 비교는 어떻게 해보셨나요? 매물마다 단지 정보, 해당 매

물 동호수와 평형, 매매가, 평당가, 실거래내역, 가격, 수리 상태, 조건 및 기타 특징 등 고려할 점이 많습니다.]

[네, 매물 비교하는 방법 올려주신 덕분에 매물 본 직후 기록하면서 다녔습니다. 이전에 강남 재건축 정리하신 글에 용적률, 사업단계 같은 걸 분석한 내용을 인상 깊게 봤는데요, 그런 조건들도 추가할까요?]

[현우 님 상황에서는 크게 중요하지 않은 내용입니다. 그 글은 잊으세요. 제가 봤을 때 현우 님은 실거주 가치라는 측면에만 집중하시면 좋겠습니다.]

물어보길 잘했다. 김리치 님께 지금까지 둘러본 단지와 매물에 대해 정리한 내용을 보냈다. 자신이 보기에는 다 괜찮은 집이었는데, 김리치 님 같은 고수가 보기에는 어떤지 의견을 듣고 싶다. 김리치 님의 답장이 왔다.

[예산 파악은 끝내고 매물 보러 다녀오신 걸까요? 대출 공부 먼저 하셔야겠습니다. 과제입니다. 대출 칼럼 링크 보내드리니, 읽어보시면서 주택 매수에 활용할 수 있는 대출을 알아보시고, 지금 현우 님의 상황에 맞추어 예산안을 만들어 보세요. 가용현금과 받을 수 있는 대출을 종류별로 각각 정리해야 합니다. 한도와 이율, 월 상환액도 써보십시오.]

그동안 뭔가 허전하다 했더니 예산안을 안 만든 채 매물만 열심히 봤다. 회사에서도 늘 예산을 들여다보는데 자기 집 사는 예산을 미처 계산하지 못한 게 부끄럽다. 의욕만 너무 앞섰나 보다. 이제라도 예산을 파악해야겠다. 일단 모은 현금은 5,000만 원 정도 되고, 자취방 전세보증금으로 2,000만 원이 묶여 있다. 월급은 실수령액 250만 원 정도이다.

'누구 코에 붙이라고 이 나이에 겨우 250만 원이냐. 아, 좋소 사무직 개구려. 공대나 갈걸. 시간외수당이나 당겨야겠다. 토요일에 어차피 윤아도 없는데 계속 출근해야지. 알바도 할까보다. 모자란 돈은 자취방 얻을 때 전세대출 받은 것처럼 주택구입대출 활용하면 될 거야. 얼른 대출 공부해서 얼마짜리 집 살 수 있을지 가늠해 보자.'

김리치 님이 보내주신 대출 칼럼 링크를 열었다.

열심히 저축해서 집값만큼 돈을 모아서 집을 사겠다고 생각하셨나요? 안타깝게도 집값은 여러분이 돈을 충분히 모을 때까지 기다려주지 않습니다. 그러면 집은 어떻게 살까요? 드래곤볼에서 손오공이 필살기로 "지구인들아, 나에게 힘을 나눠줘!" 하면서 원기옥을 쓰는 것처럼, 여러분도 종잣돈을 어느 정도 모았으면 필살기로 모자란 돈은 대출의 힘을 빌리면 됩니다.

퇴직금담보대출

신용대출

보험약관대출

주택담보대출

회사지원대출

연금담보대출

나

2021년 여름 현재, 최근 서울에 4억 아파트 자가를 매수해 독립한 싱글 직장인 파랑새 님의 사례를 가지고 설명해 드리겠습니다. 파랑새 님 통장에 현금 4억 원이 있었던 건 아닙니다. 그때까지 파랑새 님 통장에 모은 돈은 8,000만 원이 있었습니다. 집을 사려면 3억 2,000만 원이 더 필요한 겁니다(계산 편의상 세금 및 부대비용은 제외하였습니다). 파랑새 님은 나머지 집값을 마련하기 위해 대출을 알아보았습니다. 먼저 은행에서 마이너스통장을 개설해 5,000만 원을 만들었습니다. 그리고 주택을 구입할 때 받을 수 있는 주택담보대출 중 보금자리론이라는 걸 받아서 2억 4,000만 원을 만들었습니다. 그리고 파랑새 님 회사에서 자체적으로 은행이랑 별도로 집 사는 직원들에게 5,000만 원을 지원해 주었습니다. 집값은 4억 원인데, 가진 현금과 대출금을 포함하니 4억 2,000만 원이 되어서 2천만 원이 남아 각종 비용

내고 실내 인테리어도 예쁘게 한 후 입주하였습니다.

집값 4억 (단위: 원)

내 돈+대출금=4억2천만

내 돈 8천만+마통 5천만+주담대 2억4천만+사내대출 5천만

2천만 원 남음

와, 집을 사도
돈이 여유가
있네?

대출금 3억4천만

매월 대출 상환 금액 = 약 108만 원 (1,078,723원)

마이너스통장 = 월 145,834원 (5천만 원/연3.5%/이자만 냄)
주택담보대출 = 월 845,389원 (2억4천만 원/연2.9%/40년간 원금이랑 이자 같이 내야 됨)
사 내 대 출 = 월   87,500원 (5천만 원/연2.1%/이자만 냄)

합   계 = 월 1,078,723원

물론 파랑새 님은 이제 대출 원금과 이자를 매달 108만 원씩 갚아야 하지만, 어차피 집을 안 샀더라도 월급에서 대출 상환하는 만큼은 저축했을 것입니다. 처음에는 파랑새 님도 8,000만 원 가지고 무슨 집을 사냐며 내 집 마련을 막연한 꿈으로 생각했습니다. 그런 파랑새 님도 이번에 해보니, 이게 되더라는 겁니다. 그래서 파랑새 님은 요즘 아주 행복하게 자기 명의로 된 집에 살

면서 정말 마음 편안하고 기분 좋으시다고 합니다. 파랑새 님이 독립한다니까 직장 동료들이 "이사 가는 집은 전세예요, 월세예요?" 물어봤다는데, 파랑새 님이 "자가예요."라고 하니까 다들 대단하다고 하더랍니다. 그 뿌듯함은 이루 말할 수 없을 겁니다. 대출은 무조건 나쁜 거라고 외면하지 마십시오. 우리가 흔히 생각하는 위험하고 나쁜 대출은 꼭 필요하지도 않은 소비를 하려고 대출받거나, 사자마자 가치가 떨어지는 물건을 사려고 대출을 받는 것을 말합니다. 여러분은 단순하게 소비하려고 대출받는 게 아니라 내 집이라는 자산을 형성하는 데 필요한 돈을 대출받는 겁니다. 갚아야 할 이자와 원금만 여러분의 능력으로 부담할 수 있으면 대출의 힘을 빌려서 내 집 마련을 하는 게 저축만 오래 하는 것보다 현명한 선택입니다. 시간이 지나면서 집값은 돈 모으는 속도보다 더 빨리 모을 거고, 인플레이션 때문에 매달 갚아야 하는 돈에 대한 부담도 점점 줄어들게 되어 있습니다.

'대출이 좀 무섭긴 하지만, 집 사는 데 레버리지 쓰는 건 땡빚이랑 다르니까, 괜찮을 거야.'

그러면 집 살 때 활용할 수 있는 대출에 대해 하나씩 살펴봅시다. 집을 살 때는 기본적으로 신용대출(마이너스통장)과 주택담보대출을 활용합니다. 파랑새 님이 아파트 살 때 마이너스통장 5,000만 원과 주택담보대출 2억 4,000만 원을 받은 걸 기억하시나요? 먼저 신용대출에 대해 알아봅시다.

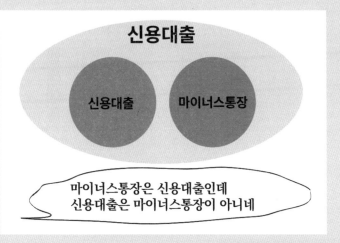

신용대출

신용대출   마이너스통장

마이너스통장은 신용대출인데
신용대출은 마이너스통장이 아니네

파랑새 님이 만든 마이너스통장이라는 것은 신용대출의 한 종류고, 신용대출에 포함되는 개념입니다. 신용대출은 은행에서 여러분이 직업이 있는지, 소득이 있는지, 돈을 잘 갚을 것 같은지 여러분에 대해 판단을 한 후 여러분의 신용을 믿고 돈을 빌려주는 것을 말합니다. 신용대출은 일반적으로 한도는 회사원이면 연봉 정도 나오고, 의사나 공무원, 교직원 등 직군에 따라서 연봉의 두 배가 넘게 나오기도 합니다. 이율은 2021년 7월 현재 3% 중반 정도입니다.

신용대출의 좋은 점은 매달 원금 상환 없이 이자만 내도 되는 '만기일시상환'을 선택할 수 있어서, 원금 나눠서 갚을 걱정 없이 이자만 꼬박꼬박 내면 돼서 부담이 덜하다는 것입니다. 5,000만 원을 연이율 3.5%, 만기일시상환으로 빌린 경우 한 달에

14만 6,000원 정도를 갚게 됩니다.

주의할 점은, 여러분이 전문직이라면 은행에서는 어지간해서는 1억 원 넘게 신용대출을 해준다고 할 것입니다. 이때 신용대출을 1억 5천만 원까지 해준다고 신나서 한도를 최대로 받으면 안 됩니다. 신용대출 한도가 1억 원 이상 있으면 1년 내로 주택 구입을 못 하게 하는 규제가 있기 때문입니다. 우리는 집을 살 목적으로 신용대출을 받는 것이기에 1억 원 미만인 9,990만 원까지만 대출을 받으십시오.

신용대출이라는 건 말 그대로 여러분이 그동안 신용 관리를 어떻게 했는지, 월급이 규칙적으로 들어오는지 등 개인의 상황에 따라서 한도나 이율이 달라질 수 있기 때문에 꼭 은행 영업점에 직접 방문해 상담을 받아봐야 정확한 정보를 알 수 있습니다.

신용대출을 받는 방법은 두 가지가 있습니다. 하나는 신용대출, 다른 하나는 마이너스통장입니다. 은행에 가서 신용대출을 해달라고 하면 한 방에 여러분 통장에 대출한 돈을 넣어주고 그날부터 그 전체 금액에 대해 매달 이자를 내게 합니다. 이건 이자가 마이너스 통장보다 0.5%p정도 싼 대신에 대출을 실행하는 즉시 이자를 계산하고, 중간에 돈 생겼다고 갚으면 '중도상환수수료'라고 이자를 추가로 내게 됩니다.

마이너스 통장을 개설하면 여러분의 수시입출금 통장을 돈이 마이너스가 되어도 돈을 아무 때나 대출한도까지 꺼내 쓸 수 있게 만들어 줍니다. 원래는 계좌에 돈이 0원이면 돈을 더 꺼낼 수가 없는데, 마이너스통장 한도가 5,000만 원이면 −5,000만 원이 될 때까지 돈을 자유롭게 꺼내 쓸 수 있는 겁니다. 돈 생기면 아무 때나 입금해서 갚는 것도 자유입니다. 이자는 전체 한도에 대한 이자가 아니라 내가 지금 쓰고 있는 금액에 대한 이자만 내면 돼서 1,000만 원을 꺼내 쓰고 있으면 1,000만 원에 대한 이자만 내고, 통장 잔고가 0원 이상이면 당연히 이자는 안 내도 됩니다.

그러면 이자가 싸고, 이자만 내다가 만기에 일시 상환하는 신용대출을 받을 것인지, 아니면 돈을 쓰고 있을 때만 이자가 나가는 마이너스통장을 받을 것인지 고민이 되실 겁니다. 저는 여러분께 마이너스통장으로 지금 당장 만들기를 추천해 드립니다. 여러분은 매수할 집 알아볼 시간도 필요하고 당장 내일 돈을 쓸 것도 아닌데 신용대출을 실행해 놓고 이자만 내기는 아깝습니다. 그렇다고 수중에 돈이 없으면 계약금을 제때 못 보내서 집을 놓칠 수 있습니다. 마이너스통장이라도 있어야 계약금을 보낼 수 있지요. 그리고 돈이 생기는 대로 대출을 갚고 싶으시다면, 신용대출은 중간에 갚으면 중도상환수수료가 있어서 여러모로 계산해 보면 마이너스통장이 이득입니다. …

'은행 가서 마통 바로 만들어야겠다. 주택담보대출도 공부해 볼까?'

주택담보대출은 은행이나 보험사 같은 금융기관에서 우리가 흔히 '주택구입자금대출'하면 떠올리는, 집값의 몇 %만큼(LTV) 돈을 빌리는 걸 말합니다. 주택담보대출은 줄여서 주담대라고 부릅니다(주식담보대출과 헷갈리시면 안 됩니다).

(단위: 원)

집값 4억

내 돈 8천만+마통 5천만+주담대 2억4천만

파랑새 님이 집 살 때 대부분의 자금을 주택담보대출로 조달한 것처럼, 여러분도 아파트 매수 자금의 상당 부분을 주담대로 만들게 될 것입니다.

주택담보대출은 집이라는 확실한 실물 자산을 담보로 하니까 여러분 자체만 믿고 빌려주는 신용대출보다 받기도 수월하고 대출 금액도 많이 나옵니다. 여러분이라도 누가 돈을 빌려달라고 하면서 "꼭 갚을게, 나 못 믿어?"라고 하는 경우보다 "혹시 내가 못 갚으면 내 집을 팔아서라도 돈 갚을게."라고 약속하는 게 덜 걱정이 되는 것과 같은 원리입니다.

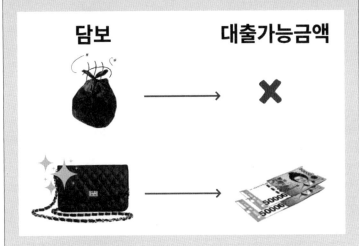

상식적으로 주택담보대출은 담보인 집값에 비례해서 최대로 받을 수 있는 금액이 늘어납니다. …

'응? 이 아래 내용은 대출 규제 내용이네. 매매가가 9억 원일 때는 얼마 나오는데 9억 원 초과 15억 원 이하일 때는 또 다르고 15억 원 초과일 때 대출 안 나오는 거랑, 복잡하네. 아, 아니다. 이거는 옛날 내용이구나. 안 그래도 지금은 해당 없다고 넘어가라고

하셨지. 계속 읽자.'

··· 주의할 점은, 여러분이 예상했던 것보다 대출 한도가 적어서 당황하는 경우가 있습니다. 왜냐하면 대출 기준이 되는 금액을 여러분이 사려는 집의 매매가격과 KB시세 중 더 낮은 금액으로 이용하게 되어 있기 때문입니다.

KB시세는 옛날 주택은행과 합병한 KB국민은행에서 자체적으로 그 집의 시세를 평가한 것을 말합니다. 은행 입장에서 무조건 매매가 기준으로 대출해 준다고 했을 때, 만약 누가 집을 사면서 가치 1억 원짜리를 매매가 10억 원 주고 샀다고 하면서 주택담보대출로 3억 원이나 받아 가면 은행이 손해이니까요. 가치 1억 원짜리 집을 팔아도 3억 원 대출에 모자란 2억 원은 갚을 수가 없으니 말입니다. 이런 사태를 막으려고 KB시세라는 걸 만들어서 대출해 주는 기준으로 삼은 건 아닐까 싶습니다. 요즘은 대부분 실제 집을 사는 가격보다 KB시세가 낮게 책정돼 있을 겁니다. 그래서 사고 싶은 집이 있으면, 그 집의 KB시세를 알아보고 나서 낮은 쪽 기준으로 가능한 대출 한도를 계산해 보고 의사결정을 해야 합니다.

주담대 이율은 2021년 11월 기준으로 연 3% 초중반에서 4% 중후반 사이입니다. 주담대는 신용대출처럼 이자만 갚을 수는 없고, '원리금균등상환' 방식으로 원금이랑 이자를 같이 갚아야 합니다.

원리금균등상환은 전체 대출금액과 이자를 합한 다음에 대출 기간 동안 매달 똑같은 금액으로 나누어서 내는 방법입니다.

이자 계산기

적금	예금	**대출**	중도상환수수료

대출금액   200,000,000 원

2억원

대출기간 | 년 | 개월 | 30 년   연이자율   3.5 %

상환방법 | 원리금균등 | 원금균등 | 만기일시

대출원금   200,000,000 원
총대출이자   123,312,175 원
총상환금액   323,312,175 원

매달 갚을 금액   898,089 원
월별 더보기 >

매달 갚을 돈 계산은 네이버에 〈대출계산기〉를 검색해서 해보면 됩니다. 상환기간은 최대로 잡는 게 유리해서 보통 30년으로 계산합니다(2021년 11월 현재 최장 35년, 40년짜리 상품도 있습니다.). 이렇게 해서 매달 갚아야 하는 원리금을 여러분이 감당할 수 있을지 계산해 보고 대출을 얼마 받을지 판단해야겠습니다.

예산 파악하기

현우가 나머지 글까지 읽으며 파악한 주택 구입할 때 활용할 수 있는 제도권 대출은 다음과 같다.

- 주택담보대출
- 신용대출(마이너스통장)
- 회사대출
- 보험약관대출, 예금담보대출, 퇴직금담보대출 등

'정리하면, 주택담보대출은 얼마짜리 집을 사느냐, 내 연봉이 얼마냐에 따라 가능한 금액이 달라진다고 한다. 나는 9억 이하 주택만 잘 찾으면 특례보금자리론 쓸 수 있으니까 대출 잘 나오겠지? 신용대출은 일시금 받는 것보다 마이너스통장 만들어서 쓰는 게 중도상환수수료 생각하면 이득이다. 회사대출은 좋소라 안 나오고, 보험 가진 게 있으니 보험약관대출은 받을 수 있을 것 같다. 예금담보대출은 받느니 생각 있으면 그냥 예금 깨는 게 낫지. 퇴직금 담보대출도 되는지 경영팀에 물어봐야겠다. 자, 돈 만들러 가자!'

의기양양한 현우에게 경영팀 사원이 웃으며 말한다.

"우리는 그런 거 없어요."

내 그럴 줄 알았다. 역시 좋소 클라스 어디 안 간다. 현우는 투덜대며 자리로 돌아와 신분증과 홈택스에서 발급받은 소득금액증명원, 재직증명서를 챙겼다. 점심시간이 되자마자 주거래 신한은행에 갔다. 마이너스 통장을 만들었다. 연이율 6.3%로 2,990만 원 한도로 쓸 수 있다. 금리가 생각보다 비싸지만, 감수할 수 있다.

돈이 더 있으면 좋겠다. 그러고 보니 김리치 님이 토스 대출상품 비교를 해보면, 1금융권에서도 추가로 마이너스 통장을 만들 수 있는 경우가 왕왕 있다고 하였다. 현우는 토스 앱을 열어 [신용대출 찾기]를 해본다. 너무 이자가 비싼 상호금융이나 캐피탈을 제외하고 뭐가 있는지 본다. 다행히 있다. 은혜로운 부산은행이 2,100만 원을 더 빌려준다고 한다. 영업점에 가야만 마이너스통장을 만들 수 있는데, 부산까지 가야 하나? 그럴 리가. 다행히 현우 회사 근처에 부산은행 강남금융센터가 있었다. 강남에 회사가 있는 게 이런 건 편하다. 현우는 부산은행 영업점에 가서 2,100만 원 한도 마이너스통장을 연 7.8% 금리로 개설하였다.

보험약관대출은 현우가 그동안 납부한 보험금 343만 원을 기준으로 연이율 4.87%로 빌릴 수 있다. 이제 매물별로 받을 수 있는 주택담보대출액을 계산해서 매수 계획을 세우려 한다.

'자금을 제대로 계산해 보자. 요즘 시중은행 대출은 대출 가능 액수가 소득에 비례하는 DSR 규제가 있다. 소득이 많으면 대출받을 수 있는 금액이 많아지고, 소득이 적으면 대출 한도가 줄어드는 거지. 어떤 아름다운 꽃미남 같은 새끼가 이딴 규제를 만들었나? 나 같은 200따리는 서울에 집 사지 말고 뒈지라는 거지.'

현우는 김리치 님이 연초에 쓰신 특례보금자리론 글을 다시 열어본다. 처음에는 강 건너 불구경하듯 훑어 읽었는데, 당장 매수할 수도 있다고 생각하니 그때와는 사뭇 다르게 한 문장 한 문장에 집중하게 된다.

'다행인 건, DSR을 안 보는 특례보금자리론이 있다는 거다. 일반적인 은행 대출 상품을 쓰면 DSR 때문에 저소득층인 나는 대출을 별로 못 받지만, 특례보금자리론은 DSR 안 보고 5억 원까지 대출이 된다니까, 나처럼 연봉 낮은 사람은 확실히 유리하지. 이제는 원문 받아서 제대로 봐야지.'

현우는 링크를 따라 주택금융공사 홈페이지에 들어갔다. 특례보금자리론에 관한 정부 정책 자료 원문을 다운받아서 천천히 정독했다. 그중에 'DTI 60%'라는 말도 있다.

'DTI가 뭐더라? 검색해 보자. DTI는 소득에 따른 대출 가능액을 뜻한다. DSR이랑 무슨 차이인지는 정확히 모르겠지만, 지금 DTI는 얼마나 되는지도 같이 계산해 봐야겠다.'

- 매매가: 8억 원
- 생애최초 LTV 80%: 매매가 8억×LTV 80%=대출가능액 6.4억 원, 최대 5억까지 가능하므로 최대 대출가능액은 5억 원
- 5억 원 대출받았을 때 DTI: 주택금융공사 계산기 사용
- 연봉 약 3,700만 원(알바비 덕분에 좀 높게 잡혔다), 주담대(원리금 균등분할), 금리 연 4.4%, 대출금 총액 5억 원, 대출 총기간 480개월(40년) = DTI 71.86%

'DTI 71.86%? 잠깐만. DTI가 60%를 넘으면 안 되잖아. 나 설마 주담대 5억까지 못 받는 거야?'

주택금융공사 계산기가 틀렸을 수도 있다. 부동산 계산기 앱도 사용해 이리저리 다시 계산해 본다. 그런데 몇 번을 돌려봐도 결과가 똑같다. DTI 71.86%. 한참 초과했다.

'아, 이럴 수가. 나 그동안 헛짓거리한 거구나. 대출 더 자세히 알아보고 움직일걸. 멍청했다.'

예상하지 못했던 난관이다. 현우 소득으로는 아무리 특례보금자리론이라도 DTI 규제 때문에 5억 원까지 대출받을 수 없다. 지

금까지 보고 온 그 어느 집도 살 수가 없는 것이다. 서울 집값 비싼 거 아니까 신축까지는 바라지 않는다고 눈높이를 낮춰 타협한 건데, 어지간한 구축조차도 소득 자체가 낮기에 대출이 제대로 안 나와 못 사는 현실이다. 넘을 수 없는 대출의 벽이 이렇게 클 줄이야.

그래도 포기할 수는 없다. 윤아가 현우는 잘할 수 있을 거라며, 현우를 믿는다고 응원해 주었다. 산군 김리치 님도 현우가 해낼 수 있는 사람이라는 걸 믿으니 이런 기회를 주신 거다. 포기하면 끝이지만, 포기하지 않으면 항상 길은 있다고 했다. 마음을 다잡는다.

'다시 해보자. 나에게는 내 집이 필요해. 그 목표만 생각하는 거야.'

현우는 예산 계획부터 다시 세우기 시작했다. 엑셀 새 시트를 만들었다.

'얼마짜리 집을 샀을 때 내가 쓸 수 있는 대출 종류는? 금리는? 상환 방식은? 매달 얼마씩 갚으면 되지? 그랬을 때 남는 생활비는? … 아, 그래도 매매가 5억 대 중반 정도는 살 수 있겠네.'

현우는 김리치 님께 과제 끝났다고 예산안을 보내드린 후, 새로운 과제로 서울에서 5억 원대 아파트를 택지에 대단지, 역세권 위주로 찾는다. 네이버 부동산에서 매매가 6억 원 이하로 필터를 걸어 매물을 검색해 보며 몇몇 단지를 추린다. 그러던 중 김리치 님 블로그에 새 글이 올라왔다.

> 어제는 매수를 도와드렸던 지인분의 잔금일이었습니다. … 20대

> 중반 싱글이셨는데, 6억 원 이하 아파트를 찾고 계셨습니다. 그분
> 은 젊은 아가씨 혼자 살기 안전하고 쾌적한 지역을 최우선 조건
> 으로 보셨기에 송파구 택지의 아파트를 최종 선택하셨습니다. …

'송파구면 강남 3구 아닌가? 비싼 지역일 텐데 6억 이하 아파트
가 있다고?'

바로 부동산 매물 정보 사이트에서 송파구 쪽을 훑으며 찾아보
았다.

'있다. 거장하늘채.'

토요일, 현우는 방이역에서 내렸다. 널찍하고 반듯한 도로가 눈
에 들어온다. 인도도 넓고 쾌적하다. 평지라 그런지 자전거도 많이
보인다. 길이 쫙 뻗어 있는 것이 전에 본 구불구불한 언덕길과 비
교된다. 사거리 주변에는 대단지 아파트가 모여있었다. 거장하늘
채에만 소형평형이 있을 뿐, 주변 아파트들은 전부 30평대 이상의
중대형 평형이었다. 젊은 부부와 아이들이 여럿 보인다.

'김리치 님이 아이 키우는 부부가 많은 동네가 나 같은 싱글도
살기 좋은 동네라고 하셨었지.'

건물마다 학원도 꽤 많다. 말로만 듣던 방이학원가가 저쪽일
까? 인근에 스타벅스도 있다. 요즘은 스타벅스가 너무 많아져서
구매력 판단 지표인 '스세권'의 의미가 퇴색되어서, 김리치 님은

차라리 스타벅스 리저브가 있는지를 보라고 하셨다. 이리로마트나 파이브스타마트 같은 할인점도 있다. 참 여러모로 마음에 드는 동네다. 현우는 예약해 둔 부동산으로 갔다.

"사장님 안녕하세요."

거장부동산 사장님이 현우를 위아래로 훑는다.

"젊은 분이시네. 거기도 〈월급쟁이재테크부자하우스〉에서 오셨어요?"

"네? 그게 뭐예요?"

"그 부동산 공부하는 카페 있잖아요. 강의 듣고 젊은 사람들이 엄청나게 와. 매물 나왔다 하면 득달같이 오는 사람들 있어요."

말투가 미묘하다. 그 사람들이 거래를 많이 해줘서 좋다는 건지, 마음에 안 든다는 건지 잘 모르겠다.

"그런가요? 전 아니에요."

"아니시구나. 그러면 다행이고요."

사장님은 현우를 마음에 들어 하는 것 같다.

"젊은 사람이 기특하게 집 살 생각을 다 했대? 제 아들이랑 비슷한 나이 같은데요. 우리 아들은 이제 제대하고 취업 준비한다고 이런 거 몰라."

"저 서른셋이에요."

"아유, 생각보다 나이가 많네. 집 보러 가시죠."

시장님은 거장하늘채에서 입주 가능한 집 두 개를 보여주었다.

먼저 간 집은 2층이다. 50대로 보이는 꼬장꼬장한 아저씨가 문을 열어주더니 현우와 부동산 사장님을 보자마자 투덜거린다.

"왜 이렇게 사지도 않는데 집만 계속 봐?"

사장님은 웃으면서 맞받아쳤다.

"뭘요, 살 손님만 데려오는데요. 매매가만 말씀드린 거 생각해 봐주세요."

"안 깎아준다니까."

집주인과 사장님이 실랑이하는 동안 현우는 집 내부를 돌아보았다.

'여기가 13평이구나.'

옥색 신발장과 옛날식 발포 벽지, 노란 비닐장판이 눈에 들어온다. 30년간 인테리어를 한 번도 안 한 것 같다. 현관 쪽에는 복도와 맞닿은 방이 있다. 묵은 짐이 한가득하다. 통로 옆으로 욕실과 주방이 구색을 갖추고 있다. 미닫이문을 열자 안방 겸 거실이 나왔다. 텔레비전 소리가 시끄럽다. 발코니는 통돌이 세탁기가 차지하고 있었다. 저번에 본 양남시영 14평과 구조는 같은데 더 좁게 느껴진다.

'한 평 차이가 이렇게 크구나. 좀 답답하려나?'

"아무튼 5억 8천에서 한 푼도 안 깎아줄 테니 그런 줄 아쇼."

성내는 집주인을 뒤로하고 다른 집으로 향했다. 그다음은 7층이다.

"여기가 끝집이라 앞에 사람들이 오가지 않아서 젊은 분들이 선호하세요."

사장님이 한 차례 설명을 한 후 현관문을 노크하였다. 아무도 없는지 반응이 없다. 사장님은 비밀번호를 누르고 현관문을 열어 주었다. 2층이랑 같은 구조인데 좌우가 반대로 되어 있다.

"이 집은 4년 전에 집주인이 들어오면서 올수리한 집이에요."

올화이트 톤의 예쁜 집이다. 흠잡을 데 없이 깨끗하게 인테리어가 잘 되어 있다. 이 정도면 신축 아파트랑 비슷한 느낌일 것이다. 아까 본 원조 집과는 아예 다른 아파트 같다. 현우는 이 집이 마음에 들었다.

"이 정도면 그냥 들어와서 살아도 되겠는데요."

"그죠? 요즘 이렇게 수리하려면 평당 200은 들어요. 이 집 사면 돈 아끼는 거죠."

"여기가 5억 7천이라고 하셨죠? 아까 것보다 더 싸네요."

"네, 그래서 지금 입주 가능한 것 중에는 이게 1순위예요."

바로 이거다. 이거라면 해볼 수 있을 것 같다.

"사장님, 저는 이 집이 마음에 들어요. 계산해 보고 다시 연락드리겠습니다."

매물 보고 집에 돌아가는 길, 현우는 대법원 인터넷등기소에 접속해 그 집의 등기사항전부증명서를 떼본다. 김리치 님이 집을 보면 계약 전에 꼭 등기부등본을 보며 집에 얽힌 사연을 파악하라고 했었다. 등기부등본은 몇 년 전 등기사항전부증명서라는 이름으로 바뀌었지만, 여전히 등기부등본이라고 부르곤 한다.

'대법원 인터넷등기소 – 부동산열람 전자발급(전송) – 로그인 – 집합건물, 서울특별시, 주소는 거장하늘채 103동 717호.'

검색된 등기기록을 [말소사항 포함]으로 700원 결제 후 열람한다.

'페이지별로 캡처해 두면 나중에도 보기 쉽지.'

얼마 전 김리치 님께서 등기사항전부증명서 보는 방법이 중요하다며 여러 사례를 보여주며 현우를 훈련시켰다. 이제 현우 스스로 적용해 볼 차례다. 등기사항전부증명서에는 이 집에 얽힌 사연이 나온다. 특히 갑구와 을구를 유심히 봐야 살 집인지 말 집인지 가늠할 수 있다. 등기사항전부증명서 표제부부터 살펴본다.

'아파트 맞고, 25년 된 건물이다. 총 12층 중 이 집은 7층인 거고. 건물내역 보면 31제곱미터라고 돼 있는데, 이게 전용면적이지. 대지권의 종류는 소유권대지권, 전체 중 13.61은 3.3으로 나눠 평으로 환산하면 약 4.1평이다.'

갑구를 본다. 맨 마지막 칸에 있는 소유자가 지금 집주인이다.

'집주인이 그동안 두 번 바뀌었네. 지금 집주인은 내 또래인데 4년 전에 4억 5천만 원에 샀구나.'

등기사항전부증명서(말소사항 포함)
- 집합건물 -

고유번호 1163-1996-050235

[집합건물] 서울특별시 송파구 방이동 212-9 거장하늘채아파트 제103동 제7층 제717호

【 표 제 부 】 (1동의 건물의 표시)

표시번호	접 수	소재지번,건물의명칭 및 번호	건 물 내 역	등기원인 및 기타사항
3	1998년2월6일	서울특별시 송파구 방이동 212-9 거장하늘채아파트 제103동 [도로명주소] 서울특별시 송파구 오금로 30길 18	철근콘크리트 벽식구조 평슬래브지붕 12층 아파트 1층 792.04㎡ 2층 763.92㎡ 3층 763.92㎡ 4층 763.92㎡ 5층 763.92㎡ 6층 763.92㎡ 7층 763.92㎡ 8층 763.92㎡ 9층 763.92㎡ 10층 727.97㎡ 11층 727.97㎡ 12층 727.97㎡ 지층 706.64㎡	도로명주소 경정

[집합건물] 서울특별시 송파구 방이동 212-9 거장하늘채아파트 제103동 제7층 제717호

【 표 제 부 】 (전유부분의 건물의 표시)

표시번호	접 수	건물번호	건 물 내 역	등기원인 및 기타사항
1 (전 1)	1998년1월6일	제7층 제717호	철근콘크리트조 31.0㎡	도면편철장 제1책7장
				부동산등기법 제177조의 6 제1항의 규정에 의하여 1999년 04월 14일 전산이기

(대지권의 표시)

표시번호	대지권종류	대지권비율	등기원인 및 기타사항
1 (전 3)	1, 2 소유권대지권	12935.60분의 13.61	1997년1월24일 대지권
			1998년6월5일
			부동산등기법 제177조의 6 제1항의 규정에 의하여 1999년 04월 14일 전산이기

【 갑　구 】	(소유권에 관한 사항)			
순위번호	등 기 목 적	접　수	등 기 원 인	권리자 및 기타사항
1	소유권이전	1998년5월10일 제20823호	1998년3월24일 매매	소유자　최미숙　720830-******* 서울 송파구 방이동 225 서울아파트 5동 1302호
				부동산등기법 제177조의 6 제1항의 규정에 의하여 1999년 04월 14일 전산이기
2	소유권이전	2015년10월21일 제102785호	2015년8월29일 매매	소유자　함은주　780224-******* 서울특별시 송파구 송파대로31길 7, 6동 509호(가락동, 가락하이츠) 거래가액 금195,000,000원
3	소유권이전	2020년11월28일 제129879호	2020년11월1일 매매	소유자　양지훈　920601-******* 경기도 성남시 중원구 자혜로16번길 9, 103동 1503호(금광동, 삼익금광) 거래가액 금450,000,000원

　　을구를 보니 집주인 이름으로 근저당권설정이 되어있다. 은행에서 빌린 주택담보대출로 보인다. 전세 들어갈 거였으면 대출 없는 집을 찾았겠지만, 매매니 전액 상환 후 말소 조건으로 하면 크게 걱정하지 않아도 된다는 걸 안다. 채권최고액 2억 4천만 원이라고 쓰여있다. 이건 실제 대출 금액의 120% 정도를 써놓은 거니집 사면서 2억 원 대출받은 것 같다. 무난한 집이다.

【 을　구 】	(소유권 이외의 권리에 관한 사항)			
순위번호	등 기 목 적	접　수	등 기 원 인	권리자 및 기타사항
1	근저당권설정	2020년11월28일 제171183호	2020년11월28일 설정계약	채권최고액　금240,000,000원 채무자　양지훈 　　경기도 성남시 중원구 자혜로16번길 9, 　　103동 1503호(금광동, 삼익금광) 근저당권자　주식회사열린은행　110111-0023394 　　서울특별시 중구 소공로 50 (회현동5가) 　　(공덕동미래금융센터)

-- 이 하 여 백 --

'집안에 결혼사진이 있던데, 신혼집으로 살다가 이사 가나 보다.'

현우는 김리치 님께 등기사항전부증명서에서 파악한 내용을 정리해서 보내드렸다. 잘했다는 답이 돌아왔다. 이제 엑셀을 열어 자금 계획표에 이 매물의 매매가와 필요경비를 썼다. 그리고 모아둔 돈과 대출을 합쳐 이 집을 살 수 있을지 계산하였다.

'집주인이 원하는 5억 7천은 좀 후달리는데.'

다시 김리치 님이 하셨던 말씀을 떠올린다.

[매매 호가는 집주인이 받고 싶은 가격일 뿐, 정가가 아닙니다. 협상하기에 따라 얼마든지 거래 가격은 달라질 수 있습니다. 실거래가는 보통 매수자가 제시한 가격과 매도자 호가 그사이 어딘가에서 형성이 되곤 합니다.]

'깎아달라고 해보자. 5억 5천까지 조정되면 어떻게든 해볼 수 있을 것 같다.'

이 집, 사도 되나?

5억 5천만 원이라니. 현우는 이렇게 큰돈을 써본 적이 없다. 억대가 넘는 돈을 내야 한다고 생각하니 하니 갑자기 별생각이 다 든다.

'이 집이 맞나? 사도 괜찮은 걸까? 일단 깎아달라고 하고 그다음에 생각할까? 이게 최선일까? 다른 집도 좀 더 알아볼까? 언론에서는 연말이 매수 타이밍이라는데, 하반기까지 기다려? 결국 내가 결정하긴 해야 하는데.'

자꾸 망설여진다. 김리치 님께 이런 말까지 해도 되는지는 모르겠지만, 고민을 털어놓아 본다. 답이 돌아왔다.

[종합적으로 평가했을 때 가치 대비 괜찮은 가격입니다. 분위기로 볼 때 무리해서 깎지 말고 적당히 매수하셔도 후회하지 않으실 겁니다.]

벌써 밤이 늦었다. 토요일도 다 갔다. 어차피 월요일이나 되어야 부동산 사장님도 전화를 받을 것 같다. 그때까지 놓친 게 없는지 다시 점검해 보고, 살지 말지 곰곰이 생각해 봐야겠다.

내일은 오랜만에 윤아와 데이트하는 날이다. 요즘 집 알아본다고 윤아에게 많이 신경 쓰지 못한 것 같아서 미안하다. 현우 자신도 낮에는 회사 근무, 저녁에는 집 살 준비로 쉴 틈이 없었다. 기분전환이 필요하다. 새로운 곳에 가야겠다. 현우는 윤아에게 전화를 건다.

"윤아야, 집에 왔어? 내일 아침에 잠실 갈래? 중학교 때 수학여행 이후로 가본 적 없는데, 놀거리 많다고 해서 잠실 가고 싶어."

"잠실? 으아, 엄청 멀리 가네. 탄천 건너야 돼. 그래, 가자."

"별로면 저번처럼 양재천 가도 돼."

"아니야, 괜찮아. 너 가고 싶잖아. 네가 좋으면 나도 좋아."

일요일 아침 일찍 윤아와 만나 잠실 롯데월드몰에 갔다. 휘황찬란한 가게들이 반짝거린다. 이른 시간임에도 놀러 온 수많은 사람으로 활기차게 붐빈다. 역시 핫플레이스인가? 윤아가 말한다.

"일찍 오길 잘했다. 사람 별로 없네."

현우는 윤아가 이런 말을 할 때마다 재미있다.

"현우야, 너한테 보여주고 싶은 게 있어."

윤아가 현우 손을 잡고 롯데타워로 이끈다. 시그니엘 입구다.

정장을 입은 단정한 직원이 자동문을 열어주며 "어서 오십시오." 라고 깍듯이 인사한다. 현우가 살짝 당황한 사이, 윤아는 미소 지으며 "안녕하세요."라고 인사하며 들어간다. 현우도 두리번거리다 윤아의 손을 잡고 직원에게 "안녕하세요."라고 하며 엘리베이터를 탔다.

'당황하지 말자. 내가 여기 올 만한 사람이니까 인사하는 거라고 믿어야지.'

엘리베이터가 79층까지 올라갔다. 내려보니 누가 봐도 비싸 보이는 화려한 예술품이 장식된, 전망이 끝내주는 라운지가 펼쳐져 있다. 현우는 조그만 목소리로 윤아에게 묻는다.

"여기 비싸지 않아? 나 여기 올 줄 몰랐는데. 예약해야 하는 거 아니야?"

"우리 여기 카페 가는 거 아니야. 옆으로 와봐."

윤아가 웃으며 창가로 현우를 데리고 간다.

"와!"

벽면 전체를 두르고 있는 통창 너머로 서울이 파노라마처럼 펼쳐져 있다. 감탄이 절로 나온다. 79층 높이에서 내려다보는 서울은 정말 멋지다. 커다랗게만 보였던 건물도, 수많은 사람도 아주 작게 느껴진다. 자신이 아주 큰 사람, 대단한 사람이 된 것만 같다. 살아오는 동안 이렇게 높은 곳에서 보면 들여다보이지도 않을 작은 문제들로 얼마나 아등바등했던가. 윤아가 신이 나서 말한다.

"이렇게 전체를 내려다보고 나면 부분이 더 잘 보인다? 이 바로 밑이 석촌호수고, 이쪽 탄천 건너편이 삼성동이야. 무역센터 전광판 화려하지? GBC 공사하는 거 봐. 여기가 너도 아는 엘리지움 팰리스고, 저쪽은 삼전동, 석촌동. 거의 다 빌라야. 석촌고분 보이지? 여기 화장실 가면 진미크 재건축도 잘 보여. 진짜미래크라스라고, 유물 나와서 재건축 밀린 아파트 있어. 사업 지연돼서 말도 못 하게 고생할 거야. 화장실 들렀다 가자."

현우는 화장실에 들어가 보고 깜짝 놀랐다.

'무슨 화장실이 내 방보다 깨끗하네.'

화려한 대리석과 도기에 홀린 듯 화장실 인테리어를 한참 감상한다. 기왕 왔으니 손이라도 씻는다.

'핸드타월 어딨지?'

일회용이 아닌 진짜 수건이 차곡차곡 예쁘게 개져 있다.

'세상에.'

김리치 님이 좋은 건 계속 누려봐야 한다고 한 게 이런 건가 보다.

'살다 살다 화장실을 보고 감탄하는 날이 오는구나. 윤아 덕분에 시그니엘 와보길 잘했다.'

롯데타워에서 내려왔다. 윤아가 이번엔 롯데월드에 가자고 한다. 현우가 묻는다.

"자유이용권 사 올까?"

"아니, 없어도 들어갈 수 있어."

윤아는 현우를 데리고 롯데월드 입구에 길게 늘어선 줄을 뒤로한 채 다른 계단으로 간다. 롯데월드 지하다. 가운데 커다란 아이스링크 주변으로 저 높이 4층까지 뻥 뚫려 있다. 롯데월드 내부가 훤히 보인다. 돔 천장을 통해 실내로 들어오는 자연 채광이 따뜻하다. 놀이기구 타는 소리와 사람들의 들뜬 목소리가 여기까지 들린다. 흥겨운 음악 소리와 다채로운 조명에 테마파크 분위기를 충분히 느낄 수 있다. 윤아가 말한다.

"위쪽은 복잡해서. 여기서 아이스링크 잼보니 보면서 멍때리는게 좋아."

"그렇구나. 여기 좋네. 중학생 때는 롯데월드 안쪽만 들어가 봐서, 이런 데는 몰랐어."

현우도 정빙기를 가만히 바라본다.

석촌호수 산책길을 걸었다. 아직 쌀쌀하지만, 햇살만큼은 완연한 봄이다. 석촌호수는 동호와 서호로 나누어진 큰 호수다. 주민들과 관광객들이 많이 보인다. 현우는 호수 한가운데에 있는 유럽풍 성을 보며 걷는 이 풍경이 마음에 든다.

"나 여기 호수는 처음 와봐. 서울 사니까 가까운 데 갈 데 많아서 좋네."

다른 연인들처럼 교외 드라이브도 못 나가서 윤아한테는 미안하긴 하지만, 현우는 동네 인근의 반포한강공원도, 예술의전당도, 양재천도, 이곳 석촌호수도 다 관광지 같고 즐겁다. 윤아가 현우를 바라보며 말한다.

"4월이면 이 길가로 다 벚꽃 피거든. 이 나무들, 다 벚나무야."

"그때 벚꽃구경 하러 또 올까?"

"아니. 그때 되면 사람 너무 많아서, 매헌시민의 숲 가자. 여의천 주변으로 벚꽃길이 쫙 펼쳐져 있는데, 여기보다 훨씬 편안하고 예뻐. 가서 같이 사진 찍자. 기대돼."

현우는 조금씩 윤아가 먼저 자신과 만날 약속을 챙긴다는 게 기쁘다.

잠들기 전 현우는 결심한다. 어제 본 거장하늘채 7층 집을 사겠다고 할 것이다. 월요일 오전에 바로 부동산에 전화해야겠다. 두근거린다.

월요일 아침이다. 출근하자마자 이 팀장이 부른다.

"현우 씨, 성과보고 발표자료 만들어. 내일까지."

'이 새끼는 자기 일을 또 짬 시키네?'

"팀장 앞에서 태도가 그게 뭐야? 표정 안 풀어?"

이 팀장이 버럭 화를 낸다. 아, 실수. 또 표정 관리 안 됐나 보다. 그렇지만 현우는 굳이 팀장에게 잘 보이고 싶진 않다. 구시렁대면서 팀장이 시킨 일을 하다 보니 벌써 점심시간이다. 다른 직원들에게는 약속 있다고 둘러대고 나온 후 거장부동산에 전화를 걸었다.

"사장님 안녕하세요, 토요일에 717호 보고 간 사람인데요. 매수하고 싶어서 연락드렸어요."

"아, 잘 생각하셨어요. 집주인한테 계좌 받아드릴테니 지금 500만 원이라도 입금할 수 있으시죠?"

사장님은 당연히 매도자 호가 5억 7천만 원에 사는 걸로 생각하는 것 같다. 그러나 현우 예산은 5억 5천만 원이 한계다. 네고를 부탁해 본다.

"죄송한데 5억 7천까지는 자금이 안 돼서요. 5억 4천이면 계약하고 싶다고 말씀해 주실 수 있을까요?"

최종적으로 원하는 매매가 5억 5천만 원을 부르면 5억 7천만 원과의 중간 그 어딘가에서 애매하게 네고가 될 것 같으니 아예 더 낮은 금액을 불러버렸다. 사장님이 한숨을 쉰다.

"얘기는 해볼게요. 근데 실거래가가 5억 대 후반에서 형성이 돼 있어서 쉽진 않을 거예요."

"잘 좀 부탁드리겠습니다."

이틀이 지나도 부동산 사장님에게 연락이 없다. 다시 부동산 들러서 얼굴도장 찍으면서 부탁해야겠다. 현우는 퇴근 후 50분을 이동해 방이역까지 갔다. 5호선 지선 쪽이라 그런지 지하철을 한참 기다리는 바람에 예상보다 더 오래 걸렸다.

"사장님 안녕하세요, 저 꼭 사고 싶어서 다시 왔어요."

사장님이 일어나서 현우를 맞이하며 말한다.

"미안해서 어떡하지? 그 집 팔렸어요."

"네?"

"매도자가 5억 4천은 안 된대서 내가 타이밍 보고 다시 얘기하려고 했거든. 근데 그다음 날 바로 다른 부동산에서 계약했네요."

매매가 조정 얘기해 보려고 먼 길 왔건만, 벌써 팔렸다고 한다. 고민한 게 무색해지는 순간이다.

"얼마에 팔렸어요?"

"5억 7천에 한 푼도 안 깎고 샀어요. 그것도 시세보다 싼 가격이라 바로 사더라고요. 이제 나오면 6억이에요."

언론에서 암만 하락장이라고 해도 살 사람은 다 사나 보다. 맥이 빠진다. 사장님이 훈수를 둔다.

"그래서 집 살 생각이면 예산이 얼만지 처음부터 정확히 하고, 결정은 빨리 해야 해요."

"저 진짜 살 거예요. 5억 4천에서 5천 정도 되는 물건 나오면 꼭 연락해 주세요."

현우는 사장님에게 당부해 둔다. 사장님은 그러겠다고 말하며 현우를 배웅하였다.

터덜터덜 걸으며 아파트 실거래가 앱에 들어가 거장하늘채 최근 매매 거래현황을 본다.

'5억 9,800. 5억 8,500. 6억. 5억 9,000. 실거래가가 이러니 내가 집주인이라도 머리에 총 맞지 않는 이상 5억 4,000에 팔기는 싫겠네.'

이 단지만 바라보다가는 매수 기회가 오지 않을 것 같다.

'어떡하지? 아예 더 멀리 가야 하나? 외삼촌 사시는 광명 철안주공은 어떨까?'

지도 앱에서 철안주공을 찍어본다. 광역버스를 타도 회사까지 1시간 20분 거리다.

빌라도 알아볼까

그다음 날도 고민만 하느라 오전 업무는 하는 둥 마는 둥 했더니 벌써 점심시간이다. 옆 팀 서 과장과 국밥을 먹으러 갔다. 서 과장은 7년 사귄 여자친구와 결혼을 준비 중이다.

"결혼 준비 잘 되세요?"

현우의 말에 서 과장이 한숨을 쉰다.

"다른 건 다 했어요. 근데 집 구하는 것 때문에 여자친구랑 계속 싸워서요."

역시 다들 집이 제일 큰 문제인가 보다. 서 과장이 말을 잇는다.

"우리 회사가 강남이잖아요. 여자친구도 직장이 강남이거든요. 그래서 둘 다 통근 쉬운 데로 구했으면 좋겠는데요."

"두 분 다 가까운 데로 알아보셔야겠어요."

"그게 상식이긴 하죠. 근데 싸우는 이유가, 돈이 많진 않으니까 당연히 강남 아파트는 못 가거든요. 그래서 전 동작구나 관악구에 빌라라도 사자고 했고요. 여자친구는 남양주 새 아파트 사자고 하거든요. 친구네 집이 그쪽 신도시에 있어서 가봤더니 좋다고, 죽어도 새 아파트 아니면 못 살겠대요."

"그래요?"

"여자친구 마음이 이해는 돼요. 여자들 신혼집 로망 있는데 빌라는 쪽팔려서 살기 싫대요. 같은 돈이면 그 신도시에는 방 3개에 화장실 2개 새 아파트 살 수 있는데 왜 꼭 빌라를 가야 하냐고 하거든요."

현우는 서 과장이 말한 신도시까지 길 찾기를 해본다.

"거긴 안 될 것 같은데요? 우리 회사까지 한 시간 반 걸리는데. 저도 멀리서 다녀봤는데, 배차간격 때문에 집에서 두 시간 전에는 나와야 할 걸요."

"그러니까요. 저도 최대한 여자친구한테 맞춰주려고 거기 말고 경기도 다른 신도시도 봤죠. 그런데 거의 비슷해요. 다 멀어요. 맨날 그렇게 다니면 둘 다 피곤에 절어서 아무것도 못 할 게 뻔한데요. 여자친구가 지방 사람이라 그런지 서울에서는 좁고 낡은 집에 살 수도 있다는 걸 전혀 이해를 못 하더라고요. 지방에서는 같은 돈이면 40평대 신축도 가는데, 서울에서는 그 돈으로 빌라밖에 못 가니까요. 어젠 결국 저보고 무능하다는 말까지 하는데 어떻게 하나요. 그런데 여자친구보다 제가 월급이 작은 건 사실이니까 또 뭐라고 말도 못 하겠고, 화는 나고요."

아무리 사랑하는 사람이라도 집 구하는 문제는 쉽게 양보할 수 없나 보다. 힘들겠다. 서 과장이 고개를 가로젓는다.

"의견이 안 좁혀져요. 이렇게 가다간 결혼 안 할 수도 있어요."

"잘 해결되면 좋겠네요."

서 과장은 질릴 대로 질린 얼굴로 말없이 국밥을 먹다가 대뜸 현우에게 묻는다.

"박 대리님도 여자친구가 돈 더 잘 벌지 않아요?"

"뭐, 그렇죠."

"게다가 강남 사람이죠? 결혼하면 집 구할 때 장난 아니겠네요. 어지간한 데는 눈에도 안 찰 것 같은데. 강남은 전세도 비싸서 어떡한대요? 힘내세요."

갑자기 뭔데 이 인간은 윤아를 함부로 평가질하지? 직장 동료를 때리면 안 되기에 참고 조용히 먹기만 한다. 그러다 생각한다.

'서 과장처럼 빌라도 알아보기나 할까? 현실적으로 먼 아파트보다 가까운 빌라가 통근하기는 낫겠지.'

현우는 빌라가 싫었다. 어린 시절부터 살던 추억이 깃든 아파트가 좋았다. 고등학생 때까지 평생을 행복하게 산 곳이었다. 어느 날, 아버지가 현우와 어머니, 동생을 거실에 불러 앉혔다.

"그동안 말 못 했는데… 사실 우리가 빚이 많아. 이번 주 중으로 집에 압류가 들어올 거야. 경매 넘어간다고 봐야 해."

처음 듣는 이야기였다. 아버지는 사업 때문에 가족들 모르게 빚이 눈덩이처럼 불어났다고 하였다. 이 아파트는 더는 현우네 집이 아니게 될 것이다. 그날 이후로 아버지는 자취를 감췄다. 어머니, 동생과 밀려난 곳은 보증금 1,000만 원에 월세 35만 원짜리 빌라였다.

오래된 빌라에서 사는 건 상상 초월이었다. 집이라고 다 같은 집이 아니었다. 여름엔 쪄 죽을 것 같았다. 겨울엔 얼어 죽을 것 같았다. 벽면은 사시사철 결로투성이였다. 바닥은 누수 때문에 장판에 물이 찼다. 집주인은 모른 척했다. 방음이 전혀 안 되는지 윗집 발걸음 소리, 옆집 TV 소리가 매일 떠나지 않았다. 건물 주변도 너무 낡고 더러웠다.

'생각해 보면 나는 인천 빌라밖에 모르잖아. 서 과장이 서울 빌라를 매수하고 싶다는 걸 보니 궁금한걸. 큰 기대는 안 되지만, 서울은 인천이랑은 지역이 다르니 또 모르지.'

막연한 상상과 얼마 안 되는 경험만으로 빌라를 매수 후보에서 배제할 수는 없다. 현우는 서울 빌라를 직접 보고 판단하기로 하였다. 현우는 네이버 부동산에서 통근할 만한 거리의 서울 빌라를 찾아본다.

'봉천동이랑 신림동에 빌라가 많네. 상도동도 괜찮겠다. 주말에

쭉 돌아봐야지.'

토요일 오전, 예약해 둔 부동산으로 갔다. 현우를 맞이한 부동산 중개인은 현우보다도 어려 보이는 젊은 사람이었다.

"어서 오세요. 고객님 이쪽으로 앉으시겠어요? 저는 실장이고요. 저희 사장님께서 고객님 매매 알아보신다고 하셔서 제일 좋은 물건 위주로 브리핑하라고 하셨어요."

실장은 A4용지에 출력해 둔 매물 정보를 보여주며 설명한다. 종이 상단에는 〈공실제로〉라고 쓰여있다. 김리치 님 글에서 봤던 임대인용 매물 의뢰 사이트다.

"고객님께 이렇게 네 개 매물 입주 가능한 걸로 보여드리려고 해요. 차로 모시겠습니다."

현우는 실장 차를 탔다. 실장은 내비게이션에 매물 정보 출력물의 주소를 입력한 후 출발했다. 좁고 구불구불한 언덕 골목길을 한참 올라간다. 절대 못 걸어올 곳이라 차를 태웠나 보다.

첫 번째 도착한 집은 2002년식의 엘리베이터 없는 5층 다세대 건물이었다. 현우는 실장을 따라 계단을 걸어 올라갔다. 실장이 헉헉대며 말한다.

"여기가 꼭대기 층이긴 한데, 그래서 해가 잘 들어서 좋아요."

집주인으로 보이는 70대 할머니가 현관문을 열어준다. 실장이 깍듯이 인사한다.

"사모님, 안녕하세요. 집 좀 보겠습니다."

들은 것처럼 채광이 좋았다. 추운 날씨에도 불구하고 집안은 훈훈하게 느껴진다. 실장이 집 곳곳을 안내해 준다. 현관에서 왼쪽으로 들어갔다. 작은 방 안에는 옷가지가 가득하다.

화장실은 작지만 깨끗했다. 그런데 공기가 싸늘하다. 두 면이 외벽이라 바깥 공기와 바로 맞닿아서 그렇다. 샤워하다 얼어 죽을 것 같다. 그동안 본 아파트는 구조상 화장실이 모두 외기에 맞닿지 않았기에 추운 줄 몰랐었다. 김리치 님이 단열이 중요하다고 하신 말씀이 뭔지 알겠다.

'윤아는 추위 많이 타서 이런 데서 샤워 못 할 거야. 이 집은 싫어하겠지?'

실장이 이어서 설명한다.

"저쪽으로 주방이랑 안방이 있어요."

긴 통로 변에 일자 주방이 조그맣게 있다. 안방은 오른쪽 끝에 있었다. 세탁실은 안방 앞이다. 빌라라 그런지 아파트의 전형적인 구조랑 다르다. 집주인이 말한다.

"원래 전세로 줬었는데, 여기 살던 젊은이들 다 잘돼서 나갔어요. 청년도 여기 오면 좋은 일만 있을 거예요. 저 에어컨이랑 냉장고는 전에 살던 젊은이가 두고 간 거예요. 청년이 필요하면 그냥 줄게."

이 집을 사면 나중에 팔 수 있을까? 현우는 가전 살 돈 몇 푼 아끼자고 전 재산을 들여 매수하는 건 바보 같은 일이라는 생각이 들었다. 이 집은 아닌 것 같다. 이만하면 이 집은 충분히 봤다.

"감사합니다, 사모님. 연락드릴게요."

실장이 집주인에게 꾸벅 인사하고 집을 나왔다. 5층 계단을 걸어 내려와 실장 차를 탔다. 실장이 다음 집 주소를 내비게이션에 찍는다. 차에서 내려보니 상가주택 건물이다. 1층에 술집이 있다.

"이 건물 2층인데, 잠시만요."

실장이 건물 앞에서 누군가에게 전화를 건다. 현우는 직감했다.

'여긴 아니다. 저 술집 때문에 밤새도록 시끄럽고 담배 냄새 올라올 것 같다. 김리치 님이 아파트 볼 때 연도형 상가 동이나 상가 바로 앞 동은 어떤 업종이 입점해 있는지 주의하라고 하셨어. 상가 주택도 마찬가지고. 여기 살면 밤에 편하게 못 쉴 것 같아.'

실장이 전화를 끊더니 말한다.

"죄송한데 지금 이 집은 진행이 안 된대요. 다른 집으로 모실게요."

시간 아껴서 오히려 좋다.

그다음 간 곳은 외관에 대리석이 붙은 빌라다. 입구에 배너 입간판이 여러 개 보인다.

'〈분양, 역세권, 투룸, 최고급 인테리어, 방문을 환영합니다〉. 신축 빌라인가 보다.'

실장이 차에서 내려 설명한다.

"아까 보신 곳은 오래돼서 별로 마음에 안 드시죠? 이번엔 신축입니다."

건물 2층으로 간다. 한 집 현관이 열려 있다. 그 옆에 〈분양사무실〉이라고 쓰인 종이가 붙어 있다. 새빨간 립스틱을 바른 아주머니 업자가 슬리퍼를 신고 마중 나왔다.

"어머나, 오셨어요? 지금 딱 한 개 호실 남았는데, 바로 보여드릴게요."

4층으로 갔다. 새것은 새것이라 깔끔하다. 새까만 중문을 밀어 여니 바로 벽이다. 구조가 난해하다. 거실로 갔다. 바로 앞 건물 옥

상에서 속옷 차림으로 담배 피우는 아저씨와 눈이 마주쳤다. 저 옆으로 방 두 개가 있다. 현우가 물었다.

"여긴 방향이 어떻게 되죠?"

"남향이에요, 남향. 해 잘 들어요."

현우는 나침반 앱을 열었다.

'뒷방 작은 창문 기준으로 남향인데? 김리치 님이 거실 앞 발코니 기준으로 방향 보는 거라셨는데. 이 업자, 날 호구로 보나?'

내색은 안 하고 일단은 구경을 마저 한다. 화장실을 본다. 하얗고 반짝이는 타일에 새까만 결로가 많다. 깜짝 놀라서 가까이에서 보니 그냥 얼룩무늬였다. 실장이 말한다.

"이거 비앙코 타일이라고, 인기 많은 종류예요."

'비앙코고 나발이고 내 취향은 아니다.'

2층 분양사무실로 돌아왔다. 업자가 복잡한 숫자가 많이 쓰인 표를 꺼내놓고 설명한다.

"지금 보신 게 402호인데 분양가가 4억 8천만 원이에요. 대출 다 잘 나오고요."

현우가 생각하기에 이 빌라는 가치 대비 가격이 맞지 않는다. 너무 비싸게 받는 것 같다. 실장이 거든다.

"이 집 하신다고 하시면 서비스로 복비는 안 받을게요."

현우는 종이를 본다. 암호 같은 게 쓰여 있다.

'R-700? 이거 계약 성사하면 저 실장 700만 원 받는구나. 이 업자들 진짜로 이렇게 신축 빌라 팔아먹네.'

별걸 다 알려준 김리치 님께 새삼 감사하다. 현우는 더 이상 빌라는 안 봐도 될 것 같다. 현우가 사무실을 나서자, 실장이 따라 나오며 말한다.

"여긴 인테리어가 좀 별로죠? 진짜 괜찮은 신축 있는데 거기로 모시겠습니다. 네 동짜리 제대로 지은 곳이에요."

"아녜요. 그만 볼게요. 생각해 보고 연락드리겠습니다."

빌라는 이제 그만 됐다. 집 보는 건 생각보다 에너지가 많이 들어 지친다. 인천 본가에 가기로 했으니 어서 가야겠다. 7호선 지하철을 타고 종점까지 가는 길에, 좀 전에 본 빌라 매물을 정리해서 김리치 님께 전달하며 별로였다고 말했다. 김리치 님이 빌라 실거주는 만만치 않다고 하신 후, 빌라의 현실에 대해 정리하신 글을 보내주었다.

내 집 마련하는데 왜 사람들이 빌라를 사지 말라고 할까요? 쉽게 말해서 아파트는 대기업 프랜차이즈 케이크, 빌라는 소규모 업장이나 개인이 수제로 만든 케이크랑 비슷합니다. 대기업 프랜차이즈 케이크는 대기업이 공장에서 만들어 공급해서 맛과 품질이 표준화되어 있습니다. 평범한 맛이긴 해도 위생 관리가 철저하고 어느 지점에서 사더라도 균일한 품질을 기대할 수 있습니다. 사람들이 케이크를 사고 싶을 때 손쉽게 접근할 수 있어서 수요도 많습니다. 아파트도 대기업 공장에서 만든 케이크처럼 우리 집과 같은 단지 내 같은 평형은 구조가 똑같이 생겨서 매매가가 거의 같습니다. 이렇게 아파트는 가격 파악이 쉬운 장점이 있습니다. 그리고 다른 동네의 다른 아파트 단지라도 우리 단지와 비슷한 연식이면 거의 내부 구조가 같아서 둘을 비교하기도 쉽습니다. 아파트 내부 구조는 어느 가족이 살든 무난하게 활용할 수 있도록 표준화되어 있습니다. 그래서 사고팔기 쉽고 거래가 활발합니다.

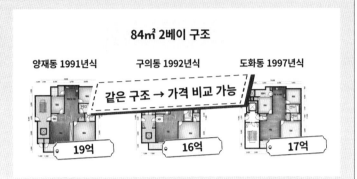

84㎡ 2베이 구조

양재동 1991년식   구의동 1992년식   도화동 1997년식

같은 구조 → 가격 비교 가능

19억   16억   17억

반면, 똑같은 공장제 케이크가 별로고 특별한 걸 좋아하는 사람은 소규모 업장에 수제 케이크를 따로 주문하기도 합니다. 이땐 내가 원하는 대로 디자인도 요청하고, 재료를 아낌없이 고급으로 써서 공장 케이크와 차별화를 하기도 합니다. 그러면 세상에 하나뿐인 케이크를 만들 수 있습니다. 이건 빌라로 말하자면 천편일률적인 아파트가 싫은 사람들이 청담동 고급 빌라 지어서 사는 느낌과 비슷합니다. 그런데 수제 케이크는 만드는 분의 실력과 정성, 사용한 재료에 따라 결과물이 다 다르게 나올 수 있습니다. 마찬가지로 영세 업체가 짓는 빌라는 어떤 건축업자가 어떤 철학을 가지고 어떤 자재로 어떻게 지었냐에 따라 품질이 천차만별입니다. 그런데 여러분이 일반적으로 떠올리는, 아파트보다 저렴한 빌라는 거주 품질이 여러분 기대에 못 미칠 확률이 높습니다. 빌라는 구조도 각양각색이라 표준화가 안 돼서 적정

가격을 쉽게 알 수 없습니다.

이런 빌라는 수요가 아파트에 비해 현저히 적다는 것도 문제입니다. 여러분이 빌라를 팔려고 내놓아도 보러 오는 사람이 거의 없을 것이라는 이야기입니다. 빌라를 살 경우 집값이 잘 안 오르고, 안 팔린다는 게 문제가 될 겁니다. 가격을 낮춰도 매수자가 나타나지 않으니 팔지를 못해 이사를 할 수가 없습니다.

거주 측면에서 아파트와 빌라의 차이를 알아봅시다. 지을 때부터, 아파트는 보통 3년 정도 걸려서 짓습니다. 짓는 동안 외부 감리업체에서 공사 과정을 꼼꼼히 점검합니다. 그런데 아파트와 달리 저렴한 빌라는 3개월이면 짓습니다. 이 과정에서 감독을 제대로 안 하고 넘어가는 경우가 종종 있습니다. 그러다 보니 빌라는 거주 품질이 아파트에 비해 여러분 기대에 못 미칠 확률이 높습니다. 빌라 살면 벽이 얇아서 옆집 목소리가 너무 잘 들린다든가, 드라이비트 등 불에 잘 타는 소재로 외벽 마감을 해서 화재에 취약하다든가, 누수가 생겼는데 구조가 대체 어떻게 되는지 몰라서 전문가도 누수를 못 잡는다든가 등등 각종 괴담이 난무합니다. 물론 제대로 지은 빌라도 많지만, 집 사기 전 잠깐 둘러보는 것만으로 그 빌라의 모든 걸 파악할 수 없으니 문제입니다.

아파트는 경비원이 상주하고 있습니다. 반면 빌라에는 경비원이 없습니다. 빌라에 사는 어떤 여성분이 집에 혼자 있는데 도둑이 들었답니다. 해코지할까 봐 그냥 모른 척 숨죽이고 있었더니 도둑이 물건만 훔쳐서 나가더랍니다. 아파트 사는 분들은 상상도 못 할 일입니다.

아파트는 관리사무소가 있어서 집에 문제가 있으면 바로 와서 봐주고, 단지 내 청소나 유지 보수를 알아서 해줍니다. 반면 보통 빌라는 관리사무소가 없어서 관리가 잘 안 되고 연식에 비해서 금방 노후화되지요.

빌라는 주차 문제도 있습니다. 빌라는 아파트만큼 주차 대수 확보가 안 된 곳이 많고, 주차할 공간이 있어도 테트리스처럼 해야 하는 경우가 태반이라 주차 스트레스가 크다고 합니다. 물론 모든 빌라가 그렇다는 건 아닙니다. 하지만 살면서 주변에서 이런 문제들을 많이 봐왔기 때문에 여러분이 빌라 매수 전 이러한 내용을 한 번쯤은 생각해 보시면 좋겠습니다.

'아파트가 거래가 쉬워서 환금성이 좋고 투자재로서 가치가 있네. 빌라를 사면 불편한 건 둘째 치고, 이사 가고 싶을 때 마음대로 못 갈 수 있겠구나.'

애초부터 매수 후보로 애초에 아파트만 봤던 이유를 다시 깨닫는다. 이미 김리치 님이 다 글에 써두셨는데 빌라 매물 보기 전 진작 읽어볼 걸 그랬다.

집이라도 있어야 당당하지

석남역에 내려 버스를 한 번 더 갈아타니 드디어 본가다.

"저 왔어요."

어머니가 요리하시는 맛있는 냄새에 긴장이 누그러진다. 어머니는 현우가 온다고 또 한 상 그득히 차려 주셨다. 새우전 맛이 일품이다. 밥 먹으며 동생이 말한다.

"엄마, 오빠 서울에 집 산대요. 지금도 집 보고 왔대요."

어머니가 놀라신다.

"집을 사? 갑자기? 여자친구랑 결혼하려고?"

"엥? 아뇨. 혼자 살 집이요. 지금 자취방 구질구질한데 평생 그런 데서 살 수는 없으니까, 이참에 집 사려고요. 결혼은… 생각은 있는데, 여자친구한테 말 꺼내본 적은 없어요."

"전세 계약기간도 많이 남았는데 너무 서두르는 거 아니야? 차라리 여자친구랑 결혼 생각 있으면 천천히 결혼 얘기부터 해보고, 뭐가 확실해지면 그다음에 신혼집으로 구하는 게 낫지 않아?"

어머니가 걱정하시는 것 같다. 현우는 조금 생각하다 말했다.

"제가 알아서 할게요. 제 꼬락서니가 이런데 이대로는 결혼하자고 말 못 하죠. 모은 돈도 없는데 집이라도 있어야 당당하지. 집부터 살 거예요. 둥지 없는 수컷이 자연계에서 선택되는 거 봤어요?"

"그래, 네가 언제는 엄마 말 들었니. 알아서 잘하겠지. 그런데 여자친구하고 꼭 상의는 해봐라.”

“예에.”

현우는 어머니 말씀에 건성으로 답하고 밥그릇을 치웠다. 현우도 윤아와 상의하고 싶지만, 윤아가 부담스러워할까 봐 아직 말 못 꺼내는 것뿐인데. 어머니는 그런 사정은 모르시지만 일일이 설명하기 귀찮다.

‘윤아 보고 싶다.’

때마침 윤아에게 카톡이 왔다.

[현우 뭐해?]

늘 현우가 먼저 연락했는데 의외다. 반가운 마음에 재빨리 답장했다.

[아까 도착해서 밥 먹었어. 윤아는?]

[난 그냥 있어.]

답장을 쓰는 도중에 윤아가 이어서 말한다.

[푹 쉬어.]

느낌이 안 좋다. 《화성에서 온 남자, 금성에서 온 여자》를 다섯 번 읽은 현우의 직감이 말하는데, 이건 분명 윤아에게 무슨 일이 있는 거다. 이러고 있을 때가 아니다.

“저 갈게요. 박현정, 나 간다.”

“왜 벌써 가?”

“그런 게 있어. 또 올게요.”

현우는 서둘러 뛰어나갔다. 윤아를 만나러 가야겠다. 자취방이 있는 서초동으로 간다. 가는 길에 윤아와 계속 연락을 이어간다.

[윤아야, 지금 얼굴 볼래? 밤이 늦었지만, 너만 괜찮으면 보고 싶어.]

[음… 나 별로 상태 안 좋아.]

[나는 상관없어. 잠깐이라도 보자.]

현우는 윤아 아파트 옆 공원 벤치에서 윤아를 기다렸다. 곧 윤아가 나왔다. 얼굴이 안 좋다. 힘들어 보인다.

"왠지 그럴 것 같았어. 먼저 연락해 오는 게 이상하더라니. 힘들었지? 고생했어."

윤아가 가만히 숨을 몰아쉰다. 감정을 참는 게 보여서 안쓰럽다. 잠시 후 윤아가 어렵게 입을 연다.

"내가 너한테 어디까지 말할 수 있을지는 모르겠는데. 오늘 은행을 다녀왔어. 그게, 음."

윤아가 말하다 말고 멈춘다. 현우 눈치를 보는 것 같다.

"윤아야, 말하고 싶으면 난 얼마든지 들을 수 있어. 말하기 힘든 거면 안 해도 괜찮아."

"다 말할 수는 없지만… 급하게 돈이 많이 필요하게 될 것 같거든. 그래서 기분이, 좀 그랬어. 마음이 힘든데 말할 데도 없고… 네가 보고 싶었어. 오늘은 너랑 같이 있고 싶었는데, 본가 간 걸 아니까 너 심란할까 봐 말은 못 하겠고…. 그런데도 와줘서 고마워."

현우는 윤아를 다독이며 말했다.

"내가 너를 전부 다 이해할 수는 없지만, 내가 힘이 되었으면 좋겠어. 얼마길래 그래?"

"최악의 상황에는… 4억 원 정도. 그런데 그렇게까지 될 일은 없을 거야. 내가 알아서 해결할 거니까 걱정은 안 해도 돼. 그냥 옆에 있어 주는 것만으로도 고마워."

현우 마음이 철렁 내려앉는다. 윤아 집안이 어려운가? 무슨 일인지는 몰라도 윤아가 지금 위기에 처한 건 확실하다. 나는 집에 빚이 잔뜩 생겼을 때 어떻게 했더라? 묵묵히 일하고, 다 갚아냈지. 포기하지 않았고, 그리고 가족들을 지켰다. 서로가 옆에 있다면, 포기만 하지 않는다면 어떻게든 해낼 수 있다는 걸 현우는 안다. 현우는 윤아를 꼬옥 안았다.

"윤아야, 괜찮을 거야. 내가 도와줄게. 나 모아둔 돈도 있고, 신용대출도 받아놔서 7천만 원 정도 줄 수 있어. 나, 집은 당장 안 사도 돼. 나는 네가 더 중요해. 혹시라도 너 갈 데 없어지면 내 방에 들어와서 같이 살자. 응? 다 괜찮아. 그러니까, 힘들어하지 마."

진심이다. 돈은 있다가도 없고, 없다가도 있는 것이다. 정말 중요한 건 사람이다. 윤아가 힘들어하는 걸 보고 있을 수만은 없다. 현우는 깨달았다.

'나는, 내 집 사는 것보다 이 사람을 지키는 게 더 중요하다….'

윤아가 말없이 현우 품에서 흐느낀다. 현우는 윤아를 다독여 주었다. 윤아는 그 와중에도 무슨 일이 있어도 절대 현우 돈을 건드릴 일은 없을 거라며, 현우가 걱정할 일이 아니라고, 신경 쓰지 말라고 하였다. 이 상황에도 현우를 먼저 생각하는 윤아는 어떤 마음일까?

이틀 후, 윤아가 잘 해결되었다고, 이제 전혀 문제없다고 걱정하지 말라며 활짝 핀 목소리로 말했다. 진짜인 것 같다. 정말로 다행이다. 윤아가 힘들 때 의지가 되는 사람이 나이기를. 윤아의 삶에 항상 웃을 일만 있으면 좋겠다.

오늘도 현우는 회사 업무는 순식간에 해치우고, 바쁜 척하며 부동산 매물을 들여다본다. 김리치 님께는 여전히 예산에 맞는 아파트를 알아보고 있다고 말씀드린 후, 매물가액으로 필터링해 나온 단지를 표에 정리한다.

'회사까지 걸리는 시간을 단지별로 적자. 몇 분 걷는지, 버스나 지하철 중 뭘 타는지, 몇 번 환승하는지, 배차간격은 어떤지도 자세히 봐야지.'

길 찾기 사이트에서 검색해 통근 시간과 방법을 기록한다. 단지 규모와 연식, 입주민 평가 등 다른 정보도 종합적으로 모아본다.

여러 후보 중 오늘은 동작구 노량진동 우도4차 아파트에 가볼 것이다. 동작구는 김리치 님이 예전 지역분석 글에서 맞벌이 신혼부부에게 추천한 곳이다. 우도4차는 지도로 볼 때 본인 직장 강남과 윤아 직장 여의도 사이에 있다. 현우는 바람 쐬는 척 옥상으로 올라가 매물 예약을 하였다.

퇴근하고 길 찾기 앱에 최단 시간이라고 나온 경로로 간다. 분명 앱에서는 버스 한 번, 지하철 한 번만 타면 금방 간다고 했었다. 그런데 퇴근 시간이라 그런지 차가 막혀도 너무 막힌다. 출퇴근 시간 버스는 생각보다 밀린다는 걸 깜빡했다. 지하철을 탔더라면 제때 도착했을 것이다. 내방역에서 겨우 7호선 지하철을 탔다. 출발한 지 50분이 지나 상도역에 내렸다. 다행히 여기부터는 걸을 수 있는 거리라고 한다. 그런데 출구로 나서서 보니 언덕이 보인다.

'와, 또 언덕이야?'

저 경사를 따라 올라가야 우도4차다. 현우는 지도 앱이 시키는 대로 걸었다. 앱에서는 도보 10분이라고 나왔는데, 벌써 10분이 지났지만 아직 더 가야 한다.

'지도 앱은 직선거리로 단순히 계산하나 보다. 경사면이라 더 오래 걸리네.'

현우 머릿속에 빗변의 길이를 구하는 공식이 스쳐 지나간다.

'편도 40분은 개뿔. 피타고라스 형님이 자 들고 쫓아올 것 같은데? 출퇴근 최소 한 시간은 잡아야겠다.'

열심히 걸어 올라갔다. 드디어 맨 꼭대기 우도4차 아파트에 도착했다. 이 정도면 산 정상이다. 전망은 시원하니 좋다. 저 멀리 한강도 보인다. 바로 옆에 마을버스 정류장이 있다. 마을버스에서 주민들이 우르르 내린다. 자세히 보니 상도역에서 오는 버스다.

'아, 두 정거장이라도 저걸 탈걸. 어쩐지 나만 걷더라.'

현우가 본 매물은 5억 대의 15평 집이었다. 그동안 많이 본 전형적인 원베이 구조다. 단지가 크고 중대형 평형 위주 구성에 소형

평형은 딱 한 동이 있다. 그래서 그런지 혼자 사는 사람보다는 부모와 자녀가 함께 다니는 모습이 많이 보인다. 전에 마음에 들었던 송파구 거장하늘채와 비교해 본다.

'거장하늘채는 평지고 송파구이긴 하지만, 이제 나오는 매물은 내가 원하는 가격까지 안 깎일 것 같다. 무엇보다 윤아 회사까지 1시간 10분이 걸려서 다니기 어려워. 지금 우도4차는 언덕이고 길도 좁지만, 통근 시간 생각하면 여기가 더 현실적이다.'

현우는 우도4차를 매수 후보 단지로 기록해 둔다.

회사 점심시간, 현우는 이 팀장과 함께 회사에 강의 나오신 교수님을 모시고 갈비탕을 먹으러 갔다. 교수님이 현우에게 말한다.

"박 대리님은 어디 사세요?"

"이 근처요. 자취해요."

"집 사셔야 할 텐데. 여기 뭐라도 사세요. 여기 호재 많은 거 아세요? 경부고속도로 지하화돼서 싹 공원으로 바뀔 거예요. 이 뒤 롯데칠성부지에 롯데타운도 개발되고, 양재역에 GTX도 들어오고요. 원룸이라도 사시죠."

교수님은 강남 토박이다. 강남구 대치동에만 40년 이상 살았다고 했다. 현우가 알기로 개포동 입주권도 갖고 있는 분이다. 그 입주권은 최근 개포포르테자이라는 새 아파트가 되었다고 한다.

"대리님 아직 결혼 안 하셨죠?"

"네, 아직요."

"이 동네 살아야 부자 여자를 만나요. 부자가 착해요."

교수님의 조언을 들은 이 팀장이 끼어든다.

"그게 말처럼 쉽나요?"

현우는 팀장 때문에 말을 멈추고 조용히 있는다. 교수님이 말한다.

"못할 게 뭐 있어요. 근처에 부자들 얼마나 많은데요. 박 대리님 정도면 훌륭하시지."

이 팀장이 묻는다.

"교수님은 어디 사세요?"

"대치동이요."

대한민국에 대치동을 모르는 사람은 없을 것이다. 대치동이라는 이름에는 그 어떤 수식어도 필요 없다. 이 팀장 역시 자랑스럽게 말한다.

"저도 강남 자가 살아요."

"아 그래요? 어디신데요?"

"오곡동이요."

"네? 그게 어디예요?"

"교수님 강남 잘 모르시네요. 지도 보여드려요? 여기, 강남블레스파크요."

"아아~."

교수는 별 관심 없는 눈치다. 이 모습을 지켜보는 현우는 속으로 웃는다.

'이 팀장, 강남 산다고 맨날 잘난척하더니.'

그 와중에 팀장이 사는 아파트 정보가 궁금하다. 현우는 회사 들어가는 길에 강남블레스파크를 찾아본다. 아무 호수나 등기부를 떼서 표제부를 살펴보았다. '대지권의 표시'가 없다. 김리치 님께 여쭈어본다.

[공부하다 궁금한 점이 있어 여쭙니다. 등기부에 대지권이 안 보이는 건 어떻게 해석하면 좋을까요? 건물만 들고 있는 걸까요? 강남블레스파크를 보니 '대지권의 표시'가 없습니다.]

잠시 후 답장이 온다.

[현우 님 해석이 맞습니다. 이 아파트는 땅이 집주인 본인 소유가 아니라, LH에 토지임대료를 월세처럼 냅니다. 감가상각되는 건물만 자기 겁니다. 현우 님은 토지임대부주택은 굳이 매수하지 마십시오. 재산권 행사하는 데 제약이 있습니다.]

김리치 님이 50년이 넘은 어떤 아파트 단지 관련 기사를 보내주며 덧붙인다.

[비슷한 사례로, 이 기사에 나오는 단지는 재건축 연한이 넘었고 안전진단 E등급이 나와서 상태에 심각한 결함이 있다고 판단되었음에도 땅이 서울시 소유라 재건축이 안 되고 있지요. 자기 건물이지만 땅이 자기 것이 아니기에 마음대로 재건축할 수 없는 겁니다.]

현우는 생각한다.

'팀장 맨날 강남에 자가 있다고 잘난 척하더니. 땅 주인한테 월세 내는 거였네. 절반만 자기 거였어. 공구리만. 구졌다.'

같은 가격, 다른 지역 비교

오늘은 노원구에 가볼 것이다. 김리치 님 새 글에 노원구 이야기가 나왔기 때문이다.

최근 전세 계약이 있어 노원구에 다녀왔습니다. … 몇 달 새 전세가가 많이 하락하고 전세 수요도 자취를 감추었습니다. 전세대출 금리까지 급등한 영향으로 근래 월세를 찾는 수요자가 늘었습니다. 지난 장에 고가 전세를 맞춘 임대인들에게 어려운 시기입니다. 저 역시 공실이 날 것도 감안하였는데, 다행히 새 세입자를 구했습니다. 당시 최고가로 전세를 맞춘 터라 역전세는 어쩔 수 없지만, 이렇게라도 마무리되어 감사할 따름입니다. …

김리치 님은 어려운 시기에 임대인들 힘내라고 글을 쓰신 거였다. 그런데 글에서 현우에게 눈에 띈 건 다른 부분, '노원구는 택지에 대단지가 모여 있어서 실거주하기 좋은 동네'라는 문구였다.

'그래, 노원구도 좋을 것 같아. 조금만 더 멀리 가면 같은 가격에 더 넓은 집에 살 수 있어. 노원구는 같은 서울이니 인천에서 다니던 것보단 낫겠지.'

현우는 퇴근 후 노원구로 향한다. 아파트가 대부분 지하철 7호선 역세권이어서 출퇴근이 편해 보였다. 그러나 역시 현실은 만만치 않다. 퇴근길 지하철 7호선, 고속터미널역에서 끼어서 겨우 탔다. 사람이 너무 많았다. 옴짝달싹 못 하는 상태로 계속 가니 힘들다. 중간에 환승역인 건대입구역과 군자역에서 내리는 사람 덕에 조금은 여유가 생기려나 기대해 본다. 웬걸, 내린 사람보다 더 많은 사람이 밀고 들어온다. 한참 가는 동안 내리는 사람 없이 타는 사람만 있다. 그 와중에 열차 안에서 할아버지들이 큰 소리로 싸우기까지 한다. 내내 사람들 틈에 끼어서 선 채로 하계역까지 오니 너덜너덜해졌다.

부동산과 약속한 시각이 거의 다 되었다. 발걸음을 서두른다. 아파트 단지 사이, 사거리 모퉁이에 자리한 부동산으로 들어갔다.

"안녕하세요, 사계비발디2차랑 3차 보기로 예약했었는데요."

부부로 보이는 공인중개사 두 명이 앉아 있다. 여자 사장님이 일어서서 현우를 맞이한다.

"아, 6월쯤 입주하는 분이시구나. 신혼이죠?"

현우는 이쯤 되니 혼자 살 집이라고 구구절절 설명하기를 포기했다. 어차피 여차하면 윤아와 같이 살 것도 염두에 두고 있어서다.

"어서 와요. 2차가 7시 30분에 오라고 해서 3차 먼저 가면 돼요. 3차는 비어 있거든요."

사장님은 메모지 묶음과 폰을 들고 나선다. 저 메모지에 동호수랑 비밀번호, 집주인이랑 세입자 연락처 등이 쓰여있을 것 같다. 사장님을 따라 구경할 집 앞으로 가면서 현우는 재빨리 동호수를 기억해 둔다.

'사계비발디3차 303동 1206호.'

동호수를 알아야 등기사항전부증명서를 볼 수 있다. 현우는 집에 돌아가는 길에 해당 집 등기사항전부증명서를 모바일로 발급해 볼 것이다. 사장님이 현관문에 노크한다. 안에서 반응이 없다.

'빈집인 걸 알아도 노크 먼저 하는 게 예의구나.'

사장님은 어디엔가 전화를 건다. 집주인일 것이다.

"사모님, 부동산이에요. 손님 집 좀 보여드릴게요."

사장님은 집주인과 통화를 마친 후에야 비밀번호를 눌러 현관문을 열어주었다.

'하긴, 남의 집이니 이게 기본 매너지.'

현우가 신발을 벗으려 하자 사장님이 말한다.

"그냥 신발 신고 보셔도 돼요."

166

사장님이 먼저 신발을 신은 채로 거실로 들어간다. 현우도 주춤거리다 따라 들어갔다. 사장님이 스위치를 켠다. 인테리어가 제법 된 깔끔한 집이다. 현우가 말했다.

"집이 생각보다 넓은데요?"

"그렇죠? 20평이 방 2개가 나와서 신혼부부한테 인기가 좋아요. 입구 방은 드레스룸으로 쓰시고, 안방에 침대 큰 것 넣고 쓰시면 돼요. 혼자 사시는 분은 몰라도 신혼이면 20평은 하셔야죠."

"그러네요. 이 정도 면적은 되어야 둘이 살겠어요."

현우는 주방을 본다.

'600각짜리 타일이 가로로 하나, 둘, 세 개 반. 싱크대 가로가 210cm는 되네. 이 정도 너비만 되어도 요리하기 좋겠다.'

호주에서 타일 붙이던 짬과 김리치 님 인테리어 정보 글이 집 보는데 요긴하게 쓰인다. 주방 바로 옆에 다용도실이 있다. 사장님이 말한다.

"요새 쓰시는 워시타워 여기 넣기 딱 맞죠."

안 그래도 원베이 아파트는 세탁기를 어디에 두어야 할지 고민이었다.

"구조가 괜찮네요."

"이 집은 집주인분이 잔금을 빨리하길 원하세요. 한 달 얘기하시는데, 우리가 신혼이라 집을 먼저 구해도 된다고 해서 보여드렸어요."

"그럼 잔금을 한 달 만에 드려야 하는 거네요."

"네, 자금이 되시면 잔금만 먼저 하시고 입주는 천천히 하셔도 되죠."

날짜. 날짜가 중요하다고 했었다. 현우는 생각한다.

'내 자취방에 새 세입자 구하는 기간도 필요하지. 분명히 잔금 한 달은 촉박하다.'

무조건 안전하게 가야 한다는 김리치 님 말씀을 되새겨본다. 아쉽지만, 이 집은 안 되겠다. 복도 저 멀리 중랑천에서 바람이 불어온다.

바로 옆 단지 사계비발디2차로 갔다. 사장님이 이야기한다.

"비발디3차가 공릉역에서 더 가깝긴 한데, 2차가 공원 바로 앞이고 주차는 더 좋아요. 앞이 학교라 탁 트여서 해도 잘 들고요. 조용한 거 선호하시는 분들은 2차를 좋아하세요."

현우는 1층에서 엘리베이터를 기다리며 주변을 살펴본다. 경비실이 있다. 택배는 경비실 앞에 쌓여 있다. 각 세대 앞까지는 택배를 안 가져다주나? 엘리베이터를 타고 10층으로 올라갔다. 현관문이 조금 열려 있는 집 앞에 사장님이 멈추어 선다.

'사계비발디2차 204동 1003호.'

사장님은 현관문을 노크하며 열린 틈으로 인사를 한다.

"사모님, 부동산이에요. 지금 집 봐도 되나요?"

40대 초반의 앞치마 두른 여성분이 문을 활짝 열어준다.

"어서 오세요. 저희가 이제 막 와서 밥하고 있어서 죄송하네요. 편하게 보세요."

집 안에 밥 짓는 온기가 가득하다. 사장님이 여성분과 이야기를 나눈다.

"사모님, 저번에 본 31평이 집주인이…."

아마 이 집주인이 이사 갈 집도 구해주시나 보다. 현우는 알아서 조용히 집구경을 한다. 김리치 님의 매물 체크리스트를 떠올리며 빠르게 하나씩 확인해 나간다.

'인테리어를 입주할 때 하셨나 보다. 외부 섀시까지 교체해서 춥진 않겠다. 벽은 깨끗하다. 주방 천장 얼룩은 왜 그런지 확인해야겠네. 누수일까? 아까랑 같은 구조에 같은 면적인데, 짐이 있으니 좁아 보이긴 하네. 그래도 가구 배치를 이렇게 한다고 생각하면 넓이는 충분해.'

집주인이 있으니 집에 대해 가타부타 입 밖으로 말을 꺼내지는 않고 속으로만 생각한다. 집을 나왔다. 사장님이 이야기한다.

"이분은 이사 갈 집을 봐두셨어요. 빨리 이사를 나가고 싶은데 본인 집이 안 팔려서 못 가시는 거예요."

"그럼 네고 여지가 있을까요?"

"충분히 해볼 만하죠. 요새 안 그래도 집 안 팔리는 거 알고 계시거든요. 사신다고 하면 잘 얘기해 볼게요."

"여기가 얼마였죠?"

"5억 2천. 원래 6억 중반까지 하던 거라 괜찮아요. 요새가 많이 내린 거죠. 아까 그 집이 5억이고요. 둘 다 좋아요. 뭘 하셔도 후회 안 하실 거예요. 이 앞에 경춘선 숲길 걸어가면 이세상마트 트레이더스도 가깝고요."

현우는 동네를 한 바퀴 산책한다. 아파트 주변이 조용하고 평화롭게 느껴진다. 공릉역 근처에는 서울과기대가 있어서 대학가 특유의 놀거리도 보인다. 지내면서 심심하진 않을 것 같다. 돌아오는 지하철 열차 안에 앉은 현우는 생각한다.

'강 한 번 건너고 노원구에서 넓은 집에 살까? 동네는 마음에 드는데, 퇴근길 지하철이 너무 붐볐지.'

다시 목표를 떠올려 본다. 현우의 목표는, 출퇴근 편한 곳의 내 집 마련이다.

'김리치 님이 실거주하기 좋은 동네로 1기 신도시 얘기도 하셨는데, 거기도 가볼까? 살기 좋고 출퇴근만 가까우면 굳이 서울이 아니어도 될 것 같다. 강남 다닐 만한 곳 보면… 분낭이 좋은데, 분당 투베이는 예산 초과야. 다른 데도 있었는데. 아, 평촌.'

평촌 글을 다시 읽는다.

평촌신도시는 평지에 위치한… 4호선 범계역과 평촌역 지하철역을 끼고 있으며, 택지개발지구답게 관공서, 상가, 백화점, 학교, 공원 등이 걸어갈 만한 거리에 있어 생활 인프라가 잘 갖춰져 있습니다. … 강남역으로 한 번에 가는 간선버스를 단지 바로 앞에서 탈 수 있습니다. …

'강남역 가는 파란 버스 있는 평말한솔찬태경 가봐야겠다. 공릉동에서 본 20평형이랑 가격이 같아. 이 정도면 충분히 살 수 있어. 1995년 준공, 1,340세대. 택지에 평지, 대단지, 역세권이다. 경기도도 진작 볼걸.'

다음 날, 퇴근하고 평촌 가려는데 유 과장이 현우를 불러 세운다. 잠깐 얘기를 하고 나니 3분이 지나 있었다.

'평촌 가는 버스 곧 도착이라고 뜨는데. 서두르자.'

빠르게 걸어 강남대로로 나갔다. 횡단보도다. 신호등 빨간불에 걸렸다. 눈앞으로 542번 버스가 지나가 버린다.

'아, 안 돼. 저거 놓치면 22분 기다린단 말이야.'

곧 신호등이 파란불로 바뀌었지만, 떠난 버스를 잡기엔 늦었다. 이제야 바뀌면 어떡하나. 대안은 없는지 급히 찾아본다. 빨간 버스 한 종류가 더 있다. 도착 예정 정보를 보니 20분 후에나 온다고 한다. 그게 그거다. 비싼 버스 2분 먼저 타느니 현우는 원래 타려던 거나 타기로 한다.

현우는 뱅뱅사거리 버스정류장에 서서 우두커니 버스를 기다린다. 퇴근한 걸로 보이는 사람들이 수없이 모여든다. 그리고 저마다 줄지어 오는 버스에 몸을 싣고 떠난다. 현우는 버스에 붙은 행선지를 읽어본다. 오포동. 보정동. 역북동. 다 어딘지 모르겠다. 온갖 데를 다 간다.

시간이 더디게 간다. 몇 분이나 더 기다려야 할까? 도착 예정 정보 전광판을 바라본다. 심심하니 버스가 몇 종류 오나 세어본다. 4, 8, 12, 16, … 66가지. 많이도 온다. 이 많은 버스 중 평촌 가는데 탈 수 있는 건 딱 2가지다. 벌써 15분은 기다렸다. 이 기다림을 매일 할 수 있을까? 평촌 살면 차를 뽑고 싶어질 것 같다. 현우는 경기도 고양시 사는 옆 팀 직원이 떠오른다. 그는 매일 운전하기 힘들다고 푸념하면서도 몇 년째 자차 통근을 포기하지 못하고 있다.

우여곡절 끝에 542번 버스를 탔다. 버스에 사람이 꽉 차 있다.

그래도 환승할 필요가 없으니 편하다. 버스가 황량한 그린벨트를 지나 과천의 새 아파트를 거쳐 간다. 한참을 가니 드디어 평촌이다.

현우는 매물을 보고 지하철 범계역 쪽으로 걸어 나갔다. 아파트 단지 사이로 나 있는 반듯한 공원길을 따라 걸으니 평화롭다. 범계역이 금세 나왔다. 범계역 상권 로데오거리가 번화하다. 병원, 식당, 술집, 구청 등 없는 게 없다. 여기 살면 동네에서 다 해결할 수 있어서 편할 것이다. 굳이 서울까지 나가지 않아도 되겠다. 롯데백화점 구경을 하고, 돌아오는 길엔 지하철을 타봤다.

오늘 본 단지를 그동안 봤던 다른 단지와 비교해 본다.

'경기도 안양 평촌신도시 한솔찬태경은 입주 29년 차에 20평형 매매 5억 원. 서울 노원구 공릉동 사계비발디2차와 연식, 구조, 가격뿐 아니라 동네 느낌도 차분하고 깔끔한 게 거의 비슷함. 굳이 비교하자면 서울 내 다른 지역 돌아다니기에는 노원구가, 동네 안에서만 지내기에는 평촌이 나은 것 같음. 동작구 노량진동은 재개발 지역이라 길이 좁고 구불구불함. 길 모양은 평촌보다 안 예쁘지만, 대중교통이 훨씬 편리하고 업무지구가 더 가까워서 수요가 많을 것 같음. 김리치 님께 말씀드려 봐야지.'

이 중에 뭐라도 매수하면 아주 만족스럽고 행복하게 살 수 있을 것 같다. 현우는 자취방으로 돌아와 매물 비교분석 표를 정리해 김리치 님께 보내둔 후 고단히 잠들었다.

간밤에 꿈을 꾸었다. 새로 매수하는 집에서 윤아와 행복하게 사는 꿈이었다. 달디단 꿈 덕분에 잠에서 깨자마자 기분이 간질간질하다. 다 잘 풀릴 것만 같다.

너의 진심

오늘은 윤아가 자취방에 놀러 오는 날이다. 현우는 설레는 마음으로 아침 일찍부터 윤아에게 카톡 한다.

[좋은 아침. 집에 찜닭 해놓고 있을게. 오늘도 힘내고 이따 만나.]

하루 종일 윤아를 만날 시간만 기다려진다. 칼같이 퇴근한 현우는 자취방으로 빠르게 걸어갔다. 겉옷을 벗어두고 셔츠 소매를 걸어 올린다. 손을 깨끗이 씻고 닭 정육을 먹기 좋게 손질한 후 소금, 후추, 술을 넣고 잰다. 한 상을 차리자마자 윤아가 현관문을 열고 들어온다. 윤아는 현우를 보자마자 활짝 웃는다.

"현우야, 너는 정말 최고야. 퇴근하고 힘들었을 텐데 사랑 가득한 밥 차려줘서 고마워. 네 덕분에 힘을 내. 잘 먹을게."

윤아는 이번에도 현우에게 칭찬, 감사, 응원을 한 보따리 풀어

놓는다. 현우는 윤아 옆에 가까이 앉아 미소 지으며 말한다.

"그거 알아? 나 너 만나기 전까지는 대충 시간만 때우면서 의미 없이 지냈다?"

윤아가 눈을 동그랗게 뜬다.

"상상이 안 가. 내가 본 너는 항상 최선을 다할 것 같은데."

"아냐. 네가 나를 좋게 봐주고 믿어준 덕분이지. 너랑 같이 있으면 나도 더 나은 사람이 되고 싶어져. 그래서 윤아 너한테 참 고마워."

윤아가 어리둥절해한다.

"내가 한 게 뭐 있다고. 오늘 밥도 네가 했는걸."

다 먹은 식기를 치우고, 현우는 설거지를 한다. 윤아는 식탁을 닦은 후 그 위에 태블릿을 펴놓고 일한다. 디저트 사러 같이 나갈까 했는데, 윤아가 바빠 보이니 현우 혼자 다녀오기로 한다. 그때 산군 김리치 님이 매물 검토한 피드백을 보내왔다. 와, 이제는 확신을 가지고 매수를 결심할 때다. 김리치 님 말씀을 참고해 현우 스스로 결정을 내린다. 곧 사게 될 집은 현우 명의의 집이겠지만, 윤아의 집이 될 수도 있다. 최종 결정을 앞둔 지금은 윤아에게 이야기해야겠다. 현우는 서둘러 자취방으로 돌아가 윤아에게 에그 타르트를 건넨 후, 지도 앱에서 마음에 든 아파트 위치 정보를 링크로 보내며 말한다.

"나 여기 집 사려고."

"오~ 좋은 데로 정했네."

반응이 좋다. 성공인가?

"윤아야, 너는 거기 살면 어떨 것 같아?"

"엥? 내가 거길 왜? 안 살아."

윤아의 즉답. 현우는 당황스럽다.

"아니, 만약에 거기 살면 어떨 것 같냐고 물어본 거야. 상상으로."

"그런 건 있을 수 없어. 난 우리 동네가 좋아. 이사 갈 이유가 없는데? 이 근방 말고 다른 데는 가기 싫어서 너랑도 이 근처에서만 노는 거고. 좋은 건 강남에 다 있는데 어딜 가."

윤아가 너무 당연하다는 듯 말한다. 갑자기 현우 머릿속이 새하얘진다.

"윤아 너 여의도 회사 다니기 멀지 않았어? 만약 회사에서 더 가까운 데 살면⋯."

"아, 안 그래도 나 강남 쪽으로 이직할 거야. 맨날 밤늦게까지 일하는 거 힘들어서, 오후 5시면 딱 끝나는 데로 알아봤어. 곧 옮기려고. 지금 다니는 데는 오너리스크도 있고, 무엇보다 여의도는 너무 멀어. 연봉은 줄어도 집에서 가까운 게 나을 것 같아."

보통은 직장 근처로 집을 구하는데, 윤아는 직장을 집 근처로 옮기려 한다. 어떡하지? 현우는 재빨리 서초동 인근 아파트 시세를 검색해 본다. 미친. 제일 작은 20평대도 23억 원이 넘는다. 현우가 가진 현금으로는 한 평도 못 산다. 심호흡하고 윤아에게 다시 물어본다.

"혹시 말이야, 정말 만약에 꼭 이사를 가야 한다면, 최대한 범위를 넓게 잡아서 어디까지 갈 수 있어?"

"나? 뻔한데. 북쪽으로는 한강, 동쪽으로 탄천, 서쪽으로 동작대로, 남쪽으로 양재천, 그 안쪽. 끝."

'윤아는 꼭 강남에 살아야 한다는 건가? 먼 곳 가는 걸 질색하는 윤아인데, 내가 멀리 이사 가면 나를 계속 만나주긴 할까? 윤아가 그동안 나를 만났던 이유가, 심심하던 차에 단지 내가 가까이 있어서 그랬던 것뿐이라면… 내가 집을 사고 다른 동네로 이사가면, 우리 사이는 어떻게 되는 거지? 내가 매번 만나러 오면 되겠지만… 그래도….'

현실 앞에 갑자기 부끄러움이 밀려온다. 윤아는, 태어날 때부터 강남에 살아온, 뼛속까지 진짜 강남 사람이다. 반면 나는… 이제 막 상경한, 어쩌다 강남 한구석에 임시로 자리 잡은 보잘것없는 좆소기업 노비. 노비 주제에 어쩌다 여신님이 어울려 준 걸 가지고, 나 같은 게 동등한 존재가 되었다고 착각한 걸까? 윤아 주변에 잘사는 사람 투성이일 텐데, 감히 결혼까지 생각하다니. 윤아에게 결혼 이야기를 꺼내면 아마 비웃겠지. 가슴이 답답하다. 나는 이제 어떡해야….

그때, 현우 핸드폰이 울린다. 전화가 왔다. 063으로 시작하는 번호다. 누구인지 모르겠다.

"잠깐만, 전화 좀."

현우는 전화를 들고 화장실로 들어가 문을 닫았다.

"여보세요?"

"…."

"여보세요?"

"…."

"전화 받았습니다. 말씀하세요."

"…현우냐?"

수화기 너머 목소리에 숨이 턱 막힌다. 젠장. 아버지다. 망할 아버지. 현우가 아버지 목소리를 들은 건 10년 만이다. 지금까지 전화 한 통 없다가, 이렇게 연락한다고? 이제 와서?

'지금 어디 계세요? 뭐 하고 지내신 거예요? 아버지 때문에 우리가 얼마나 힘들었는지 알기나 해요?'

심장이 터질 것처럼 쿵쾅거린다. 아무 말도 입 밖으로 나오지 않는다.

"잘, 지내냐?"

아버지의 술에 취한 목소리에 복잡한 생각만 빙빙 맴돈다.

'아버지 같으면, 잘 지냈겠어요? 아버지 빚, 어머니가 막으려다가 파산했어요. 그래서 저랑 동생이 얼마나 애썼는데요. 겨우 자리 잡는 데 십 년 걸렸어요. 그 세월이 십 년이에요, 아버지. 개 같이 고생했다고요. 제 20대는 그렇게 날렸단 말이에요.'

그러나 차마 입이 안 떨어진다.

"…예."

현우로서는 최선의 대답이다. 아버지는 한참 말이 없다. 그러다 한마디하신다.

"결혼은, 했고?"

현우는 울컥 화가 치밀어 올랐다.

'생각이 있으세요? 저같이 이 나이 먹고 집도 절도 없는 남자랑 어떤 미친 여자가 결혼한대요?'

그동안 조건 때문에 여자들에게 대차게 까였다. 윤아와는 진심으로 결혼하고 싶었다. 그렇지만 이제는 무거운 현실을 안다. 본인은 결코 윤아를 만족시킬 수 없으리라. 그러던 찰나에 아버지의 결혼했냐는 말은 이성을 잃게 만들기 충분했다. 현우는 간신히 감정을 억눌렀다. 후, 한숨을 내뱉었다. 그리고 말했다.

"…아뇨."

아버지가 나지막이 말한다.

"건강하게, 잘 있어라."

전화가 끊겼다. 현우는 한동안 굳은 채로 멍하니 서 있었다.

화장실 문을 열고 나와 바닥에 털썩 주저앉아 벽에 몸을 기댔다. 넋이 나간 현우 표정을 보고 윤아가 놀라서 다가왔다.

"괜찮아? 무슨 일 있어?"

이제 모든 게 다 끝이다. 현우는 가라앉은 목소리로 말을 꺼낸다.

"윤아야. 할 말이 있는데… 우리 집, 망했었어. 아버지 사업 빚 때문에. 아버지는 도망가고, 어머니 파산해서 나랑 동생이랑 빚 갚는다고 아등바등 살았거든. 아버지라는 게 가족들 버리고 뭐 하는 거야? 그 양반, 뭐 하고 사나 10년 동안 연락도 없더니 갑자기 연락해서는…. 방금 있잖아, 아버지 전화였거든."

"아아…."

"나는 절대 아버지처럼 안 살겠다고 다짐했었어. 아버지 전화인 줄 알았으면 이렇게는 안 받았을 거야."

감정이 격해진다. 끝없이 말이 나온다.

"내가 그동안 일한 거, 나 혼자 모았으면 못 해도 2억 원은 됐을 거야. 근데 빚 갚고 집에 생활비 대면서 다 썼지. 이제야 어머니도 다시 일하실 수 있고 동생도 취업해서 살만해졌어. 그러면 뭐해, 지금 나한테 남은 것도 없잖아. 애써서 저딴 집 사봤자 너한테 당당해지지도 못하는데…."

"현우야."

"나, 집 사려던 거, 처음에는 혼자 살려고 했던 거 맞아. 그런데 어느 새부턴가 너랑 살고 싶으니까, 그래서 더 노력했어. 솔직히 나 혼자 살면 대충 전월세만 살아도 돼. 살던 대로 살다가 스위스 가서 안락사나 해도 되는데, 너랑 같이 잘 지내고 싶으니까, 우리 살 집 마련해 보려고 한 거야. 네가 걱정 안 하고 편안하게 살 수 있는 울타리를 만들어 주고 싶었어. 너 저번에 힘들어하는 거 보고, 네가 마음 편히 쉴 수 있는 보금자리를, 내가."

현우는 울컥한다. 그런 현우에게 윤아가 어쩔 줄 모르며 말한다.

"현우야. 미안해. 네 마음 몰라줘서. 나는 그냥 너 혼자 살 집 찾는다고 생각했었어. 아까 서운했지?"

"……."

"미안해. 네가 나를 그렇게까지 진지하게 생각하고 있을 줄은 몰랐어. 누가 나를 진심으로 좋아해 줄 거라고 생각을 못 했어."

"나는 너에게 항상 진심이었어…. 어차피 너는 나랑 결혼까지 할 생각은 없었지? 내가 월급도 적고 가진 것도 없으니까. 그러니까 처음부터 당연히 너는 빼놓고 나 혼자 살 집이나 구하라고 하고…."

현우는 고개를 떨구고 낙담한 목소리로 중얼거린다.

"너도 나랑 같이 살고 싶었으면 좋겠어…."

윤아가 몸을 숙인다. 그리고 현우에게 눈을 맞춘다.

"현우야. 나 좀 봐줄 수 있어?"

"……."

"나도 너랑 같이 살고 싶어."

'잘못 들었나?'

"사실 나도, 매일 집에 돌아가면 네가 있으면 좋겠다는 생각을 자주 했어. 네가 예전에 사람 사계절은 만나봐야 결혼 얘기할 자격이 있다고 해서 말 못 꺼낸 것뿐이야. 나는 있지, 네가 정말 좋아."

평소의 현우였더라면 윤아의 말이 고마웠을 것이다. 하지만 지금은 자신이 한낱 먼지보다 못한 존재로 느껴질 뿐이다.

"나는 네가 원하는 걸 들어줄 수 없어. 강남 집이라니. 나는 가진 것도 없고…."

윤아가 따뜻한 목소리로 말한다.

"현우야. 그런 조건은 본질적인 게 아니야. 돈은 있다가도 없고, 없다가도 있는 거야. 사람이 중요하지. 항상 나에게 믿음을 준 너를, 나는 믿어. 내가 왜 파혼했는지 말해주면, 네가 스스로를 더 아낄 수 있을까?"

현우가 고개를 들어 윤아를 본다. 윤아가 파혼한 이유 같은 건 알 필요가 없다고 생각했었다. 말하기 불편할 텐데, 괜찮은 걸까? 윤아가 차분히 이야기를 꺼낸다.

"예전에 소개받은 사람이랑 결혼할 줄 알고… 집을 구하는데, 그 사람은 일절 관여를 안 하더라. 그래서 내가 알아보고 적당한 집 찾아서 계약금으로 2억 원을 보냈거든. 중도금은 그 사람이 내기로 했었는데, 중도금 날 되니 돈이 하나도 없대. 주식을 했는데, 드론 테마주에 전 재산을 넣었다가 다 날렸다는 거야.

그래서 계약금, 포기했어. 내가 가진 돈으로 중도금을 낸다고 해도, 잔금을 치를 수가 없었거든. 그때는 집값이 15억 원이 넘으면 대출이 한 푼도 안 나오는 규제가 있어서…. 사실 무리를 했더라면 이런저런 도움을 받아서 억지로 잔금을 할 수는 있었을 거야. 그런데 그 사람이랑 도저히 같이 살 자신이 없더라고. 나 혼자 해결한다고 애써 노력하는데, 뒷짐 지고 모른 척하면서 오히려 나를 비난하더라. 그래서 알았지. 그 사람이 나보고 알아서 하라던 게, 내 의견을 존중하는 게 아니라 본인이 책임지지 않고 회피하려는 마음이었다는 걸. 그런 사람이랑 같이 뭘 할 수 있겠어?"

"남자가 쓰레기였네. 그런 사람은 결혼하면 안 되지. 네가 힘들 었겠다."

"응…. 그러고 나니까 남자를 못 믿겠더라. 한동안 일만 하면서 공허하게 지냈어. 그러다 너를 만났는데…."

"나라면 절대 안 그래."

"나도 알아. 너는 나한테 계속 믿음을 주잖아. 현우 너는 나를 왜 좋아해?"

"이유 같은 거 없어. 그냥 너라서 좋아."

"나도 마찬가지야. 나는 네가 너라서 좋아. 내가 가진 게 없다면 나를 싫어할 거야?"

"아니, 전혀. 너는 너니까."

"나도 그런 걸. 너는 너야. 현우야, 내가 너를 왜 좋아한다고 생 각해?"

"…나라서."

"맞아. 가진 게 없다고 말하지 마. 너는 정말 대단한 사람이야. 너는 아무리 힘들어도 책임감 있게 가족을 지켰잖아. 그거 진짜 대 단한 거야. 문제가 생겼을 때 도망가지 않고 맞서서 해결한걸. 그 게 얼마나 귀하고 멋진 일인데. 나는 그런 너를 존경해, 현우야."

"…그래?"

"응. 진심으로. 내가 전에 그랬잖아. 너는 보석이라고. 내 눈에는 이렇게 반짝반짝 빛나는걸. 너만 너를 돌덩이처럼 여기는 거 아니야?"

현우 코가 시큰거린다.

'너만이 나를 알아주는구나. 고마워, 윤아야. 너는 나의 구원이야. 네 믿음에 언젠가 꼭 보답하고 싶어.'

윤아와 많은 이야기를 나누었다. 윤아는 단지 익숙한 동네를 떠나기 싫은 것일 뿐, 현우가 생각했던 강남 한복판의 '래미안클래스티지', '디에이치마제스티' 같은 20억 넘는 대단지 아파트가 아니어도 된다고 한다. 지금 현우가 사는 5평짜리 자취방이 아늑하다는 것도 진심이었다. 어떤 집이어도 상관없으니, 자가이기만 하면 된다고 한다. 현우 역시 애써 외면해 왔던 사실을 인정하기로 한다. 사실은 현우도 강남이 제일 좋다. 강남에 살고 싶다. 강남에 집 사고 싶다.

이제 현우의 목표가 새로 정해졌다. 강남에 집 사기. 반드시 해낼 것이다.

윤아가 자신이 가진 돈도 합치자고 했지만, 현우는 단호하게 거절했다.

"집은 내 힘으로 구할게. 이건 내가 하는 게 맞아. 내 자존심이야. 존중해줘."

현우는 지도 앱에서 서초구와 강남구를 캡처한 후, 윤아가 말한 최대 범위 안쪽을 표시했다. 그리고 김리치 님께 보내드리며 이 안에 있는 강남 집을 살 거라고 하였다. 김리치 님도 충분히 가능하다며 지지해 주었다. 새로운 과제를 받았다. 강남에 있는 5억 5천만 원 이하 아파트 구하기.

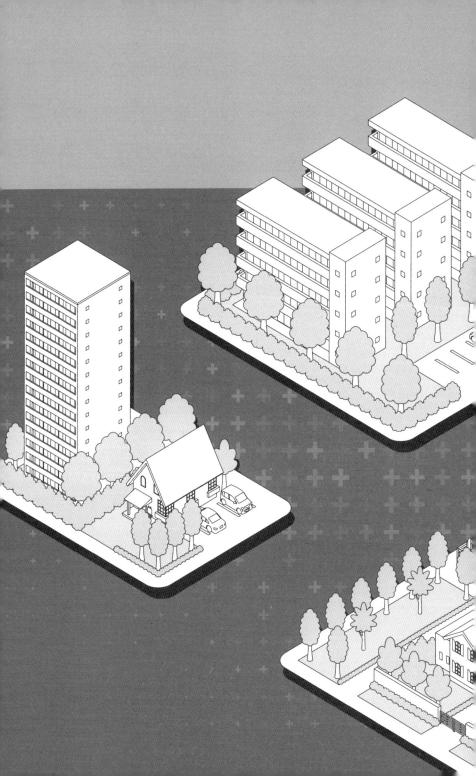

3장

오피스텔도 집이었지

금요일 오후, 사무실 한쪽에서 회사 젊은 직원들이 떠들썩하다.

"코하이브 됐어요?"

"저는 안 됐어요. 아깝네요."

"저도요. 된 사람 대박 좋겠네요."

듣자 하니 회사 근처 역세권 청년임대주택 당첨자 발표가 나왔나 보다. 한 직원이 현우에게 말을 건다.

"대리님도 코하이브 청약하셨죠?"

"아니요."

〈역세권 청년임대주택 코하이브〉. 근처 시세보다 싼 금액인 보증금 7,000만 원에 월 35만 원으로, 당첨만 되면 저렴하게 초역세권 풀옵션 새집을 누릴 기회였다. 김리치 님이 관련 글을 쓰신 적이 있다.

임대주택은 꿀 발린 칼과 같습니다. 코하이브 같은 청년임대주택은 당장은 달콤한 혜택으로 느껴질지 몰라도, 평생 살 수 없고 6년 지나면 나와야 할 운명입니다. 결국에는 … 나를 위태롭게 하는 것이지요. … 지금 아무리 힘들어도 어떻게든 등기를 치고 소유권을 취득해야 … 나를 지켜주는 내 자산이 됩니다.

예전의 현우라면 청년임대주택에 관심을 가졌을 것이다. 그러나 이제는 아니다.

'다들 몇 년 후에 나이 먹고 청년이 아니게 되면, 그때는 어쩌시려고요?'

현우는 말을 속으로 삼켰다.

직원들이 또 다른 얘기를 한다.

"지난달에 소개팅한 남자, 다시 연락해 볼까요?"

"대머리라 싫다면서요."

현우는 시끄러워서 집중이 안 된다. 그러거나 말거나 그들은 수다 삼매경이다.

"그렇긴 한데, 집이 있더라고요."

"헐 대박. 자가래요? 어디요?"

"강남이요. 선릉역 앞에 바르지오시티1차 갖고 있대요."

"세상에, 그분이랑 결혼하면 강남 사모님 되시는 거예요?"

'아이고. 염병하네.'

현우는 웃기지도 않았다. 그래도 그 소개팅남이 보유한 집은 궁금하긴 하다. 네이버 부동산을 열어서 검색해 본다.

'〈선릉역 바르지오시티1차〉… 오피스텔인데? 그래, 오피스텔도 집이었지. 왜 집 사면서 이 생각을 못 했을까? 아파트는 너무 비싸니까, 오피스텔 매수라도 알아보자.'

회사 인근 오피스텔을 검색한다. 지도 위에 수많은 오피스텔 단지가 보인다. 강남대로를 따라 줄지어 있는 모습이다. 근처에 오피스텔이 이렇게 많은 줄 몰랐다. 오피스텔은 아파트와는 좀 다른 구역에 모여 있었다. 이게 바로 용도지역 차이인가 보다. 김리치 님께 아파트는 주로 주거지역에 있고, 오피스텔은 주로 상업지역에 있다고 들은 것 같다. 현우는 강남대로변에서 서초동 쪽에 있는 오피스텔을 위주로 매물을 알아보기로 한다.

'전에 오피스텔 월세 알아볼 때 5평짜리는 너무 작았어. 최소한 책상이랑 침대는 제대로 들어가는 넓이로 보자. 주방도 좀만 더 넓으면 좋겠다.'

재작년에 월세로 오피스텔 알아볼 때는 임대료를 중요하게 봤었다. 보증금과 월세는 얼마인지, 관리비까지 내면 생활비는 얼마나 남는지 등이 최우선 요소였다. 그다음은 몇 년도에 지은 건물인지 연식을 보았다. 신축이 깔끔하고 좋기 때문이었다. 특히 오피스텔은 가구나 가전이 빌트인 되어있는데, 남이 쓰던 건 쓰기 싫었다. 새것을 찾는 게 당연했다. 지금은 세입자 입장이 아니다. 집주인 입장이 되어 내 집을 매수하는 것이므로, 얼마든지 인테리어를 새로 해도 된다.

'윤아랑 둘이 살 거니까, 신축은 아니라도 가급적 큰 걸로 보자. 연식이 좀 됐어도 면적 넓은 거 사서 내부 인테리어 리모델링을 하면 되니까. 전에 보고 다녔던 아파트도 10평대면 둘이 살만 하던데.'

인근 오피스텔 매매가는 생각보다 비싸지 않았다. 거의 다 2~3억 원대였다. 매매가가 전세가와 별로 차이가 나지 않았다. 오피스텔 단지 정보를 클릭하며 세대별 면적을 알아본다.

'55제곱미터, 69제곱미터. 현장에서는 아무도 이렇게 말 안 하더라. 3.3으로 나누면, 16평, 20평.'

현우는 이제 자연스럽게 평형으로 전환한다. 그리고 부동산에 전화를 걸어 16평과 20평 오피스텔을 보기로 예약했다.

토요일이 되었다. 부동산과 약속한 시각보다 30분 일찍 〈강남 씨티르네〉 오피스텔 근처로 갔다. 길거리에 작은 전단이 수없이 널브러져 있다.

'치울 때 힘들겠다.'

오피스텔 건물 저층은 다 상가다. 입점한 업체 간판을 읽어본다. 치킨, 세무사무소, 마사지, 칵테일바, 편의점, 호프, 중국요리, 노래방. 새삼스럽지만 이 오피스텔뿐만 아니라 근처 건물 저층부는 다 식당이랑 술집이다. 건물 로비로 들어가서 건물에 있는 상가를 한 바퀴 돌아보았다. 저녁 상권이라 그런지 오전인 지금은 거의 다 닫혀 있다.

현우는 다시 입구로 나와서 기다린다. 잠시 후 한 아주머니가 왔다. 누군가를 찾는 것 같다. 핸드폰이 빨간 덮개형 가죽 케이스이고 편한 신발을 신은 걸 보니 저분이 부동산 사장님인가 보다. 현우가 먼저 인사했다. 사장님이 현우 쪽을 보더니 반가워한다.

"안녕하세요, 매매 전화 주신 분이시죠? 바로 집 보러 올라가시죠."

사장님은 엘리베이터를 타고는 카드키를 찍는다. 카드를 찍어야만 엘리베이터가 작동하는 것 같다. 사장님이 묻는다.

"임대 놓으려고 하시는 거지요?"

현우가 대답할 새도 없이, 사장님은 지레짐작했는지 말을 이어 간다.

"여기가 참 잘 지었어요. 처음에 LA에 사는 분들 대상으로 레지던스 분양한 거예요. 그래서 다른 오피스텔보다 고급스럽죠? 공실도 안 나요. 위치가 좋잖아요. 근처에 직장이 많아서 선호하세요. 이 정도 넓이 나오는 데가 잘 없잖아요."

8층에 내렸다. 복도가 좁고 어두워 보인다. 답답하다. 천장도 느낌인지는 모르겠지만 낮아 보인다.

'이게 중복도구나. 복도 좌우로 전부 현관문이네. 어둡다. 환기는 되나?'

김리치 님이 신경 써서 보라고 한 엘리베이터 이야기도 생각이 났다.

"여긴 한 층에 몇 개 호실이 있는 거예요?"

"24개예요."

얼른 엘리베이터가 몇 대인지 본다. 두 대가 있다.

"엘리베이터는 반대쪽에 또 있나요?"

"아뇨, 다 여기서 타시면 돼요."

'건물에 22층까지 있는데? 층별 24개 호실 × 상가 빼고 20개 층 = 480세대. 480세대가 고작 엘리베이터 2대를 나눠 탄다고? 출근 시간에 기다리다 날밤 새우겠다.'

현우 상식으로는 말도 안 되는 설계다.

"여기가 806호 서향이에요."

사장님이 비밀번호를 누르고 현관을 열어주었다. 들어가 보니 원룸이다.

"사장님, 여기가 몇 평이죠?"

"16평이에요."

'이 원룸이 16평이라고? 장난하나? 아파트 13평보다 더 작은데.'

전에 본 거장하늘채는 13평형인데도 훨씬 컸다. 그곳은 입구에 방 하나와 더 넓은 주방, 그리고 안방 겸 거실로 공간 구분은 되었었다. 반면 이 오피스텔은 방 하나만 덜렁 있다.

이게 바로 전용률 차이다. 아파트와 오피스텔을 둘 다 실제로

보고 나니 면적 차이가 와닿는다. 같은 공급면적이라면 아파트보다 오피스텔이 현관문 안쪽에서 누릴 수 있는 전용면적이 훨씬 작다. 거장하늘채 아파트 공급 13평형 전용면적은 31제곱미터였다. 〈강남씨티르네〉 오피스텔 공급 16평형 전용면적은 29제곱미터다. 지금 본 오피스텔 공급면적이 전에 본 13평형짜리 아파트보다 3평 크다고 되어 있어서 당연히 더 넓을 줄 알았는데, 막상 와보니 실제 면적은 오피스텔이 더 작다는 걸 알겠다. 그래 놓고 오피스텔이라고 관리비는 아파트보다 많이 나올 것이다.

이 오피스텔이 갓 지어졌을 때부터 있었을 기본 옵션인 빌트인 가구는 예스러운 진한 나무색이다. 체리색이라고 부르는, 옛날에 유행하던 색이다. 현우가 떨떠름한 표정을 하고 있으니 사장님이 말한다.

"이런 옵션은 너무 낡아서 내다 버리셔도 돼요. 세입자가 알아서 가구 넣는 경우가 많아요."

"화이트톤으로 인테리어를 하면 얼마 정도 들까요?"

"시트지 작업하고 바닥에 데코타일 까시면 500만 원이면 하고요, 공사 기간 이틀만 있으면 돼요."

현우는 창밖을 봤다. 건물 사이 좁은 틈에서 담배 피우는 사람들이 보인다. 환기는 절대 못 하겠다. 사장님이 이번에는 4층으로 안내한다.

"여기가 이제 동향, 20평이에요. 아까 것보다 더 커요."

그런데 여기도 원룸이다. 20평이라기엔 너무 작다. 아파트였다면 방 2개에 투베이 구조가 나올 평형이다. 동향인데도 집이 유난히 어둡다. 블라인드를 올리고 창밖을 보았다. 팔만 뻗으면 옆 건물 벽이 닿을 것만 같다.

'왜 이렇게 다닥다닥 지어놨지? 옆 건물 세입자랑 얼굴 보고 구구단하라고 그러나? 답답해.'

현우는 솔직하게 이야기한다.

"옆 건물이 너무 가까워서 해가 안 들겠네요."

"그것 때문에 향별로 매매가가 좀 차이가 나긴 해요. 여기가 같은 면적이면 서향이 더 비싸요. 그런데 임대료는 차이가 안 나서 동향이나 북향 사시는 것도 괜찮아요. 세입자분들 거의 저녁 늦게 오셔서 잠만 주무시는 분들이시거든요. 불편하다고 하시는 분은 못 봤어요."

아파트는 거의 남향만 선호하는데, 오피스텔은 아파트와는 수요층의 선호도가 다른가보다. 그래도 새로 이사 갈 집은 해는 잘 들었으면 좋겠다. 더 이상 눅눅한 빨래는 싫다.

"오늘은 못 보여드렸는데, 여기 말고 더 좋은 물건이 있어요."

사장님은 현우에게 매물 정보를 메모지에 적어 주었다. 받아보니 몇 개 호실의 동호수와 날짜, 매매 가격이 적혀 있다. 전부 비싸봐야 3억 원 대이다.

'바로 길 건너에 있는 래미안서초하이퍼엑스퍼티지 아파트는 평당 7,600만 원 정도 하는데, 이 오피스텔은 평당 1,600만 원이라고? 비슷한 인프라를 누리는데 길 하나 건넜다고 이렇게 차이가 나나? 왜 그렇지?'

오피스텔 건물 바깥에서 다시 건물을 올려다본다. 동향, 북향은 다른 건물로 꽉 막혀 있다. 남향은 가까이에 높은 아파트가 보인다. 서향은 앞에 막힌 게 없이 시원하게 뻥 뚫려 있다. 그러면 서향이 해가 잘 드니까 제일 좋은가? 오피스텔 건물 서쪽 벽면을 다시 본다. 현수막이 붙어 있다.

〈소음 진동 유발하는 공사 절대 반대〉

〈일조권 목숨 걸고 지키자! 구청장님 살려주세요〉

서쪽이 뻥 뚫려 보이는 이유는 무언가 공사 중이기 때문인가 보다. 따라 나온 부동산 사장님이 말한다.

"좀 전에 보신 집이 좋은 거예요. 왜냐하면 이 앞이 새 오피스텔 공사 중인데, 분양 얼마 전에 마쳤거든요. 8평도 안 되는 게 분양가가 여기 16평 매매가랑 비슷해요. 그럴 거면 방금 본 집처럼 넓은 게 훨씬 낫죠."

'아, 곧 서쪽으로 신축 오피스텔 건물이 올라가겠구나. 그러면 서쪽 뷰도 막히네.'

현우는 몇몇 오피스텔을 더 돌아보았다. 다들 위치는 역세권이라 출퇴근이 편할 것 같긴 하다. 일단 본 매물을 정리해서 김리치 님께 보내며, 가격대로 볼 때 강남에 집을 사려면 오피스텔이 현실적인 대안인 것 같다고 말씀드렸다. 저녁에 김리치 님 답장이 왔다.

[아파트를 사자고 했는데, 오피스텔을 보셨네요.]

[오피스텔도 집이긴 하니까, 궁금해서 보고 왔습니다.]

[현우 님이 첫 집으로 오피스텔을 선택하지 않으셨으면 합니다. 참고할 글 보내드립니다. 다음에는 아파트로 알아보고 오십시오.]

현우는 김리치 님이 예전에 쓰신 〈내 집 마련, 아파트 vs 오피스텔〉글을 받았다.

… 지인 중에는 오피스텔로 자가 마련해서 사는 분들도 있으십니다. 혼자 사는데 무슨 아파트냐며, 오피스텔이 편하고 좋다고 말씀하시기도 합니다. 그럼 내 집 마련 측면에서 아파트 사는 것과 오피스텔 사는 것이 어떻게 다른지 비교해 봅시다.

결론부터 말하자면 저는 여러분이 아파트를 샀으면 좋겠습니다. 사람마다 처한 입장에 따라 아파트를 좋아할 수도, 오피스텔을 좋아할 수도 있지만 왜 아파트를 사는 게 좋은지 거주 환경 측면과 투자 가치 측면 두 가지로 나누어서 살펴봅시다.

먼저 아파트와 오피스텔의 거주 환경이 어떻게 다른지 알아보겠습니다. 아파트는 주로 주거지역에 있고, 오피스텔은 주로 상업지역에 있습니다.

우리나라 땅에는 용도가 정해져 있습니다. 이건 지도에서 '지적 편집도 보기'를 누르면 색깔로 쉽게 구분할 수 있습니다. 노란색은 주거지역, 붉은색은 상업지역입니다.

'지적편집도'
클릭

주거지역   상업지역

아파트가 있는 주거지역은 사람 사는 집이 모여 있기 때문에 흔히 주거지 하면 떠오르는 조용하고 차분한 분위기입니다. 가족 단위로 정착한 사람들이 많이 살고 있고요.

오피스텔이 있는 상업지역은 상가나 업무 시설이 모여 있습니다. 주로 지하철역 인근이라 교통이 편리합니다. 쇼핑할 곳, 놀거리, 음식점 등이 많고 사람들이 모이는 곳입니다. 집 앞에 모든 게 다 있다는 편리한 점을 선호하는 분들이 오피스텔을 좋아합니다. 그렇지만 오피스텔에 살면 밤늦게 사람들이 술집에서 떠드는 소리나 시끄러운 음악 소리, 상가의 화려한 불빛 때문에 불편할 확률이 높습니다.

생각해보니 친구들과 강남 쪽에서 친구들을 만날 때면 신논현역 쪽 술집이 모여있는 곳에 가곤 했는데, 그때마다 소리 지르는 취객들과 가게마다 흘러나오는 자기주장 강한 노랫소리 때문에 귀가 아팠다. 게다가 그 주변에는 쿵작거리는 클럽도 여러 군데가 있다. 길거리가 수도권 전역에서 모인 인파로 새벽까지 북적인다고 들었다. 현우에게 역세권은 좋지만, 술집세권과 클럽세권은 끔찍하다. 그 바로 옆 오피스텔에 산다면 잠은 다 잔 것이다.

또, 아파트가 있는 주거지역은 사람들이 쾌적한 환경에 살 수 있게 해가 들어오는 정도나 조망이 어느 정도 보장되도록 건물 간 거리나 건물 높이를 법으로 규정하고 있습니다.

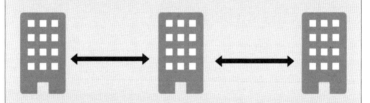

반면 오피스텔이 있는 상업지역에 짓는 건물은 주거지역에 짓는 건물이랑 다르게 일조권이나 조망권을 확보할 의무가 없습니다. 그래서 내 오피스텔이 탁 트인 뷰라서 샀는데 어느 날 갑자기 코앞에 다른 건물이 들어와서 해도 안 들고 답답하게 바뀌어도 불법이 아니니 무어라 할 수가 없습니다.

아파트랑 오피스텔은 구조상 환기할 수 있는 정도도 다릅니다. 아파트 거주하시는 분들은 요리 후 주방과 거실에 문을 활짝 열고 환기하시곤 합니다. 그런데 오피스텔은 창문이 작은 데다가 맞바람 칠 수 없는 구조라 환기가 어렵습니다. 한 지인도 직장 근처 비싼 오피스텔에 사시다가 최근에 조금 떨어진 아파트로 이사 가셨는데, 시원한 공기로 환기할 수 있는 게 그렇게 행복하시답니다.

다음으로 투자 가치 측면에서 아파트와 오피스텔이 어떻게 다른지 살펴봅시다. 우선 아파트 매매가가 오피스텔보다 더 잘 오릅니다. '오피스텔은 안 오른다'는 이야기를 들어보지 않으셨나요?

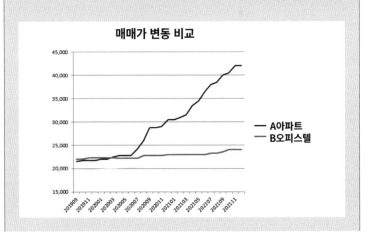

이건 한때 비슷한 가격이었던 A 아파트와 B 오피스텔의 매매가가 시간이 지남에 따라 어떻게 변했는지 비교한 그래프입니다. A 아파트가 폭등하는 동안, B 오피스텔의 매매가는 잠잠하네요. 오피스텔을 사더라도, 거기에 본인이 안 살고 다달이 월세를 받으면서 만족하는 분들은 괜찮습니다. 그런데 월급이 있어서 당장 생활비 해결은 되고, 자산을 불려나가는 게 더 중요한 젊은이 입장에서는 최선은 아니지요. 젊은 날 오피스텔을 사는 바람에 아파트를 산 것보다 자산 증식에 큰 도움이 안 된다면 나중에 아쉬움이 생기지 않을까요? 아파트를 샀더라면 아파트 매매가는 같은 기간 동안 더 많이 올랐을 텐데 말입니다.

현우는 부동산 앱을 켜고 인근 오피스텔 몇 군데 매매가 변동 그래프를 살펴본다.

'와, 진짜 오피스텔은 거의 안 올랐네.'

그리고 아파트는 낡으면 재건축한다는 이야기를 많이 들어보셨지요? 서초구름다리아파트를 재건축해서 서초그랑프리자이를 지은 것처럼, 오래된 아파트를 부수고 그 자리에 새로운 아파트를 지으면 참 살기 좋아지지요. 재건축하면 거주 여건도 쾌적해지고 집값도 오르니까 재건축을 바라보고 일부러 낡은 아파트를 사기도 합니다. 재건축을 못 하면 리모델링이라도 추진하고요. 그런데 오피스텔은 재건축이 아파트보다 어렵습니다.

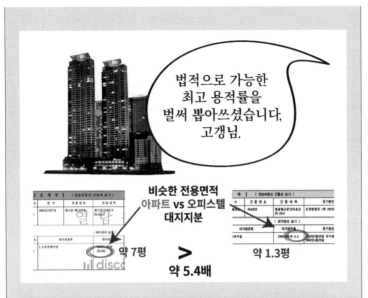

오피스텔은 법적으로 가능한 최고 용적률을 뽑으며 빽빽하게 지어놨고 세대마다 가진 땅도 작습니다. 그래서 부수고 새로 짓는 게 돈이 안 됩니다. 기존 오피스텔 가격에 새로 짓는 비용을 더한 값이 재건축 후 새 오피스텔 가격보다 비쌀 수 있다는 겁니다. 그럼 낡은 채로 그냥 계속 살게 될 확률이 높은데, 실컷 살다가 낡으면 팔고 나오면 된다는 건 순진한 생각입니다. 오피스텔은 아파트와는 다르게 바로 옆에 새 오피스텔이 쉽게 들어올 수 있습니다. 세입자들은 다 새 오피스텔만 찾습니다. 오피스텔은 수익률이 생명인데, 다 낡아서 세입자 구하기도 힘든 여러분의 오피스텔이 쉽게 팔릴까요? …

이제 이해했다. 거주가치나 투자가치 측면 모두, 오피스텔보다 아파트를 사는 게 낫다. 현우는 방금 본 오피스텔 단지 정보를 다시 본다. 용적률 1,002%라고 나온다. 부동산은 땅이라고 했다.

'지분 얼마나 주는지 봐야지.'

김리치 님이 알려주신 K-GEO 플랫폼에 접속한다. 여기서는 등기사항전부증명서를 일일이 돈 주고 떼지 않아도 무료로 대지지분을 조회해 볼 수 있다. [〈강남씨티르네〉 - 토지정보 - 대지권등록부. 동호수 조회]. 제곱미터로 된 지분이 나온다. 3.3으로 나눠 평으로 환산해 본다.

'뭐야, 2평 정도밖에 안 되네?'

아파트는 보통 전용면적의 반 정도는 지분으로 준다고 했다. 이 정도 면적의 아파트였다면 못 해도 지분 7평은 줬을 거다.

'에이, 오피스텔은 땅을 얼마 안 주니까 싼 거구나. 당장 싸다고 내 기준에 안 맞는 걸 살 수는 없어. 집을 사더라도 땅을 얼마나 주는지 보는 거랬어. 땅 많이 주는 거 살 거야. 여긴 필요 없어. 안 해.'

현우는 오피스텔에 대한 미련은 접기로 한다. 그리고 김리치 님이 내 주신 과제에 대해 다시 생각해 본다. '강남'에 있는 '아파트'를 사야만 한다. 부담감이 올라온다. 김리치 님께 이야기해 본다.

[강남 아파트는 다 비싼데, 제가 살 수 있는 게 없을 것 같아요.]

김리치 님의 단호한 답변이 돌아왔다.

[한 번이라도 제대로 찾아보셨나요?]

사실, 아니오. 양심에 찔린다. 솔직히 그동안 서초동 〈독수리오형제〉 단지 비싼 것만 보고, 강남 아파트는 당연히 죄다 비쌀 거라는 생각에 제대로 들여다볼 생각도 안 했었다. 알아보지도 않고 막연히 강남 아파트를 못 산다고 생각하며 핑계 대려는 태도를 들킨 것 같다.

[죄송합니다. 열심히 찾아 보고 다시 연락드리겠습니다.]

현우는 마음을 다잡아본다.

'윤아가 그랬지. 내가 나를 못 믿겠으면, 나를 믿는 윤아를 믿으라고. 나는 윤아를 믿으니까, 윤아가 믿는 나를 믿어야지. 자신감을 갖자. 할 수 있을 거야.'

강남 아파트 매물 검색

매물 검색 조건을 하나씩 설정해 나간다. 먼저 종목이다. '아파트/아파트분양권/재건축/오피스텔/오피스텔분양권/재개발/분양 중·예정'의 여러 종목 중 '아파트'만 선택하고 나머지는 체크를 해제한다. 지도에 아파트만 남았다.

거래방식은 '매매'만 남기고 전세나 월세, 단기임대 매물은 지운다. 지도에 뜬 매물 가격대가 천차만별이다. 29억, 16억, 30억, 17.3억… 가격대 필터링도 해야겠다. 매물가격 기준으로 매매가 최대 5억 5천만 원까지로 설정한다.

나머지 조건도 본다. 면적은 건드리지 않는다. 좁든 넓든 상관없기 때문이다. 사용승인일? 신축이든 구축이든 상관없으니 이것도 그대로 둔다. 세대수는 최소 200세대는 되어야 할 텐데, 일단

100세대 이상으로 설정한다. 보이는 단지가 훅 줄었다. 그 수가 적긴 해도 현우가 살 수 있는 매물이 있긴 있다. 신기하다. 단지를 하나씩 클릭해 본다.

'3.7억 원, 지웰스타프리모. 뭐야, 주상복합이네. 주상복합은 안 살 거야.'

현우는 전용률이 낮고 지분을 적게 주는 주상복합은 오피스텔과 마찬가지로 사고 싶지 않다. 게다가 주상복합은 관리비도 비싸다고 했다.

'4.3억 원, 이오허브빌라트. 도시형이라고 쓰여 있네? 도시형생활주택이구나. 이것도 패스.'

다른 단지들도 사정은 별반 다르지 않다.

'5억, 주상복합. 3.2억, 주상복합. 주상복합은 안 보고 싶은데, 왜 안 걸러지지? 하나씩 다 눌러 봐야지. 별수 없네.'

현우는 네이버 부동산 '아파트' 분류에 도생이나 주복은 안 나왔으면 좋겠다고 생각한다.

벌써 밤이 깊었다. 내일 출근이 살짝 걱정되긴 하지만, 현우에겐 집 구하는 일이 회사보다 더 중요하다. 지도를 조금씩 옮겨가며 단지들을 살펴본다. 엑셀에 표를 만든다. 강남의 주상복합도 아니고 도시형생활주택도 아닌, 매수할 수 있는 금액대의 아파트 목록 전체를 정리한다.

'하나, 둘, 셋, 넷⋯.'

그리고 가볼 순서를 정한다.

'논현스위첸힐스. 여기부터 가보자.'

다음날, 현우는 부동산에 전화를 걸었다.

"안녕하세요, 스위첸힐스 16평 매매 알아보고 있는데요. 지금 네이버 부동산에 올라온 매물 오늘 저녁에 볼 수 있나요?"

"그게 보여드리면 좋은데, 세입자가 출장 갔대요. 토요일에나 오라는데요. 토요일 오전에 보실래요?"

오늘은 가도 집 내부는 못 본다. 그럼에도 현우는 퇴근하고 강남구 논현동에 가보기로 한다.

'단지 주변이라도 미리 봐둬야지. 김리치 님이 날짜나 요일, 시간을 다르게 해서 여러 번 보라고 하셨잖아. 오늘은 평일 저녁 모습을 보고 토요일에는 주말 아침 모습을 보자.'

어차피 논현동은 자취방에서 가까우니 여러 번 가는 건 부담되지 않는다. 퇴근한 현우는 스위첸힐스로 출발했다. 대로에서 버스를 타니 오래 걸리지 않았다. 정류장에서 내려 길 찾기 앱을 따라 좁은 골목길을 걸어 들어갔다.

'어이쿠, 여기도 언덕이네. 강남이라고 다 평지가 아니구나. 대로에서 볼 때는 몰랐는데, 이 뒤쪽은 저층 주거지였네.'

상가주택이 즐비하게 늘어서 있다.

'무슨 미용실이 이렇게 많아?'

애매한 오후 시간인데 젊은 여성분들이 미용실 안에 많이 보인다. 모두 드라이어로 머리를 하고 있다. 화려하게 생겼다.

'어디 나가시는 언니들인가 보다. 눈 깔고 가야지.'

골목이라 길 찾기가 쉽지 않다. 현우는 길을 찾아 돌아섰다. 그 순간, 오토바이가 빠른 속도로 현우 옆을 스쳐 지나갔다.

"깜짝이야."

까딱하면 크게 다칠 뻔했다. 사람이랑 차랑 같이 다니니까 위험해 보인다. 인도와 차도가 구분이 없으니 신경이 곤두선다.

술집, 삼겹살집, 족발집, 포차를 지났다. 이른 저녁인데 벌써 술 마시는 사람들이 많이 보인다. 그 바로 옆 언덕에 스위첸힐스 아파트가 있다.

'아, 이거 뭐지? 이런 데서 살라고? 여기도 술집세권이잖아. 윤아는 깔끔하고 조용한 거 좋아하는데, 이 동네는 불편해할 것 같다.'

현우는 아파트 건물을 한 바퀴 돌아본다.

'여기가 남향 앞 베란다. 지하 주차장이 있네. 주변에 전봇대가 많다. 이 주변은 술 마시고 놀기는 좋아 보이는데 살고 싶은 느낌은 아니다. 일단 패스. 다른 단지도 가보고 비교해야지.'

근무 시간, 현우가 일하는 중에 윤아에게 카톡이 왔다.

[이모티콘 선물! 너 닮아서 귀여워. 히히.]

앙증맞고 귀여운 햄스터 이모티콘이다. 자기처럼 커다란 남자를 이렇게 사랑스럽게 봐주는 윤아를 떠올리니 절로 미소 지어진다. 현우는 실실 웃으며 윤아와 카톡 하다, 윤아를 닮은 고양이 이모티콘을 찾아 선물한다. 그리고 슬쩍 이 팀장 자리를 쳐다본다. 팀장은 또 자리에 없다.

'팀장 또 보나 마나 일 째고 골프 치러 갔겠지. 이놈의 좋소기업, 다면평가는 왜 없애가지고. 내가 꼭 탈출하고 만다.'

오늘치 회사 일은 벌써 다 해버렸다.

'생산적인 일 해야지. 내 공부 하자.'

현우는 산군 김리치 블로그를 중간부터 다시 읽는다. 2년 전 글이다.

> … 작년에 도곡동에 매수 계약을 … 계약서 쓰기 전까지 아무 말 없던 부동산이 계약 끝나고 나서 "전실이 확장돼 있긴 한데, 문제 안 돼요."라고 했었습니다. 그러다 몇 달 후, 강남구청에서 전실 확장은 불법이기 때문에 2021년 6월까지 원상복구 하지 않으면 환원 조치에 벌금형에 건축물대장 위반건축물 등재까지 한다고 공문이 … 위반건축물로 등재될 경우 대출이 안 나와서 …

'대출 안 나오면 큰일 나는 거잖아. 매도자가 불법건축물 상태로 판 거면 당연히 매도자가 해결해 줘야 하는 문제 아냐? 부동산도 책임이 있지. 만약에 매도자나 부동산이 배 째라고 나오면 나라면 어떻게 할까?'

현우가 이런저런 생각을 하는데 유 과장에게 메시지가 온다.

[박 대리님, 옥상 고?]

　　　　　·

유 과장이 착잡한 표정으로 담배에 불을 붙이며 말한다.

"대리님, 제 인생은 글렀어요."

"팀장이 또 뭐라고 해요?"

"그게 아니라, 법무팀 최 과장이 글쎄, 집 샀대요."

"헐, 대박. 맨날 일산 쪽에서 다니느라 죽을상이더니 결국 집 사

셨나 보네요. 새벽 다섯 시에 일어나서 출근해야 차 안 막힌다고
하더니만, 이제 회사랑 좀 가까운 집으로 구하셨겠어요."

"글쎄요. 모르겠네요. 구체적인 건 안 물어봤어요. 그냥 다 짜증
나서요. 월급 뻔한데 그 인간, 돈이 어디서 났을까요? 저는 주식
개 같이 물렸는데, 최 과장은 집 사자마자 올랐다고 엄청나게 신나
서 자랑하고 다니잖아요. 벌써 3천 올랐대요. 아, 죽겠다. 제 주식
에 구조대 언제 올까요? 물타기도 힘드네요."

유 과장은 허공을 바라보며 담배 연기만 내뿜는다. 현우는 다른
생각을 한다.

'최 과장님, 집 어떻게 샀지? 기회 봐서 물어봐야겠다. 배울 점
있으면 배워야지.'

벌써 퇴근 시간이다. 현우는 강남구 역삼동 서오코스모스 아파
트를 보러 왔다. 서오코스모스는 1990년대 중반에 지어진 아파트
이다. 한 동이지만 200세대는 넘는다. 대로변 오피스텔 밀집 구역
을 지나자마자, 저층 상가주택들 사이에 서오코스모스가 있었다.
어제 본 논현동보다는 주변이 깔끔해 보인다. 아파트 건물이 특이
하다. ㄱ자 꺾인 구조인데 남북으로 뚱뚱하다.

'앞발코니가 동향, 남향, 북향으로 나 있네.'

현장을 살피지 않고 무조건 남향이 좋다고 믿으면 안 된다고 했
다. 현우는 직접 보고 확인한 것만 믿을 것이다. 아파트 건물을 한

바퀴 돌아본다. 북향으로 가본다. 1층에 상가가 늘어서 있다. 업종을 살펴본다.

'포차, 고깃집, 호프. 소리도 그렇고, 냄새도 그렇고. 저녁에 창문 못 열겠다. 바로 앞 초등학교에 주말 사물놀이부 홍보 현수막이 붙어 있네. 주말 오전에 시끄러울 것 같아.'

상대적으로 동향과 남향은 조용해 보인다. 동향과 남향 사이로 정자와 작은 놀이터가 있다. 나름대로 단지 내 조경이라고 볼만하다. 꺾인 동향 때문에 그림자 진 남향 일부 세대는 낮에 해가 잘 들지 않을 것이다. 거실 앞발코니 방향으로 시야에 특별히 걸리는 것은 없다. 이 단지를 살 거면 동향이나 남향은 괜찮을 것 같다.

현우는 추후 매물을 보고 나면 매물별로 비교를 쉽고 빠르게 하기 위해 사전에 조사할 수 있는 내용은 미리 정리해 본다.

소재지 / 단지명 / 연식 / 세대수

동호수 / 면적 / 구조 / 방향

매매 호가 / 시세 / 실거래가

지형 / 일조량 / 전철거리 / 통근시간

편의시설 / 관리비 / 난방 방식 / 주차장

현우는 처음 집 알아볼 때보다 훨씬 발전한 자신이 자랑스럽다. '집 보면 부분별로 상태 꼼꼼히 체크해 둬야지. 인테리어 상태나 누수 자국 있는지, 확장은 했는지 등 특이사항도 써야겠다.

　이번엔 건축물대장도 볼까? [정부24 – 건축물대장(열람) – 발급하기]. 와, 무료다. 그런데 뭐 선택하는 게 많네. 일단 표제부.'

　건축물대장을 발급받았다. 웬걸, 오른쪽 상단에 큰 글씨로 노랗게 〈위반건축물〉이라고 떠 있다.

집합건축물대장(표제부, 갑)		**위반건축물**		(2★

고유번호		명칭		호수/가구수/세대수
	지번	도로명주소		
			서울특별시	
▨▨ m²	※지역	※지구		※구역
	일반주거지역			
▨▨ m²	주구조	용도		층수
	철근콘크리트벽식		아파트	지하: ▨ 층
▨▨ %	높이	지붕		부속건축물
	▨▨ m		평슬라브	
▨▨ m²	※건축선 후퇴면적 ▨▨ m²	※건축선 후퇴거리		

				건축물현황		
용도	면적(m²)	구분	층별	구조	용도	
	▨▨	주1	1층	철근콘크리트벽식	생활편익시설	
주차장	▨▨	주1	1층	철근콘크리트벽식	현관홀	
	▨▨	주1	1층	철근콘크리트벽식	보육시설	
	▨▨	주1	1층	철근콘크리트벽식	의료시설	
	▨▨	주1	1층	철근콘크리트벽식	재활용품용기실	
	▨▨	주1	1층	철근콘크리트벽식	노인정	

　합니다.

발급일: 20★★

담당자 : 부동산정보과
전　화: 02-▨▨▨

　습니다.

216

'와씨, 이게 뭐야? 위반건축물? 불법인가?'

현우는 놀란 마음에 김리치 님께 건축물대장 열람 내용을 보여드리며 물었다.

[이 아파트는 사면 안 되는 거죠? 예전에 불법건축물은 대출 안나오니 사지 말라고 하셨던 말씀이 떠올라 여쭙니다.]

김리치 님이 말한다.

[이건 표제부인데, 몇 동 몇 호를 보고 오신 걸까요?]

[아직 집은 안 봐서, 몇 호인지 모릅니다.]

[표제부와 별개로, 그 집 전유부에 위반건축물이라고 뜬 거 아니면 대출은 나옵니다. 집마다 따로 봐야 하는 겁니다. 보내주신 건축물대장에 '변동사항'을 보면 105호가 등재되어 있네요. 상가로 보이는군요. 105호 건축물대장을 떼보죠. 그러면 무엇 때문에 위반건축물이라고 나오는지 알 수 있습니다.]

현우는 머리를 긁적이며 정부24 사이트에 다시 들어간다. '건축물대장 열람'에서 '집합건축물대장 전유부'를 체크한 후 105호 것을 열람한다. 건축물대장 상단에 표제부와 똑같이 노랗게 〈위반건축물〉이라고 쓰여있다. 김리치 님이 두 번째 페이지 하단에 밑줄을 쳐 보여준다.

[여기 변동사항에 쓰여있지요? '변동내용 및 원인' 보면 영업장에 조립식패널 때문이라고 나오네요. 같은 건물의 다른 세대 건축물대장도 떼 보시겠어요?]

현우는 서오코스모스 같은 동의 아무 호수나 선택하여 209호 것을 발급받아 본다. 그리고 김리치 님께 이야기한다.

[여기는 위반건축물 표시가 없습니다. 스승님 말씀처럼 다른 세대는 깨끗합니다. 그런데 이런 걸 보고 나니 이 단지는 그냥 안 사고 싶네요. 다른 단지도 알아보겠습니다.]

갭투자로 비싼 집도 살 수 있어

다음 날, 이 팀장이 출장을 갔다. 현우는 이 틈에 최근에 집을 산 법무팀 최 과장에게 점심을 같이 먹자고 했다.

"과장님, 축하드려요. 좋은 소식 들리던데요?"

"어유, 박 대리님도 들으셨어요? 감사해요. 집 사길 잘한 것 같아요. 너무 좋네요."

"어디 사셨는지 여쭤봐도 돼요?"

최 과장은 신난 목소리로 말한다.

"고양시 덕양구 대원2단지요."

"대리 님 원래 대원마을 살지 않으셨어요? 회사 가까운 데 매수하신 줄 알았는데요."

"네, 계속 대원마을 살았죠. 독립하려는 건 아니에요. 계속 부모님이랑 살긴 할 건데, 갭투자로요."

사람들은 다 자기가 원래 살던 곳을 사고 싶어 하나 보다. 그런데 갭투자라니?

"대단하시네요. 어떻게 사신 거예요?"

최 과장은 물어봐 주길 기다렸다는 듯 술술 말한다.

"어머니가 호재 때문에 대원마을 집값 오를 거라고 해서요. 거기 바로 앞 사거리에 지하철 들어오는 게 확정됐거든요. 원래 서울 가려면 광역버스 주로 탔는데, 지하철도 생기면 역세권 되고 좋잖아요. 저는 부동산은 잘 모르지만, 어머니가 아는 부동산 연결해 주셔서 소개로요."

'이 양반, 내가 알기론 최근에 새 차 뽑고 마이너스 통장 이자 때문에 힘들다고 했는데? 돈이 어디서 났지?'

최 과장이 이어서 말한다.

"제 돈 3천만 원 들고 샀어요. 어머니가 1억 주시고요. 나머지는 마통 남은 거 썼어요. 전세 끼고 산 거라 생각보다 돈은 많이 안 들었어요. 제가 집 있다고 하니까 여자친구도 좋아하죠."

최 과장이 지도 앱을 켠다.

"보실래요? 206동 여기요. 여기가 로얄동이에요. 아직 거래가 많진 않은데 투자자들 알게 되면 집값 많이 오를걸요?"

무슨 외계인 고문한 수준으로 술술 말한다. 현우는 최 과장을 보면서 본인은 집을 사게 되면 입단속을 잘해야겠다고 다짐한다.

220

그러다 불현듯 엄청난 생각이 스쳐 지나간다.

'최 과장님, 전세 끼고 샀다고? 그래. 갭투자가 있었지. 가만있어 보자. 그러면 나도 전세금에 대출액을 더하면 8억 원대 아파트는 충분히 살 수 있는 거 아니야?'

가슴이 두근거린다. 이 좋은 방법을 얼른 김리치 님과 상의해야겠다.

현우는 들뜬 마음으로 강남권에서 전세가가 받쳐주고 매매와 전세 갭이 작은 단지 몇 군데를 추려 김리치 님께 연락한다.

[스승님, 저 갭투자 방식으로 하면 더 비싼 집도 살 수 있을 것 같습니다. 갭투자는 제가 매매가 전체를 조달하지 않아도 되니까요. 매매가와 전세가 차이만큼만 돈만 내면 소유권을 취득할 수 있으니, 지인처럼 전세를 끼고 집을 사보려고 합니다. 매매가 9억 이하 아파트 중에서 매매가와 전세가 차액을 대출로 마련할 수 있는 아파트 몇 군데를 찾아보았습니다. 검토 부탁드립니다.]

전세 안고 집을 산다면, 현우도 강남에 그럴싸한 집을 살 수 있을 것이다. 김리치 님께 답장이 왔다.

[현우 님께서 무슨 생각을 하신 건지는 알겠습니다. 그런데 현우 님 마음처럼 되진 않을 겁니다.]

당황스럽다. 천재적인 발상이라고 칭찬해 주실 줄 알았는데, 현우가 생각했던 반응이 아니다.

[제가 잘 몰라서 그러는데, 왜 안 되나요?]

[여러 이유가 있습니다. 현우 님께서 추려온 단지를 보면 매전 갭만 본 것 같은데, 맞나요?]

[네. 매매가와 전세가의 갭 위주로 보았습니다. 매매가에서 전세가를 빼고 차액만큼만 특례보금자리론으로 대출받아서 조달하면 될 것 같았습니다.]

[대출이 얼마나 나온다고 예상하신 건가요?]

[5억 한도에서 제 DTI 되는 만큼이요.]

[현우 님, 전세 세입자가 이미 살고 있는 집에 은행이 그만큼 돈을 빌려주진 않습니다.]

처음 듣는 소리다. 김리치 님이 말한다.

[전세가 껴있으면 KB시세에 80%를 곱한 금액에서 전세보증금을 뺀 금액까지만 주택담보대출이 나옵니다. 첫 번째 단지 KB시세가 얼마인지 찾아보세요.]

현우가 KB부동산 홈페이지에 들어가서 시세를 검색한다.

[9억 2,000만 원입니다.]

[KB시세의 80%는 얼마인가요?]

재빨리 계산한다.

[7억 3,600만 원입니다.]

[지금은 매매가가 KB시세보다 낮네요. 은행마다 다르긴 한데, 보수적으로 둘 중 낮은 걸 본다고 계산합시다. 해당 매물 호가 기

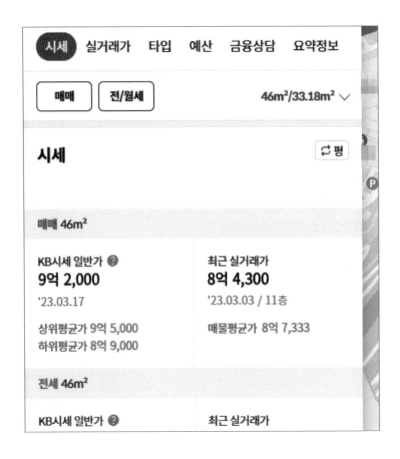

준으로 다시 해보세요.]

　　[매매가 8억 5,000만 원의 80%면 6억 8,000만 원입니다.]

　　[찾으신 매물에 전세는 얼마 들어있는지 보십시오.]

　　[전세보증금 3억 2,000 끼고 있습니다.]

　　[이론적으로 6억 8,000에서 3억 2,000을 뺀 3억 6,000만 원까

지 주담대가 나오겠네요.]

[대출이 생각보다 얼마 안 나오는군요. 그러면 8억 5,000에서 전세보증금과 대출가능금액을 더한 6억 8,000을 뺀 1억 7,000만 원은 제가 알아서 만들어야 되네요.]

[그렇지요. 예금액이든 신용대출이든 뭐든 주담대 외의 방법으로 조달해야 합니다.]

'1억 7천만 원을 혼자 힘으로? 돈이 모자란다. 어쩌지?'

현우는 다른 방법을 생각해 본다.

[스승님, 그러면 전세나 월세 낀 집이 아니면 대출은 풀로 나오는 거죠? 그냥 집을 사서 주담대를 최대로 받고, 그다음에 전세를 맞추는 건 어떨까요?]

[세입자를 못 구할 겁니다. 전세입자가 그렇게 대출 많은 집은 안 들어갑니다. 은행 대출이 선순위로 잡혀 있는데, 그러면 전세금은 후순위가 되니까요. 경매라도 넘어가면 세입자가 보증금을 온전히 받지 못할 수 있으니 꺼리지 않을까요? 요즘 안 그래도 전세사기 얘기도 있어서 분위기가 안 좋습니다. 세입자 입장에서는 선대출이 없는 집을 찾을 수밖에 없지요. 보증금이 아주 싸지 않으면 몰라도요. 그런데 보증금을 낮게 하면 현우 님이 자금이 안 맞네요.]

[그러네요. 그래도 일단 어떻게든 전세 끼고서라도 사기만 하면 제 집이 생기는데….]

현우 마음을 어떻게 알았는지, 김리치 님이 이어서 말한다.

[운 좋게 전세 끼고 대출도 받아서 샀다고 치면, 그다음은 어떻게 하실 건가요? 세입자 만기 때 전세보증금을 빼줄 방안이 있으신가요? 우리는 직접 들어가서 살 집을 구하는 중이었습니다. 전세보증금만큼 돌려줄 수 있어야 그다음에 현우 님께서 이사를 들어갈 수 있지요.]

[그것도, 대출받아서요.]

[나중에 시세가 많이 오르면 LTV 여유가 생기니까 추가로 대출이 나올 수는 있는데, 그때도 특례대출을 쓸 수 있을 거라는 보장은 없습니다. 시중은행 대출 조건도 같이 보고, DSR이나 DTI 초과하진 않는지 계산해 봐야 할 겁니다.]

현우는 곰곰이 생각해 본다. 지금 당장 들어가서 살 집을 구하는 현우에게 갭투자는 적합한 방법이 아니었다. 미처 인지하지 못했을 뿐, 김리치 님 말씀을 듣고 보니 다 맞는 말이다. 현우는 다시 방향을 정한다.

[감사합니다. 지금 입주할 수 있는 집으로 다시 알아보겠습니다.]

현우가 본격적으로 집을 알아본 지도 벌써 두 달이 다 되어간다. 이렇다 할 성과가 없으니 답답하다. 현우는 집 사기로 마음먹자마자 바로 살 수 있을 줄 알았는데, 그건 순진한 생각이었다. 집 구하는 게 이렇게 어렵고 오래 걸릴 줄은 몰랐다. 현우는 막막한 마음에 드러누워 산군 김리치 블로그만 뒤적거린다. 그중 입지 요소를 설명한 글을 보며 생각해 본다.

'입지 요소, 교통. 모든 지하철과 버스가 강남을 향해 있다. 보통은 강남 접근성을 따지지만, 나는 그냥 강남에 살 거다. 학군은 애초에 포기하기로 했으니까 넘어가고. 주변 환경은 강남이 더할 나위 없이 좋지. 주변이 다 널찍하고 쾌적해. 여기저기 다녀봤지만, 이렇게 깨끗한 동네는 본 적이 없어. 자연환경도 너무 좋아. 왜 윤아가 이사 가기 싫어하는지 알겠어. 동네 근처에 없는 가게나 시설이 없고, 다른 데는 다 닫아도 우리 동네는 365일 여니까 편해. 특히 사람이 달라. 사람들이 점잖고 예의 바르더라. 이사 온 이후로 길에서 취객한테 이상한 시비 안 걸리고, 아이들이나 애 엄마가 남자 어른을 경계하지 않는 것도 놀라워. 나도 여기에 내 집이 있으면 좋겠다.'

그러나 사람들 생각은 다 똑같다. 현우뿐만 아니라 수많은 사람들이 강남의 살기 좋은 곳 대단지 신축을 선호한다. 그런 곳은 매매가가 30억 원이 넘는다.

'내가 모든 조건이 완벽한 아파트를 살 수는 없겠지. 연식이나 세대수 같은 건 어느 정도 포기해야 한다는 건 알겠어. 그래도 집이 어느 정도 타협할 수 있는 수준은 돼야 하는데, 지금까지 본 것들은 영 시원찮다. 어떻게 해야 할까?'

윤아를 만났다. 윤아가 오늘도 활짝 웃으며 현우를 반긴다. 현우는 집 구하는 건 온전히 본인 몫이라고 한만큼, 윤아에게 부담 주고 싶지 않다. 그렇지만 고민하는 모습이 티가 났는지, 윤아가 걱정한다.

"우리 현우, 요즘 집 알아보느라 힘들지? 나도 같이하는 게 좋지 않아?"

"괜찮아. 걱정하지 마. 잘하고 있어."

"쉬엄쉬엄해. 난 네가 행복했으면 좋겠어. 다 잘될 거야. 있지, 너 좋아하는 거 보러 가자."

윤아가 현우 손을 잡고 어디론가 이끈다. 강남대로를 따라 남쪽으로 내려가다 골목길로 들어간다. 순식간에 주위가 조용해졌다. 대로에서 한 블록 뒤로 들어왔을 뿐인데 차 소리도, 사람 소리도 들리지 않는다. 우면산자락 아래로 높으신 분들이 살 것 같은 대저택이 여럿 보인다. 한적하고 평온한 분위기다. 저쪽으로 공원이 있다. 윤아가 방아다리근린공원을 가리키며 말한다.

"다 왔어. 저기 봐, 네가 좋아하는 고양이야. 여기 고양이 공원 보여주고 싶었어."

사람이 한 명도 없는 공원에 고양이가 하나, 둘, … 최소 다섯 마리는 보인다. 현우는 윤아를 따라 벤치에 앉았다. 노란 치즈색 고양이 한 마리가 폴짝, 벤치 위로 올라온다. 그러더니 현우 옆에 자리 잡고는 식빵 굽는 자세로 앉아, 눈을 살며시 감은 채 편안하게 머무른다. 현우는 윤아와 나란히 앉아 고양이를 바라본다. 윤아가 말한다.

"나도 살면서 힘든 순간이 있었어. 사람이 무섭고, 숨쉬기도 버겁고, 내가 세상에 존재해서 뭐 하나 하는 극단적인 생각이 들 때였는데… 그때 방황하다 우연히 여기에 왔거든. 그런데 저 고양이들은 나한테 아무것도 묻지 않고, 무관심한 모습으로 내 옆에 이렇게 앉아 있더라고. 그 모습을 보고 있자니, 고양이가 나한테 '뭘 그리 고민하니? 고양이는 그런 고민 안 하고도 잘 살아. 다 별일 아니야. 그냥 고양이처럼 편안하게 있어.'라고 말하는 것 같았어. 그게 참 위로가 되어서… 네가 편안해졌으면 하는 생각에 같이 와봤어. 내가 괜히 강남 살고 싶다고 한 것 때문에 부담스러웠을 것 같아서 미안해. 그래서 말인데…."

"아니야, 윤아야. 미안해하지 마. 나도 강남에 살고 싶은걸. 한번 살아보니까 다른 데는 안 가고 싶어. 생각해 줘서 고마워. 계속 매물 알아보고 있고, 우리한테 맞는 집이 어디엔가 있을 거야. 좀 더 열심히 해볼게. 날 믿어줘."

고요하다. 불어오는 바람에 간간이 나뭇잎이 살랑이는 소리만 들릴 뿐이다. 복잡한 생각이 가라앉으며 차분해진다. 앞으로도 윤아와 함께 인근에서 이런 평화를 누릴 수 있기를. 그러려면 이곳에 자리 잡고 뿌리내려야 한다. 현우는 심호흡을 하고, 다시 내 집 마련 의지를 다져 본다.

급매물을 찾아서

강남권에서 현우 예산에 맞는 아파트는 대부분 세대수가 적은 나홀로였다. 부동산 매물 정보 사이트를 뒤져보며 도곡동 오메가빌, 방배동 아트라이프 등 여러 곳을 가봤다. 건물이 너무 우중충하거나, 주변에 상가가 많아 시끄럽거나, 빌라처럼 보이는 등 다하나같이 아쉬운 구석이 있다. 이제 강남권에서 금액대 맞춰 볼 수있는 아파트 매물은 다 본 것 같다. 윤아가 살고 싶어 하는 강남은이런 강남이 아닐 것 같다. 사고 싶은 집이 없다. 김리치 님은 다르게 생각하실까? 일단 정리해서 보내며 말씀드려본다.

[스승님, 강남에서 세대 수 적은 나홀로 아파트 위주로 보았습니다. 금액대 맞추려니 어쩔 수 없이 대단지는 포기해야 했습니다. 이제 나와 있는 매물은 다 본 것 같습니다. 사실 이 중에서 특별히 마

음에 드는 곳은 없습니다. 이 중에서라도 타협해서 사야 할까요?]

김리치 님도 부족한 예산에 강남 집을 고집하는 현우 때문에 고민이 될 것이다. 답장을 받았다.

[나홀로 아파트가 지금 현우 님 상황에서 적절한 대안이겠네요. 답을 드리기 전에 드리고 싶은 말씀이 있습니다. 첫 번째는 나홀로 아파트는 못 판다고 생각해야 한다는 것입니다. 현우 님께서 입지를 우선하여 대단지의 대안으로 나홀로 아파트를 보고 계실 뿐, 처음부터 이런 아파트들이 있다는 걸 알고 계셨던 건 아니지요. 마찬가지로 내 집을 나중에 사줄 매수 후보자도 이런 아파트가 존재한다는 것 자체를 모를 겁니다. 그래서 잘 안 팔릴 것이고, 환금성이 떨어진다는 건 감안하셔야 합니다. 원할 때 매도하기 어렵고, 폭등장에나 겨우 팔 수 있을 겁니다.

두 번째는, 그럼에도 실거주 가치를 생각해서라도 나홀로를 사셔야 한다면 다른 대단지 아파트가 근처에 있는 곳 위주로 매수하시는 것을 추천해 드립니다. 대단지 옆에 있으면 대단지 아파트의 인프라를 공유할 수 있다는 장점이 있습니다. 또한 비록 해당 단지는 나홀로일지라도, 주변에 다른 아파트가 많다면 시세 비교도 되고, 대단지 아파트를 보고 온 손님들이 대안으로 소개받을 확률도 있습니다. 빌라나 주택가 한가운데에 덩그러니 있으면 시세 비교도 어렵고 아파트로서 이점을 누리기 어렵습니다.

이런 내용을 고려하신다면, 현우 님께서 찾으신 매물 중 어떤 것이 가장 괜찮아 보이시나요?]

[…다 별로입니다. 매물 정보 사이트에 올라온 매물은 다 가봤는데, 마땅한 게 없네요. 알림 설정하고 기다려 볼까요?]

[아니요. 매물이 나오기를 기다리지 마시고 현장으로 가십시오. 현장에서 매물을 직접 찾아봅시다. 정말 조건 좋은 매물은 나오자마자 거래되기에, 매물 정보 사이트에 광고로 올라오지 않습니다. 〈급매물 잡는 방법〉 글 기억나시지요? 그 내용처럼 번거롭더라도 현우 님께서 직접 부동산에 들러서, 현우 님을 진짜 매수 의사가 있는 1순위 손님으로 각인시켜야 합니다. 그러면 현우 님 조건에 맞는 좋은 물건이 나올 경우, 부동산 사장님들은 매물 정보 사이트에 광고를 올리기 전에 현우 님에게 먼저 연락해 줄 겁니다.]

급매물 잡는 방법 글을 다시 열어본다.

…'급매물'이란 말 그대로 집주인 사정상 급하게 팔려고 내놓은 집을 말합니다. … 예를 들어 봅시다.

모두 32평형 / 판상형 / 2003년식

이 집은 같은 아파트 단지에 있는 다른 집과 비교했을 때 평형도 똑같고, 구조도 똑같고, 연식도 똑같습니다. 그래서 이 집과 같은 단지의 다른 집들은 본질적인 가치는 비슷합니다. 약간씩 차이가 있다면, 이 동이 몇 동인지, 몇 층인지, 남향인지 동향인지 서향인지, 인테리어 상태는 어떤지 등에 따라 조금씩 가격이 달라진다는 것입니다.

서향
1층
깨끗

남서향
6층
싱크대·화장실 수리

남향
15층
특올수리

동향
10층
새시빼고 올수리

10억2,000만   10억3,500만   10억5,000만   10억4,000만

모두 32평형 / 판상형 / 2003년식

이 각각의 집에는 주인이 있습니다. 집주인들이 살다 보면 집을 팔아야 할 때가 있습니다. 이사 갈 집을 구하는데 지금 사는 집을 팔아야 살 수 있다든가, 집주인이 사업 자금이 필요해서 집을 팔아야 할 수도 있고, 집에 대한 세금이 너무 많이 나와서 처분해야 할 수도 있지요. 이때 집을 파는 집주인을 '매도자'라고 합니다. 집을 팔려고 부동산에 내놓으면 어지간해서는 생각만큼 금방 거래되지 않습니다. 그 집을 산다는 '매수자'가 나타나고 계약이 성사될 때까지 몇 달 걸린다고 생각해야 합니다. 그래서 매도자가 돈이나 시간이 급하지 않으면 천천히 여유를 갖고 집을

살 매수자가 나타날 때까지 기다렸다가 시세대로 제값을 받고 집을 팔 수 있습니다.

그런데 당장 다음 달까지 자금을 마련해야 한다든가, 빨리 팔고 싶은 초조한 마음을 견디지 못하면 어떻게 될까요? 집을 사는 매수자 입장에서 생각해 보면, 매물이 여러 개가 있는데 다들 상태가 비슷하다면 제일 싼 걸 사겠지요. 그래서 집을 빨리 팔고 싶은 매도자는 시세보다 가격을 낮춰서 자기 집부터 팔릴 수 있도록 합니다. 이렇게 해서 '급매물'이 생기는 것입니다.

사람들이 급매물을 찾으라고 조언하는 건, 내 집 마련하는 입장에서 급매물을 잡으면 똑같은 집을 훨씬 싸게 살 수 있는 기회니까 여러분에게 금전적으로 이득이기 때문입니다.

급매물은 보통 부동산에 급매 있냐고 물어보거나 네이버 부동산 매물 설명에 '급매'라고 쓰여있는 걸로 알아보지요?

그런데 사실, 네이버 부동산에 들어가 봤을 때 매물 설명에 '급매'라고 쓰여있는 건 진짜 급매물이 아니고 말만 그렇게 붙여 놓은 것일 수 있습니다. 찐 급매물은 네이버 부동산 광고 올라올 새도 없이 부동산 사장님 손님 목록에 대기하고 있던 분들이 순식간에 낚아채 가기 때문입니다.

그렇기 때문에 평소에 관심 있는 아파트 단지 부동산에 여러분이 진짜 집을 살 손님이니까 급매물이 나오면 꼭 연락해 달라고 부탁해 놓는 게 중요합니다. …

급매물 잡는 방법은, 호주에서 일자리 구하러 다녔던 일과 비슷해 보인다. 현우는 호주에서 무일푼으로 시골 업장마다 채용해 달라고 문 두드리고 다녔던 기억이 떠오른다. 안 되면 되게 하는 것, 무조건 될 때까지 하는 것은 현우의 주특기다. 지금은 호주에 있을 때보다 훨씬 여건이 낫다. 자취방이 있으니 길바닥에서 웅크리고 잠들지 않아도 되고, 우리나라이니 굳이 영어 쓸 필요 없이 우리말이 통해서 편하다. 회사에서 월급도 받고 있으니 밥 먹을 돈은 있다. 호주 때처럼 한 봉지 2천 원짜리 딱딱한 곡물빵으로 일주일을 버티지 않아도 된다. 이 정도면 해볼 만하다. 못 할 이유가 없다.

'강남에 있는 모든 부동산에 직접 들르자. 내 조건을 이야기하고, 좋은 매물이 나오면 연락 달라고 하는 거야.'

현우는 지도에 인근 부동산 중개소 위치를 표시하고 동선을 잡는다. 근무 시간 외에는 최대한 많은 부동산 중개소를 들러 이야기를 나눌 것이다. 저녁이 늦어 부동산이 문을 닫으면, 다음 날 또 가면 된다. 할 수 있다.

오늘부터 시작이다. 점심시간, 회사 근처 부동산에 들어간다.

"안녕하세요, 저 아파트 매매 알아보고 있는데요. 세 낀 물건 말고, 입주 되는 걸로요. 날짜는 6~7월 정도 생각하고 있는데 지금 살고 있는 집이 있어서 조율할 수는 있어요. 예산은 대출 포함해서 5억 5천만 원 이내로 보고 있어요. 물건 나오면 연락해 주세요. 제 전화번호는…."

부동산 사장님이 장부를 열어 현우의 조건을 적는다. 사장님은 갸우뚱하면서도 알겠다고 한다.

근처 다른 부동산에 들어갔다.

"안녕하세요, 저 바로 입주 되는 걸로 매수하려고 하는데…."

퇴근하고도 17군데 중개사무소를 가니 저녁 8시쯤 되었다. 이제 부동산이 거의 다 닫았다. 내일 다시 반복해야겠다.

토요일은 부동산이 영업을 시작할 오전 10시쯤부터 다니기 시작했다. 점심은 편의점 김밥으로 때우고 최대한 많은 부동산을 간다. 다니다 보니 사장님들마다 스타일이 다양하다는 걸 느낀다. 현우에게 젊은 사람이 열심히 한다며 격려해 주는 사장님도 있고, 잡상인 대하듯 하거나 시세는 알아보고 왔냐며 면박 주는 사장님도 있다. 그래도 비타500을 까주거나 물 한잔하고 가라는 호의적인 사장님 덕분에 힘을 내본다. 지칠 때면, 〈강남 아파트 내 집 마련〉이라는 목표를 떠올려본다. 지금 이렇게 다니는 건, 내 집을 찾기 위함이지 부동산 사장님들께 좋은 사람으로 보이기 위함이 아니라는 걸 되새긴다.

저녁 늦은 시간, 부동산에서 받은 명함을 세어본다. 70장이 넘는다.

'애썼다, 나. 될 때까지 해보자.'

며칠이나 반복했을까? 현우 입에서 단내가 난다. 부동산 중개사무소 돌아다니는 건 누구나 할 수 있지만, 아무나 할 수 없는 일이라는 생각이 든다. 정신적으로 만만한 일은 아니다.

점심 먹고 들어가는 길에 현우에게 전화가 왔다.

"여보세요."

"부동산인데요, 5억 5천 이하 아파트 매매로 찾으시는 분 맞지요? 5억짜리 매물 좋은 거 나왔는데, 지금 보러 오실래요?"

그렇지! 현우 조건에 맞는 매물이 나왔나 보다. 그토록 기다리던 연락이 드디어 온 것이다. 현우는 설레는 마음으로 바로 답했다.

"네, 곧 가겠습니다."

요즘 슬슬 부동산 거래가 회복되어 시장 분위기가 심상치 않다고 한다. 매물이 현우 퇴근 시간까지 거래가 안 된 채로 기다려줄지 모를 일이다. 누가 먼저 채갈세라 현우는 급히 반차를 쓰고 집을 보러 뛰어갔다.

서리풀현대1차에 도착했다. 부동산 사장님은 아직 도착하지 않은 것 같다. 아파트 건물을 여러 각도에서 살펴본다. 한 동짜리 아파트다. 외관이 깔끔하다. 앞발코니 쪽으로 해가 잘 들게 생겼다. 주변에 비선호시설도 없고, 조용해 보인다.

아파트 건물 입구에서 조금 기다리니 아주머니 한 분이 오셨다. 부동산 사장님인가 보다.

"안녕하세요."

"안녕하세요, 먼저 와 계셨네요. 집 보러 가실까요?"

사장님은 집주인에게 전화한 후, 비밀번호를 눌러 1층 자동문을 열었다. 엘리베이터를 타고 8층으로 올라간다. 사장님이 현관문을 열었다. 집에 아무도 없나 보다. 남향 햇살이 환하다.

"우와."

　현우는 자신도 모르게 탄성을 질렀다. 현우가 상상했던 것보다 느낌이 좋다. 사장님이 설명한다.

　"여기가 예전에 연립주택일 때부터 갖고 계시던 어르신네 집이 었거든요. 이렇게 아파트로 다시 지으면서 몇 채 받으셨는데, 이 집이 그중 하나예요. 최근에 아드님이 상속받으셨고요."

　"파시는 이유가 있을까요?"

　"아드님이 지금 부산 사시거든요. 서울 싫다고, 다 정리하고 싶으시대요."

현우는 집을 꼼꼼히 둘러본다. 사장님이 말한다.

"방은 큰 방이랑 작은 방이 있고, 발코니 확장되어 있어서 넓죠."

싱크대도 ㄱ자다. 요리할 맛 나겠다. 그리 오래되지 않은 연식인 걸 감안해도 집이 유난히 깨끗하다. 현우는 집이 정말 마음에 든다. 바로 이거다 싶다. 두근거린다. 현우는 건물을 나와서 사장님에게 말한다.

"상의해 보고 연락드릴게요."

나홀로인데 사도 되나요

당장 계약금을 보내고 싶은 마음을 달래며, 이 집에 대한 내용을 정리해 본다. 서리풀현대1차에 대한 정보를 찾아본다. 관리소는 있나 보다. KB부동산 홈페이지에 들어가서 서리풀현대1차 시세를 조회한다. KB시세는 없다. 해당 면적 실거래내역도 없다. 정보가 너무 부족하다. 어떻게 판단해야 할지 잘 모르겠다.

현우는 궁금하다. 여기는 서초동이다. 주변도 다 고급스러워 보이고, 차분하고 좋은데 왜 이렇게 싸지? 혹시 도시형생활주택이나 빌라 같은 게 아닐까? 관련 서류로 확인해야겠다. 김리치 님에게 매수 의사를 밝히고, 김리치 님과 같이 하나씩 검토해 본다.

서리풀현대1차 건축물대장을 본다. '철근콘크리트조 아파트'라고 쓰여있다. 등기사항전부증명서도 본다. 건축물대장 옮겨놓은 것이긴 하지만, 표제부에 '철근콘크리트조 공동주택(아파트)'이라고 되어 있다. 현우는 고개를 끄덕인다. 아파트가 맞다.

등기사항전부증명서 다음 페이지를 본다. '대지권의 표시'에서 '소유권대지권. 대지권비율'을 확인한다. 현우는 강남에 집을 사는 건, 강남 땅을 취득하는 목적도 크다고 생각한다. 지분은 중요하다. 23.809. 7.2평 정도이다. 지분 평당가격을 계산해 본다. 6,917만 원이다. 서초동 평당가를 생각하면, 이 매매가면 땅만 샀는데 콘크리트로 지은 집을 서비스로 주는 수준이다. 이런 집을 지으려면 건축비가 1억 5천만 원은 들 것이다. 원가 이하로 저평가된 것 같다. 김리치 님도 이야기한다.

[제가 보기에 이 집은 누릴 수 있는 가치가 최소 10억 원 이상으로 보입니다. AI 가치 추정으로도 11억 8천만 원 정도로 나오네요. 인근 시세와 비교하고, 땅값을 감안하면 그렇습니다. 건너편 빌라 매매가가 더 비싼 거 보이시나요?]

현우 머리가 바쁘게 돌아간다. 사고는 싶은데, 확신이 없다. 김리치 님께 물어본다.

[집은 마음에 듭니다. 예산도 딱 맞고요. 남이 사겠다고 하면 아까울 것 같습니다. 그런데 나홀로인데 사도 될까요? 거래 내역도 없는데요.]

[현우 님께서 안 사시면 제가 살 겁니다. 하하, 농담입니다. 천천히 생각해 보시고, 결심이 섰으면 빨리 전화하시는 게 좋을 겁니

242

다. 2천만 원 깎아달라고 해보세요.]

현우는 일단 부동산 사장님에게 전화를 건다.

"사장님 안녕하세요, 좀 전에 803호 본 사람인데요. 4억 8천만 원 해주시면 살게요."

얼마 지나지 않아 사장님에게 전화가 온다. 매도자가 현우가 제시한 4억 8천만 원까지 깎아주었다고 한다.

'이게 되네? 엄청 빨리 팔고 싶은가보다.'

사장님이 말한다.

"오늘 가계약금 500만 원이라도 이체할 수 있으세요?"

돈은 된다. 그런데 막상 평생 써본 적 없는 큰돈을 들인다고 생각하니 겁이 난다. 현우는 망설이다 말한다.

"은행 대출이 나오는지 다시 한번만 확인해 볼게요. 찾아보니까 감정평가 받아야 한다고 해서요. 50세대 미만 KB시세 없는 아파트는 감정평가 가액에 따라 대출금액이 달라진다고 규정에 있는데, 은행에 전화해 보고 다시 말씀드려도 될까요?"

현우는 주택금융공사 콜센터에 전화를 걸었다. 현우가 이용할 특례보금자리는 은행에서 취급하는 주택담보대출과는 달리 주금공 홈페이지에서 신청한다. 그렇기 때문에 정확한 정보는 주금공 콜센터에 물어봐야 한다. 전화 연결이 되었다.

"안녕하세요. 문의드릴 게 있어서 연락을 드렸는데요. 다름이 아니라 제가 지금 주택을 매수하려고 하는데 KB시세가 없는 주택이에요. 그래서 감정평가를 의뢰해야 하는데, 이 과정이 어떤 방식으로 진행이 되는 건가요? 제가 특례보금자리를 신청하고 감정평가를 진행해달라고 별도로 요청을 드려야 하는 건가요?"

상담원이 응대한다.

"네 고객님, 주택 유형이 어떻게 되나요?"

"아파트입니다."

"그러면 건물 등기는 나와 있는 상태입니까?"

"네, 등기는 나와 있어요."

"혹시 그 아파트가 100세대가 안 되는 한 동이나 두 동짜리 아파트인가요?"

"네, 맞습니다."

"그러시군요. 그러면 일단 대출 신청 접수를 하시고 나면 저희가 고객님께 대출 상담 전화를 드려요. 그때 감정 의뢰를 해드릴 겁니다. 일단 대출 신청하실 때는 알고 계시는 매매가로 기재하셔서 신청 완료해 주시면 됩니다. 고객님께서 저희 측에서 드리는 상담 전화 받으실 때 그때 감정평가를 의뢰해 드리도록 하겠습니다."

"그러면 감정평가 비용은 제가 부담을 하는 건가요?"

"고객님께서 부담하시는 게 아니라 저희가 부담하는 겁니다."

"시세 정보가 부족해서 그런 거라서 공사에서 부담하신다는 말씀이죠?"

"네, 기본적으로 기존에 건물 등기가 있는데 일정 세대수 미만으로 인해서 시세가 확인되지 않을 때는 공사 부담으로 진행하는 거라고 보시면 됩니다."

감정평가하는 데 추가 비용이 들지 않는 건 이해했다. 특례보금 자리 대출 설명에 공시지가 이야기도 있었는데, 어떻게 되는 건지 확인해 본다.

"이거는 감정평가사님이 하실 내용이긴 한데 혹시나 해서 여쭤 봐요. 감정평가액이 보통 공시지가보다는 높게 나오죠?"

"그렇다고 보셔야 하는데요. 일단 확인을 해봐야 하는 건이니 까, 그건 한번 감정받아 보셔야지 정확한 금액을 아실 수 있을 것 같아요."

"그러면 어쨌든 특보를 신청해야 감정평가가 진행된다는 말씀 이네요."

"대출 신청이 들어와야 해피콜을 드릴 수 있고 그래야 또 상담 사가 감정평가 의뢰를 드릴 수가 있으니까요."

현우는 또 궁금한 걸 묻는다.

"만약 감정평가액이 제가 지금 매매하려는 가격보다 낮거나 그 러면 감정평가액 기준으로 대출이 나오는 건가요?"

"네, 그러니까 생애최초 적용받으셔서 저희 특례보금자리론을 신청하신 게 맞으시다고 할 때요. 감정가랑 매매가를 비교해서 낮 은 걸로 한도가 결정되는 거라고 보시면 됩니다."

"알겠습니다. 감사합니다."

감정평가액이 얼마냐에 따라 받을 수 있는 대출 금액이 달라진다. 운이 나쁘다면 돈이 모자라서 잔금 사고가 날 수도 있다. 그러나 정확히 얼마나 나올지는 대출을 신청하기 전까지는 누구도 알수 없다. 어떻게 할지 고민이다. 김리치 님께 의논해야겠다. 상담원과 통화한 내용을 정리해 김리치 님께 보냈다. 김리치 님이 답한다.

[잔금 사고 절대 안 납니다. 현우 님께서 사고 싶으면 사셔도 됩니다. 제가 있는데 뭘 걱정하시나요?]

김리치 님께 손을 벌릴 건 아니지만 든든하다. 용기가 샘솟는다. 현우는 부동산 연락처로 전화를 걸었다.

"사장님, 아까 서리풀현대1차 집 보고 간 사람인데요. 저 대출나온다 그래서, 계좌 주시면 바로 가계약금 쏠게요."

사장님이 말한다.

"아이고, 안 그래도 전화 드리려던 참이었어요. 우리가 집 보고나서, 다른 부동산에 4억 9천만 원에 사신다는 분이 있었나 봐요."

4억 9천만 원이면 현우가 사겠다고 한 4억 8천만 원보다 천만원이나 더 높은 금액이다. 아찔하다.

'내가 집주인이면 더 비싸게 준다는 사람한테 팔겠지. 아까 가계약금 넣을걸. 이렇게 이 물건도 놓친 건가?'

현우가 낙담하려는 찰나, 사장님의 말이 이어진다.

"그래서 매도자가 어떡할지 고민하셨나 봐요. 이제 연락이 온게, 500만 원만 더 쓰시면 저희 쪽에 주신다고 하거든요. 거기는 투자자셨고, 우리는 들어와서 살 신혼부부라고 잘 좀 봐달라고 했어요. 우리가 먼저 사겠다고 하기도 했고요."

천만다행이다. 먼저 사겠다고 말이라도 해놨기에 망정이지, 까딱하면 놓칠 뻔했다. 중간에 애써준 사장님도 감사하다. 현우는 바로 대답한다.

"네, 저희가 할게요. 그러면 4억 8,500만 원이요."

"알겠습니다. 그러면 계좌번호 받을게요."

전화가 끊어졌다. 집 보자마자 산다고 바로 말할걸, 잠깐 망설이다가 500만 원을 더 내게 되었다. 판단을 더 빨리했어야 했다. 그래도 현우에게 우선권을 준 매도자에게 감사한 마음뿐이다.

부동산에서 금세 전화가 다시 걸려 왔다. 사장님이 묻는다.

"잔금 날짜를 대충 언제로 잡으면 되나요?"

현우는 본인 상황을 떠올려본다. 특례보금자리를 접수하고 감정평가를 받고 대출 실행이 확정되기까지 한 달은 잡아야 한다고 한다. 거기다 더 중요한 건 지금 살고 있는 자취방 전세가 나가야 한다는 것이었다. 자취방에 새 세입자가 와줘야 그 세입자가 내는 보증금으로 자취방 얻으면서 빌린 전세자금대출을 갚을 수 있다. 지금 매수하는 서리풀현대1차의 주택담보대출은 기존 전세대출을 상환하는 조건으로 나온다. 그리고 전세대출 상환 후 남은 전세보증금 잔액을 활용해야만 매수하는 집 잔금을 치를 수 있다. 새로 자취방에 들어와 줄 세입자를 구하는 여유 기간이 필요한 것이다.

김리치 님이 잔금 지급 날짜는 미룰 수는 없지만 당길 수는 있다고 했었다. 잔금 기간을 지금은 여유 있게 잡고, 모든 일을 안전하게 처리해야 한다.

"저희 잔금 두 달 반은 주셔야 할 것 같은데요. 지금 살고 있는 집 전세도 빼야 해서요."

"그러면 일단 6월 29일로 할까요? 잔금은 당길 수 있으니까요."

김리치 님이 주말 및 공휴일은 은행이 안 하니, 만일의 사태에 대비해서 잔금은 평일에 하라고 하였다. 은행이 바쁜 월말도 피하는 게 좋다. 현우는 재빨리 달력을 본다. 6월 29일은 목요일이다. 나쁘지 않을 것 같다.

"네, 29일 좋습니다."

"그러면 잔금은 그때 하시는 걸로 얘기할게요. 계좌번호 보내면 오늘 얼마 입금하실 거예요?"

"일단 천만 원 넣고요, 계약하는 날 계약금 다 드릴게요."

"알겠습니다. 네. 계약서 쓰는 날짜는 이번 주중으로 합의하시고요."

20분 후, 부동산에서 문자가 왔다.

〈매매 계약〉

서울특별시 서초구 서초동 1335-4 서리풀현대1차 1동 803호 매매 계약 건입니다.

매매가액: 금4억8천5백만원(₩485,000,000)

계약금: 금4천8백5십만원(₩48,500,000)

잔금: 금4억3천5백5십만원(₩436,500,000)

계약금 일부: 천만원 (4월 18일 입금)

계약서 작성: 2023년 4월 20일 (상호합의)

잔금일: 2023년 6월 29일

위 표시 부동산의 소유자인 매도인과 매수자는 위 조건으로 계약을 체결하기로 하며, 금일 계약금 중 일부 금 일천만 원을 입금하고 나머지 3,850만 원은 2023년 4월 20일에 송금하기로 한다.

계약체결 후 거부 시 매수인은 계약금 일부(1천만 원)를 포기하고 매도인은 계약금 일부 배액(2천만 원)을 상환하기로 한다.

내용에 동의하시면 입금해 주세요.

매도인 계좌번호: SC제일은행 김진석 000-00-000000

2023년 4월 18일

서리풀효령부동산

현우는 실시간으로 김리치 님에게도 상황을 공유한다. 그리고 등기사항전부증명서상 갑구의 소유주와 매도인 계좌의 이름이 일치하는지 확인한다. 은행 앱을 열어 매도인 계좌로 천만 원을 이체한 후 부동산에 문자를 보냈다.

[박현우803호계약금 이름으로 천만 원 입금했습니다.]

현우는 윤아에게도 연락한다. 윤아가 시간이 된다면, 강남 아파트 내 집 계약이라는 뜻깊은 순간에 함께하고 싶다. 다행히 윤아도 기꺼이 계약서 쓸 때 와주겠다고 하였다.

매수 계약

계약서 쓰기까지 앞으로 이틀 남았다. 현우는 바쁘다. 은행에 가서 적금을 깼다. 주택청약저축도 해지했다. 청약통장 있으면 나라에서 저절로 새집 주는 줄 알았는데, 결국 현우 스스로 알아서 샀다. 보험약관대출을 신청했다. 기존 보험금을 담보로 목돈을 찾았다.

김리치 님도 계약 전 할 일을 같이 점검해 준다.

[은행 이체 한도 늘려 두셨지요? 최대금액 1회 1억, 1일 5억으로요.]

[네. 전에 전세대출 받으면서 해두었습니다. 나머지도 잘 준비하겠습니다.]

목요일, 계약 당일이다. 현우는 도장과 신분증, OTP를 챙겼는지 다시 한번 확인한다. 계약서 쓰기 30분 전 윤아를 만났다. 윤아가 음료수를 여러 개 사 왔다.

"이거 뭐야? 음료수는 왜?"

"부동산 사장님이랑 매도자 드리려고, 일부러 여유 있게 사 왔어."

서리풀효령부동산에 도착했다. 사장님이 현우와 윤아를 맞이하며 말한다.

"이 집, 제 딸 사주려고 했어요. 전세 놓으면 금방 나갈 거였는데, 우리 신랑분 생각나서 드린 거예요. 집 좋지요?"

"그러게요. 좋은 집 주셔서 감사해요."

윤아가 대답하며 음료수를 까서 부동산 사장님에게 건넨다. 사장님이 웃으며 음료수를 받는다.

"아유, 받은 게 있으니 잘해드려야겠다."

"계약서 써두신 거 미리 보여주시겠어요?"

윤아는 계약서 내용을 요청해 현우와 같이 읽어 본다. 사장님은 준비해 둔 다른 서류도 보여주었다.

"등기사항전부증명서 오늘 17시에 발급한 거고요. 소유주 63년생 김진석 님이시고, 을구 깨끗해요. 이 권리 그대로 잔금까지 유지할 거예요."

집합건축물대장 표제부를 본다.

"제3종일반주거지역에 철근콘크리트구조 아파트예요. 오늘 발급받은 거고, 이상 없고요."

집합건축물대장 전유부를 본다.

"서리풀현대1차 1동 803호, 용도는 아파트고 소유주 김진석님. 등기부랑 똑같은 거 보시고요."

지구단위계획이랑 지적도를 보는데, 신사 한 분이 부동산 안으로 들어온다. 사장님이 반기며 인사한다.

"오셨어요?"

저분이 집주인인가 보다. 윤아가 활짝 웃으며 음료수를 매도인에게 건네며 말한다.

"안녕하세요. 먼 길 오시느라 힘드셨지요? 음료수 시원한 거 드세요."

매도인이 좋아하며 음료수를 원샷하고 말한다.

"역에서 바로 오느라 목말랐는데 고맙습니다."

사장님이 계약서 초안을 출력하는 동안, 매도인이 윤아에게 물어본다.

"신혼부부시죠?"

'아차, 윤아는 내가 부동산에 신혼부부라고 둘러댄 거 모를 텐데. 어쩌지?'

현우의 걱정과는 다르게 윤아는 천연덕스럽게 대답한다.

"네, 신혼집 구한 거예요. 저희가 돈이 많이 없는데 집값 깎아주셔서 정말 감사합니다."

'여기서 아니라고 하면 분위기 깨니까 장단 맞춰주는구나.'

현우도 생각해 보니 곧이곧대로 얘기하는 것보다 매도인이 만족해하는 것이 서로에게 좋을 것 같다. 윤아가 말한다.

"지금 사는 집은 곰팡이가 있는데 이 집은 해가 잘 들어서 너무 좋아요. 집도 훨씬 넓고요. 좋은 집 팔아주셔서 감사합니다."

'저거 내 자취방 얘기잖아? 내가 말 못하니까 대신 말해주네.'

현우는 민망하면서도 분위기 띄우려 애써주는 윤아에게 고맙다. 매도인이 흐뭇한 미소를 짓는다.

"계약서 보니까 신랑이 우리 둘째랑 동갑이네요. 신혼부부한테 팔아서 좋네. 우리 둘째도 얼른 결혼해야 할 텐데요. 여기가 부자 되는 집이고 잘되는 집이에요. 애도 낳고 잘 살아요."

"아버님, 감사해요. 덕분에 행복하게 살게요."

윤아의 말에 매도인이 좋아하며 껄껄 웃는다. 그러고는 지난 일들을 말해준다.

"나도 이 동네에서 40년 넘게 살았어요. 그러다 우리 아버지가 돌아가시고 상속받은 건데, 나는 이제 서울이 싫거든. 서울 집은 얼른 다 팔고 이제 다시는 서울에 오고 싶지 않아요."

'김리치 님이 매수할 때는 상속 물건에 기회가 있다더니, 진짜였어.'

매도인이 부동산 사장님을 보며 말한다.

"사장님, 저 와이프한테 혼났잖아요. 가계약금 받고 나서 와이프한테 말했더니, 와이프가 뭘 이렇게 싸게 파냐고 하더라고요. 그러면서 계약 파기하면 안 되냐고 하는데, 신혼부부가 집 산다고 기대하고 있을 텐데 사람이 어떻게 그래. 그런데 여기가 요즘 시세가 얼마나 해요?"

현우는 놀랐다. 매도인이 시세 파악을 안 하고 팔았다고? 어쩐지 뭔가 이상하다 했다. 시세를 잘 알았더라면 이렇게 싼 가격에 팔리가 없다. 주변 비슷한 물건을 비교해 봤을 때 못 해도 10억 원은 받았어야 했다. 사장님이 말을 얼버무리자 매도인이 재차 묻는다.

"와이프가 너무 싸게 판다고 해서. 여기 가격이 요즘 얼만가?"

윤아가 재빨리 걱정스러운 목소리로 말을 막는다.

"저희 다 대출인데, 여기가 시세가 없어서요. 감정평가를 대략 알아보니까 얼마 안 나오더라고요. 최근 하락장이라 더 어렵대요. 매매가만큼 대출이 안 나올까 봐 걱정이에요."

매도인이 윤아를 달랜다.

"여기 그 정도는 아닐 거예요. 대출 잘 나올 테니까 걱정하지 마요."

'와, 순식간에 분위기가 바뀌었다.'

부동산 사장님이 테이블로 와서 계약서를 한 부씩 주며 말한다.

"인적사항 다 확인하셨죠?"

현우도 김리치 님과 이야기한 대로 틀린 건 없는지 본다. 주소, 주민등록번호, 전화번호가 맞게 쓰여있다. 사장님이 계약서 내용을 설명한다.

부동산(아파트) 매매 계약서

본 부동산에 대하여 매도인과 매수인은 다음 계약 내용과 같이 매매계약을 체결한다.

1.부동산의 표시

소 재 지	서울특별시 서초구 서초동 1335-4 서리풀현대1차아파트 제1동 제8층 제803호				
토 지	지 목	대	대지권비율	1236.5분의23.809	면 적	1236.5㎡
건 물	구 조	철근콘크리트	용 도	아파트	면 적	49.76㎡

2.계약내용

제1조) (목적) 위 부동산의 매매에 대하여 매도인과 매수인은 합의에 의하여 매매대금을 아래와 같이 지불하기로 한다.

매매대금	金 사억팔천오백만원정			(₩485,000,000)
계 약 금	金 사천팔백오십만원정	은 계약시에 지불하고 영수함 ※영수자	(인)	(₩48,500,000)
중 도 금	金 일천만원정	은 2023년 04월 28일에 지불하며,		(₩10,000,000)
잔 금	金 사억이천육백오십만원정	은 2023년 06월 29일에 지불하기로 함.		(₩426,500,000)

제2조) (소유권 이전 등) 매도인은 매매대금의 잔금 수령과 동시에 매수인에게 소유권이전등기에 필요한 모든 서류를 교부하고
등기절차에 협력하며, 위 부동산의 인도일은 2023년 06월 29일로 한다.

제3조) (제한물권 등의 소멸) 매도인은 위의 부동산에 설정된 저당권, 지상권, 임차권 등 소유권의 행사를 제한하는 사유가
있거나,제세공과 기타 부담금의 미납금 등이 있을 때에는 잔금 수수일까지 그 권리의 하자 및 부담 등을 제거하여
완전한 소유권을 매수인에게 이전한다. 다만, 승계하기로 합의하는 권리 및 금액은 그러하지 아니하다.

제4조) (지방세 등) 위 부동산에 관하여 발생한 수익의 귀속과 제세공과금 등의 부담은 위 부동산의 인도일을 기준으로 하되,
지방세의 납부의무 및 납부책임은 지방세법의 규정에 의한다.

제5조) (계약의 해제) 매수인이 매도인에게 중도금(중도금이 없을때에는 잔금)을 지불하기 전까지 매도인은 계약금의 배액을
상환하고, 매수인은 계약금을 포기하고 본 계약을 해제할 수 있다.

제6조) (채무불이행과 손해배상) 매도인 또는 매수인이 본 계약상의 내용에 대하여 불이행이 있을 경우 그 상대방은
불이행한자에 대하여 서면으로 최고하고 계약을 해제할 수 있다. 그리고 계약당사자는 계약해제에 따른 손해배상을 각각
상대방에게 청구할 수 있으며, 손해배상에 대하여 별도의 약정이 없는 한 계약금을 손해배상의 기준으로 본다.

제7조) (중개보수) 개업공인중개사는 매도인 또는 매수인의 본 계약 불이행에 대하여 책임을 지지 않는다. 또한 중개보수는 본
계약 체결에 따라 계약 당사자 쌍방이 각각 지불하며, 개업공인중개사의 고의나 과실없이 본 계약이 무효, 취소 또는
해제되어도 중개보수는 지급한다. 공동중개인 경우에 매도인과 매수인은 자신이 중개 의뢰한 개업공인중개사에게 각각
중개보수를 지급한다.

제8조) (중개보수 외) 매도인 또는 매수인이 본 계약 이외의 업무를 의뢰한 경우, 이에 관한 보수는 중개보수와는 별도로
지급하며 그 금액은 합의에 의한다.

제9조) (중개대상물확인설명서교부 등) 개업공인중개사는 중개대상물확인설명서를 작성하고 업무보증관계증서(공제증서 등)
사본을 첨부하여 거래당사자 쌍방에게 교부한다 (교부일자: 2023년 04월 20일)

[특약사항]
1. 현 시설 상태에서의 매매 계약이며, 매수인이 직접 현장방문 후 등기사항증명서 확인 후 계약을 체결함.
2. 잔금 시까지 각종 공과금은 매도자인이 부담하며, 모든 금액은 잔금일을 기준으로 정산한다.
3. 계약일 현재 등기사항증명서 상 하자 없으며, 매도인은 잔금일까지 새로운 권리변동을 일으키지 않는다.
4. 매도인은 매수인의 대출에 협조한다.
5. 매도인은 잔금일에 본 부동산을 차질없이 매수인에게 인도하기로 한다.
6. 본 특약사항에 기재되지 않은 기타사항은 부동산매매 관례에 따르기로 한다.

매도인금융지정계좌: SC제일은행 김진석 000-00-000000

본 계약에 대하여 계약당사자는 이의 없음을 확인하고 각자 서명 날인 후 매도인, 매수인, 개업공인중개사가 각 1통씩 보관한다.

2023년 04월 20일

매도인	주 소	서울시 서초구 효령로 372, 1동 803호(서초동, 서리풀현대1차아파트)				印
	주민등록번호	630301-1000000	전화	010-0000-0000	성명 김진석	
매수인	주 소	서울시 서초구 남부순환로347길 85, 104호				印
	주민등록번호	910225-1000000	전화	010-0000-0000	성명 박현우	
개업 공인중개사	주 소	서울시 서초구 효령로70길 25, 1층 101호(서초동, 인희빌딩)				印
	등록번호	11650-2015-00000	사무소 명칭	서리풀효령공인중개사사무소		
	전화번호	02-500-0000	대표자 명	정미숙		

256

"서초구 서초동 1335-4 서리풀현대1차 1동 803호 매매계약이고요, 대지권비율은⋯."

윤아에게 카톡이 온다.

[아까 봤는데, 계약서 내용이랑 특약에 이상한 거 없어. 미리 얘기한 대로 오히려 우리 쪽에 유리하게 써주셨어. 가만히 있으면 돼.]

현우는 조용히 고개를 끄덕였다. 부동산 공부한 여자친구라니, 정말 든든하다. 사장님이 말한다.

"여기 성명란에 성함 정자로 써주세요. 총 3부입니다."

현우는 '성명 박현우'라고 프린트된 계약서 칸 오른쪽에 또박또박 이름을 썼다.

'박, 현, 우.'

동일한 계약서 3부를 뒤로 넘기며 반복해 쓴다.

'내 거랑 매도인 거, 부동산 사장님 거 각각 한 부씩이구나.'

"도장 주시겠어요?"

사장님이 계약서에 도장을 찍으며 현우에게 말한다.

"지금 계약금 나머지 이체하시면 됩니다."

현우는 핸드폰으로 은행 앱을 열었다. 매도인지정계좌를 다시 한번 확인한 후 신중하게 남은 계약금 3,850만 원을 이체한다. 떨린다.

"제가 이렇게 큰돈을 쓰게 될 줄 몰랐어요. 어제 긴장돼서 잠도 못 잤어요."

매도인은 자식뻘인 현우를 귀엽게 봐주며 말한다.

"천천히 해요. 지금은 떨리는데, 살다 보면 몇억씩 쓸 일이 많아요."

계약이 끝났다.

부동산을 나왔는데도 현우는 계속 두근거린다. 윤아도 기뻐해
준다.

"현우야, 정말 축하해. 나는 네가 해낼 줄 알았어. 최고야!"

현우는 계약서가 담긴 파일을 계속 쳐다보며 들뜬 목소리로 말
한다.

"지금 무슨 기분인 줄 알아? 노비 문서 찢은 것 같아. 면천된 기
분이 바로 이런 걸 거야."

해냈다. 현우는 더 이상 남의 집에 세입자로 살지 않아도 된다.
집주인 눈치를 보지 않아도 되고, 2년마다 혹은 4년마다 이사 갈
걱정하지 않아도 된다. 그것만으로도 대단한 일을 해낸 것이다. 게
다가 이 집은 강남 아파트다. 윤아와의 관계를 지켜나갈 수 있다는
사실에 가슴이 벅차오른다.

"윤아야, 네 덕분에 집을 샀어. 이건 우리 집이야."

"응? 아니야. 네가 다 했지. 네 명의니까 네 거야."

오늘 함께해준 윤아에게 고맙다고 밥을 사준 후, 자취방에 돌아
와 김리치 님께도 연락하였다.

[계약 잘 마쳤습니다. 다 덕분입니다. 그동안 감사했습니다.]

현우가 다 끝마친 후련한 기분으로 김리치 님께 그동안 도와주신 것에 어떻게 보답할지 생각하는데, 답장이 왔다.

[축하합니다. 현우 님 이제 바쁘시네요. 살던 집 전세도 내놓아야 하고 대출 신청도 해야 하고, 이사 준비도 하셔야지요.]

아, 계약한다고 끝이 아니었다. 할 일이 남아 있었다. 현우의 삶이 영화였다면 이쯤에서 엔딩 크레딧이 올라갔겠지만, 현실에서는 매수 계약 이후 입주까지 할 게 산더미다. 본인 명의의 집이니 본인이 안 챙기면 누구도 챙겨주지 않는다. 어쩔 수 없이 스스로 하나씩 해나가야 한다. 현우는 김리치 님께 다시 인사를 올렸다.

[앞으로도 잘 부탁드립니다.]

4장

매수 이후 할 일

현우는 김리치 님과 함께 앞으로 할 일 목록을 정리한다.

1. 자금조달계획서 제출

2. 법무사 섭외

3. 전세 내놓기

4. 대출 신청

5. 이사 준비

'원래는 인테리어 준비를 같이하라고 하셨지만, 돈도 부담되고 집 상태 괜찮아서 그냥 살아야지. 할 일이 많긴 한데, 병렬적으로 하자. 미리 걱정하지 말고, 하나씩 해나가면서 잘 대응하면 된다.'

자금조달계획서부터 쓴다. 김리치 님이 자금조달계획서 쓰는 건 질질 끌면 안 된다고 하셔서, 보내주신 안내문을 참고해서 양식

주택취득자금 조달 및 입주계획서

※ 색상이 어두운 난은 신청인이 적지 않으며, [ ]에는 해당되는 곳에 √표시를 합니다. (앞쪽)

접수번호		접수일시		처리기간	
제출인 (매수인)	성명(법인명) 박현우		주민등록번호(법인·외국인등록번호) 910225-1000000		
	주소(법인소재지) 서울시 서초구 남부순환로347길 85, 104호		(휴대)전화번호 010-0000-0000		
① 자금 조달계획	자기 자금	② 금융기관 예금액 30,000,000원		③ 주식·채권 매각대금 원	
		④ 증여·상속 원		⑤ 현금 등 그 밖의 자금 원	
		[ ] 부부 [ ] 직계존비속(관계:) [ ] 그 밖의 관계( )		[ ] 보유 현금 [ ] 그 밖의 자산(종류:)	
		⑥ 부동산 처분대금 등 24,000,000원		⑦ 소계 54,000,000원	
	차입금 등	⑧ 금융기관 대출액 합계	주택담보대출		384,000,000원
			신용대출		47,000,000원
		원	그 밖의 대출	(대출 종류:)	원
		기존 주택 보유 여부 (주택담보대출이 있는 경우만 기재) [ ] 미보유 [ ] 보유 (건)			
		⑨ 임대보증금 원		⑩ 회사지원금·사채 원	
		⑪ 그 밖의 차입금 원		⑫ 소계 431,000,000원	
		[ ] 부부 [ ] 직계존비속(관계:) [ ] 그 밖의 관계( )			
	⑬ 합계			485,000,000원	
⑭ 조달자금 지급방식	총 거래금액			485,000,000원	
	⑮ 계좌이체 금액			485,000,000원	
	⑯ 보증금·대출 승계 금액			원	
	⑰ 현금 및 그 밖의 지급방식 금액			원	
	지급 사유 ( )				
⑱ 입주 계획	[√] 본인입주 [ ] 본인 외 가족입주 (입주 예정 시기: 2023년 6월)		[ ] 임대 (전·월세)	[ ] 그 밖의 경우 (재건축 등)	

「부동산 거래신고 등에 관한 법률 시행령」 별표 1 제2호나목, 같은 표 제3호가목 전단, 같은 호 나목
및 같은 법 시행규칙 제2조제6항·제7항·제9항·제10항에 따라 위와 같이 주택취득자금 조달 및 입주계획
서를 제출합니다.

2023년 4월 24일

제출인

박현우 (서명 또는 인)

시장·군수·구청장 귀하

에 맞게 바로 썼다. 김리치 님께 확인차 파일을 보내드리고 이야기를 나눈다.

[〈주택취득자금 조달 및 입주계획서〉 워드 파일 보내드립니다. 자필도, 워드도 상관없다고 하셔서 워드로 썼습니다.]

[전에 말한 자기자금을 〈금융기관 예금액〉에 깔끔하게 몰아넣은 것 좋습니다. 예금, 적금, 주식 매각대금, 청약통장이랑 청년희망적금 깬 것 다 계좌 하나로 몰아서 증빙하셨네요. 〈부동산 처분대금〉은 전세보증금에서 전세자금대출 갚고 난 차액일 거고요.]

[맞습니다.]

[그리고 나머지는 다 차입금 중 〈금융기관 대출액〉으로 조달하는 거지요. 〈주택담보대출〉이랑 〈신용대출〉, 전부 깔끔하게 증빙되는 거네요.]

[네. 이렇게 하면서 증빙서류 떼는 게 귀찮았습니다. 솔직히 바빠 죽겠는데 제가 뭐 대단한 집을 사는 것도 아니고, 불법 증여받은 것도 아닌데 시간 아까웠어요. 그래도 다 제가 만든 돈이니까 당당합니다.]

현우는 스스로 자금을 만들고 자금조달계획서도 잘 쓴 자신이 뿌듯하다. 김리치 님이 말한다.

[고생하셨습니다. 이대로 부동산에 보내드리죠. 이제 법무사 알아보시겠어요?]

현우는 김리치 님의 〈단숨에 몇십만 원 아끼는 법무비의 비밀 /

등기 법무사 견적 받는 노하우〉 글을 정독한다.

… 견적에는 소유권이전등기 할 때 필수로 내야 하는 공과금도 있지만, 그렇지 않은 것도 있습니다. … 취득세, 지방교육세, 인지대, 채권할인만 필수로 내는 비용입니다. 취득세와 지방교육세는 매매가가 얼마인지에 따라 정해져 있어서 셀프등기를 하든 어느 법무사에게 맡기든 똑같이 나옵니다. …

인지대와 증지대도 필수로 발생하는데, 인지대는 매매가액이 1억 초과~10억 이하인 경우에는 15만 원, 10억 초과인 경우는 35만 원입니다. 그리고 증지대는 등기신청수수료라고도 하는데, 15,000원으로 정해져 있습니다.

채권할인도 정해진 비용인데, 좀 까다로운 게 금액이 매일 조금씩 달라집니다. 왜냐하면 집을 사면 국민주택채권이라는 것도 의무적으로 사야 하는데, 채권 매입 비용이 많이 들다 보니까 보유하지 않고 보통은 사자마자 내가 할인해 주는 개념으로 바로 파는데 이때 적용하는 할인율이 매일 바뀝니다. 그래서 견적에는 임시로 현재 시세로 계산해 놓고 당일 다시 계산해서 안내해 드린다고 쓰여 있을 겁니다. …

견적서 공과금에서 필수가 아닌 나머지 항목은, 쉽게 말하면 보수료를 고상해 보이는 항목들로 복잡하게 나누어서 써놓은 거라고 보시면 됩니다. 필수적으로 내야 하는 것 외에 나머지 항목들은 인건비와 실비를 다양한 이름으로 넣어두신 겁니다.

'법무사비 30만 원이면 저렴하다'는 말을 들으셨다면, 취득세, 지방교육세, 인지대, 증지대, 채권할인 외 모든 항목을 합쳤을 때 30만 원이면 저렴하다는 이야기입니다. 법무사 보수기준표가 있긴 하지만 인건비는 책정하기 나름이라 충분히 싸게 해주시는 곳도 많습니다. …

생조모	닭ㅋㅎ	매도인	권지용				
시건명: 소유권이전(매매)		매매대금	1,200,000,000			
		주택공시가격	630,000,000			
보 수 액		공과금				
보 수	300,000	취득세	36,000,000			
		지방교육세	3,600,000			
	필수	인지대	350,000			
		증지대	15,000			
		채권할인	2,629,679	23.95시세		
		교통비	30,000			
		등록세대행	40,000			
		원인서류작성	40,000			
		채권매입대행	40,000			
		신고대행	30,000			
보수액소계	300,000					
부가가치세	30,000	소계	42,774,679			

시건명: 소유권이전(매매)		매매대금	1,200,000,000	
		주택공시가격	630,000,000	
보 수	300,000	공과금		
		취득세	36,000,000	
		지방교육세	3,600,000	
		인지대	350,000	
		증지대	15,000	
협상 가능		채권할인	2,629,679	23.95시세
예) 다 합쳐서 30만 원 **		교통비	40,000	
		등록세대행	40,000	
		원인서류작성	40,000	
		채권매입대행	40,000	
보수액소계	300,000	신고대행	30,000	
부가가치세	30,000	소계	42,774,679	

'법무사 알아보고 견적 받는 방법도 이어서 읽어보자.'

1. 부동산 사장님과 주로 거래하는 법무사와 연결합니다. 일반적으로 많이 하시는 방법인데, 여러분께서 별도로 법무사를 알아볼 필요 없이 부동산 사장님께서 알아서 약속을 잡아주시니 편하지요. 부동산 사장님도 같이 업무 처리를 여러 번 해봐서 익숙한 법무사를 선호하시곤 합니다. 다만 '알아서 해주세요'의 단점인 눈탱이를 맞을 확률이 가장 높습니다.

2. 은행 대출 등기 법무사에게 의뢰합니다(카카오뱅크는 무조건 은행 대출 법무사가 소유권 이전 등기까지 하게 되어 있습니다). 은행에서

주택담보대출을 받을 경우 '담보대출 받았음'을 등기부등본상에 표시하기 위해 소유권이전하는(=대출 실행한) 날 은행 측에서 고용한 법무사가 대출 등기 업무를 처리합니다. 그래서 은행 법무사께 담보대출 등기를 하러 등기소 가시는 김에 겸사겸사 소유권 이전 업무까지 해달라고 부탁하는 방법입니다. 단, 어차피 등기소 가시는 길이라 해도 소유권이전만 따로 맡기는 경우보다 특별히 더 싸진 않습니다.

3. 법무통 앱에서 견적을 받아 비교합니다. 법무통 앱을 내려받은 후 소유권이전에 필요한 정보를 입력하여 견적을 요청합니다. 그러면 여러 법률사무소에 일일이 연락하지 않아도 여러 법률사무소/법무사사무소에서 견적을 보내줍니다. 보내온 내역에서 어디나 동일한 '취득세/지방교육세/인지대/증지대'는 제외하고 '보수료(+부가가치세)' 부분을 비교해 봅시다. 그리고 저렴하고 마음에 드는 곳에 연락해 상세 견적서를 요청합니다. …

다른 방법도 나열되어 있지만, 현우가 활용할 수 있는 방법은 이 세 가지다. 셋 중 가장 저렴한 견적을 제시한 법무사와 거래할 것이다. 지금은 밤이니까 부동산 사장님께 견적 받아달라고는 못하겠고, 대출 등기 법무사도 대출 신청이 완료돼야 배정될 거라 시일이 좀 걸린다. 지금 할 수 있는 걸 먼저 하기로 한다. 현우는 법무통 앱을 설치한 후, 계약서 내용을 첨부하여 견적을 요청하였다.

견적서가 도착하면 비교해 봐야겠다.

날이 밝았다. 집주인에게 전세 만기 전 이사 나가는 것에 대해 양해를 구해야 한다. 현우는 업무 중 짬을 내어 집주인 할머니에게 문자 메시지를 보냈다.

[안녕하세요, 104호 임차인입니다. 금일 말씀드릴 게 있어 잠시 뵈었으면 하는데 시간 괜찮으실까요?]

집주인은 현우 자취방 바로 옆 건물 꼭대기 층에 살고 있다. 집주인이 집 보수하는 걸 어쩌다 종종 도와주다 보니 약간의 친분은 있다.

현우는 퇴근 후 선물용 롤케이크를 사 들고 집주인이 사는 집 앞에 도착했다. 노크를 하니 집주인 할머니가 문을 열어주었다.

"어서 와요. 그런데 무슨 일 때문에 보자고 했어요? 일단 여기 앉아요. 음료수라도 줄까요?"

"감사합니다."

현우는 롤케이크를 건네드리며 바로 본론을 말한다.

"다름이 아니라, 지금 살고 있는 전셋집을 빼야 할 것 같습니다. 계약이 몇 달 더 남았는데 죄송합니다."

"그래요. 무슨 일이 있나 보네. 지방으로 발령이라도 났나 봐요. 그러면 빼 드려야죠."

다행히 집주인은 쉽게 수긍하였다.

"그런데 복비는 현우 씨가 내야 하는 거 알죠?"

"네, 당연히 그래야죠."

"급한 것 같으니까, 부동산에는 내가 얘기해 둘게요."

현우는 김리치 님과 했던 말이 생각난다.

'아, 전속 부동산 딱 한 군데만 거래한다고 하시면 어떡하지? 나는 빨리 빼야 해서 여러 군데 내놓고 싶은데. 내가 다른 부동산 몇 군데 더 내놓는다고 하면 들어주실까?'

집주인이 현우 마음을 알았는지 말을 덧붙인다.

"아는 부동산 있으면 거기다 내놓으셔도 돼요."

다행이다. 집주인이 묻는다.

"날짜는 언제까지 나가셔야 하는데요?"

현우는 매수 계약한 집 잔금일을 기준으로 이야기한다.

"6월 29일 전에는 무조건 나가야 해요. 대신에 그 이전 날짜는 언제든 맞춰드릴 수 있어요."

매수 잔금일까지는 전세보증금을 돌려받아야 잔금을 무사히 치를 수 있다. 새 세입자가 매수 잔금일보다 더 일찍 이사 들어오겠다고 하면, 짐을 먼저 빼고 인천 본가나 고시원에서 잠깐 살아도 된다. 집주인은 크게 신경 쓰이지 않는듯한 목소리로 말한다.

"집 깨끗하게 쓰셨고 이 근방에서 이 집이 제일 싸서 전세 금방 나갈 거니까 걱정 안 해도 돼요. 원래 보증금이 너무 싸서 천만 원 더 올려 받으려고 했는데, 현우 씨가 급한 것 같으니 내가 그냥 지금 가격 똑같이 내놓을게요."

현우는 감사 인사를 하고 나왔다. 자취방으로 돌아가는 길에 김리치 님께 연락하였다.

[좀 전에 집주인한테 이사 나간다고 뵙고 말씀드렸습니다. 다행히 집주인이 이해해 주셔서 제가 새 세입자만 구하면 나가도 된다고 하고, 제가 직접 다른 부동산에 전세 매물 내놓아도 된다고 하였습니다.]

[잘됐네요. 부동산 여러 군데에 문자 먼저 보내둡시다. 직접 찾아가거나 전화로 내놓기 전에 문자만 보내도 물건 접수되는 거니까, 좀 더 빨리 세입자를 찾을 수 있습니다. 전세 내놓는 문자 보낼 내용 정리해 보시겠어요?]

현우는 노트 앱에 문자 내용을 써본다.

[주소랑 보증금, 입주 날짜를 쓰면 되지요?]

[네. 그리고 세입자가 집 내놓는 거라는 말도 덧붙입시다. 지금 문자 보내는 사람이 집주인인지 세입자인지 알아야 하니까요. 주소는 구, 동, 번지수, 호수까지 구체적으로 쓰셨지요? 전세인 것도 명시하시고요. 집주인이 보증금은 얼마에 하라고 하시나요?]

[1억 3천 하려다가, 제가 급하다고 1억 2천에 해주신다고 합니다.]

[그러면 '전세보증금 1억 2천만 원'도 기재하세요. 집 상태도 씁니다. 부동산 사장님이 직접 집을 보기 전이라도 현우 님 문자만 보고도 브리핑할 수 있게요. 집 좋은 점 최대한 많이 써보세요.]

현우는 김리치 님 도움을 받아 세입자들이 관심 있을 만한 내용을 쓴다. '해 잘 드는 남향 / 싱크대, 화장실, 신발장 최근 수리 / 옵션: 세탁기, 냉장고, 에어컨, 쿡탑'과 같은 장점을 나열한다.

[입주 날짜는 6월 29일 입주라고 하면 되겠지요? 그리고 날짜 협의 가능하다고 쓸까요?]

[그냥 '날짜 협의'라고 하면 보통 그 날짜 전후로 1~2주 정도 조정할 수 있다고 생각하는데, 현우 님은 6월 29일 이후면 안 되니 '6월 29일 이전 입주, 이른 날짜 협의 가능'이라고 합시다. 그리고 세입자들 중기청이나 LH대출 같은 거 받을 수 있을지 궁금해하거든요.]

[집주인이 중기청 대출은 된다고 했습니다. 저도 중기청 대출 받았고요.]

[그러면 '중기청 전세대출 가능'도 씁시다. 그리고 하나 더요. 부동산에서는 집을 어떻게 볼 수 있는지 집구경 방법을 궁금해합니다. 집을 잘 보여줘야 세입자 구하기 쉽겠지요. 현우 님께서 집에 없을 때라도 손님이 원하면 집 보여주는 건 괜찮으신지요?]

[네, 괜찮습니다. 집에 특별히 가져갈 것도 없고요.]

현우는 본인 연락처와 함께 '손님 있을 때 비번 알려드린다'는 내용도 적었다. 생각보다 집 내놓을 때 알릴 내용이 많다.

[이렇게만 문자 보내면 될까요?]

[또 중요한 게 남았습니다. 사진이요. 집 내부 사진 찍어야 합니

다. 현우 님도 매물정보 볼 때 사진부터 보지 않으시나요? 현우 님께서 보낸 사진 그대로 사장님들이 네이버 부동산이나 직방, 다방 같은 곳에 올리실 겁니다. 짐 정리하고 사진 찍어 보세요.]

현우는 짐 정리를 시작했다. 집이 깔끔하고 넓어 보이도록 싱크대 위의 짐은 침대 옆으로 몰아넣고 광각으로 찍었다. 냉장고 위의 짐 등 바깥에 나와 있는 물건을 최대한 안 보이는 곳으로 옮겼다. 화장실 선반의 물건도 전부 방 안으로 꺼내놓고 촬영하였다. 현우는 사진에 담긴 자취방이 마음에 든다. 실제보다 훨씬 좋아 보인다.

[사진 찍었습니다. 내일 부동산 여러 군데에 문자 보내겠습니다.]

[좋습니다. 네이버 부동산의 중개사 정보 보고 부동산 연락처 먼저 저장해 두세요. 비슷한 물건 위주로 취급하는 곳 위주로 리스트 미리 뽑아 두면 편합니다.]

이튿날, 현우는 점심시간에 미리 준비해 둔 문구를 복사한 후 인근 부동산 여러 군데에 단체 문자를 보냈다. 자취방의 모습을 찍은 사진도 묶어 함께 전송했다. 아무 답장이 없는 부동산이 많았다. 몇 곳에서만 [네] 또는 [알겠습니다]라고 답장을 보내왔다. 어떤 부동산은 바로 전화를 걸어와 "여기 집은 어떻게 볼 수 있어요?"라고 묻기도 했다. 직접 부동산을 방문했을 때도 느꼈지만, 부동산 사장님마다 스타일이 참 다르다.

세입자가 전세 내놓습니다.
서울시 서초구 서초동 1347- 63, 104호
(집주인: 010-0000-0000)

전세보증금 1.2억

해 잘 드는 남향
싱크대, 화장실, 신발장 최근 수리
옵션: 세탁기, 에어컨, 냉장고, 쿡탑

6월 29일 이전 입주(빠른 날짜 협의 가능)

중기청 전세대출 가능

집구경: 손님 있을 때 비번 알려드립니다
(세입자: 010-0000-0000)

MMS
오전 10:39

대출 신청, 전세 빼기

법무통 앱에 소유권이전 법무비 견적이 7군데에서 왔다. 현우는 김리치 님께 견적서 중 가장 저렴한 곳을 추려 그중에 하겠다고 말씀드렸다. 김리치 님이 견적서를 보며 설명해 준다.

[이 사무소는 현금영수증 하려면 법무통 견적에는 안 써둔 부가세 10% 따로 내라고 하더라고요. 부가세는 어떻게 되는지 꼭 확인해 보십시오. 또, 여기는 채권할인액 영수증 이중으로 떼서 바가지 씌운 적이 있습니다. 비싸게 끊은 영수증을 손님한테 보여준 다음에 결제 취소한 다음, 원래 내야 하는 비용으로 다시 결제하다 걸린 적이 있지요. 당일날 직접 계산 안 해보거나 잘 모르는 사람은 돈 떼일 수 있습니다.]

[본인이 똑똑하게 챙기는 수밖에 없네요. 말씀 참고하여 예약해

보겠습니다.]

현우는 법무사 사무소와 통화한다.

"안녕하세요, 박현우 이름으로 서초동 아파트 소유권 이전 견적 받았는데요. 생애최초라 취득세 200만 원 감면 대상이거든요."

사무소마다 반응이 다르다.

"그거 일단 취득세 다 내시고 나중에 환급받으시는 거예요."라고 하는 곳이 있는 반면에, "200만 원 할인된 금액으로 취득세 납부하시면 돼요."라고 설명해 주는 곳도 있다.

현우는 김리치 님과 상의한 후, 지금 적용되는 정책을 잘 이해하고 있고 친절한 곳에 예약했다. 서리풀효령 부동산 사장님께도 예약한 법무사 연락처를 전달했다.

남은 일 중 급한 건 대출이다. 현우는 마음 같아서는 회사 PC로라도 얼른 주택담보대출 신청을 해치우고 싶었다. 하지만 얼마 전에 고양시 덕양구에 집 산 최 과장이 별소리를 다 듣는 걸 보면, 회사 사람들한테 집 계약했다는 걸 보일 수는 없는 노릇이다. 하물며 현우가 계약한 집은 강남 아파트니 절대 들켜서는 안 된다.

'괜히 신상 털리고 견제받을 이유는 없지. 김리치 님도 쓸데없이 주변에 자랑하지 말랬어. 대출은 집에 가서 신청하자.'

퇴근한 현우는 자취방에서 노트북을 열었다. 주택금융공사 홈페이지에 접속해서 〈아낌e-보금자리론(특례)〉로 들어갔다. 공동

인증서를 이용해 로그인하였다.

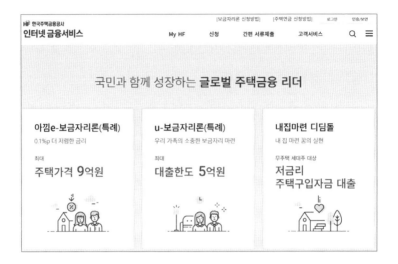

개인정보랑 연봉, 계약한 매물 주소를 쓰면 된다. 현우는 양식에 정보를 기재한 후 매매계약서 사본을 업로드하였다. 얼마 대출받고 싶은지 금액을 쓰라고 한다. 당연히 최대 가능 금액을 입력한다.

상환 기간과 상환 방식을 선택해야 한다. 기간은 제일 길게 설

정한다. 상환 방식은 원리금체증식상환으로 한다. 김리치 님이 체증식상환이 인플레이션 때문에 제일 유리하다고, 정책대출에만 있는 거고 시중 은행에서는 안 해준다고 추천해 주었다. 체증식 상환을 할 경우 상환 기간은 최대 40년까지만 선택할 수 있다. 50년 하고 싶었는데, 어쩔 수 없이 40년으로 한다.

고시금리는 대출만료일까지 연 4.5%이다. 우대금리를 선택한

다. 아낌e-보금자리론은 0.1%P 우대해 준다. 추가우대 요건도 해당하는 게 있는지 본다. 전자약정 및 전자설정 해서 0.1%P 우대 추가. 인터넷으로 신청해서 그런가보다. 저소득청년 0.1%P 우대 금리도 해당한다.

'와, 나 저소득자라 금리 0.1% 깎아주네. 개이득.'

웃어야 할지 울어야 할지 모르겠다.

가산금리라는 것도 있다. 강남 아파트는 투기지역이라 0.1%P 가산된다. 뭐 얼마나 대단한 집 산다고, 지역 가지고 묶는 게 치사하다. 계산 결과 최종 적용 금리는 대출만료일까지 연 4.3%로 정해졌다.

다음으로 넘어갔다. 현우가 현재 가지고 있는 대출을 조회해서 대출이 나올지 안 나올지 여부가 판정 난다고 한다. 현우는 기존에 받아놓은 전세자금대출이 있다. 지금 당장은 DTI에 걸려서 대출 금액을 최대로 쓸 수가 없다. 어쩔 수 없이 지금은 본래 예상했던 최대 금액보다 2억 원 낮추어 쓴다.

'콜센터에서 나중에 해피콜 오면 전세금 상환 조건으로 대출 금액 수정하면 된댔어. 일단 신청하고 전화해서 다시 확인해 보자.'

현우는 윤아와 오랜만에 달꽃파스타를 먹으러 왔다. 유명한 집이라 한참 기다려야 했다. 이제야 자리를 안내받으려는데, 현우 핸드폰으로 전화가 걸려 왔다. 문자 돌린 부동산 중 한 곳이다. 윤아가 먼저 말한다.

"전화 받아도 돼."

"미안, 잠깐만. 여보세요."

"104호 임차인이시죠? 혹시 30분쯤 후에 집 좀 볼 수 있어요? 손님이 지금 계시는데 또 못 오신다고, 오늘 꼭 봐야 한다고 해서요."

"저희 밖이라서요."

데이트 중인데 어쩌자는 거람. 윤아를 바라보니 "부동산이지? 집에 가자."라고 한다. 현우는 전화에 대고 "곧 전화 드릴게요."하고 끊었다. 윤아가 묻는다.

"집 보러 온다는 것 같은데, 맞아?"

"응. 안 된다고 전화할게. 너랑 시간 보내는 게 우선이지."

"아냐. 돌아가자. 그 손님이 보고 계약할 수도 있잖아. 우리 새 임차인 구하는 게 급해. 여기는 나중에 또 와도 돼."

아닌데, 윤아와 시간 보내는 게 더 중요한데. 그렇지만 현우도 생각해 보면 윤아 말이 맞다. 기회는 언제 어떤 형태로 올지 모른다. 이 손님이 현우의 조건에 맞춰 계약해 줄 바로 그 사람일지 모른다. 이렇게까지 배려해 주는 윤아에게 미안하기도 하고 고맙기도 하다. 현우는 데이트를 방해받아 유쾌하진 않지만, 부동산에 전화를 걸었다.

"네, 사장님. 곧 집 보셔도 돼요. 이따 뵙겠습니다."

윤아는 집에 가겠다고 한다. 현우는 아쉽다.

"같이 내 방에서 놀다가 집 보여주는 거 아니고? 가려고?"

"응. 좁은 방에 둘이나 있으면 손님 집 볼 때 불편하잖아. 괜히 여자 들락거리는 거 부동산이나 집주인이 아는 것도 곤란할 거고."

"하긴 그러네. 손님 가면 연락할게."

현우는 자취방으로 돌아왔다. 청소는 깨끗이 해놔서 특별히 신경 쓸 건 없었다. 조명도 다 켜두어 집안이 환해 보이게 했다. 룸 스프레이도 뿌려본다. 곧 현관문 노크 소리가 들린다.

"누구세요?"

"부동산이에요. 집 잠깐 보겠습니다."

부동산 사장님이 들어온다. 곧 20대 아가씨가 조용히 따라 들어와 집을 둘러본다. 별말 없이 1분도 안 본 것 같은데 금방 나갔다.

현우는 윤아네 아파트 앞으로 가서 윤아를 만났다. 윤아가 궁금해한다.

"집 잘 보여줬어? 누가 왔어?"

"20대 중반쯤 돼 보이는 여자분이던데, 근처 입사해서 오는 느낌? 근데 눈치를 보니 계약 안 할 것 같아. 솔직히 너무 낡았고, 여자들 좋아할 만하게 생기진 않았잖아. 별로 안전한 느낌도 아니고. 1층에 아무나 드나들 수 있어서."

"그렇긴 한데, 보증금이 워낙 싸니까 또 모르지."

"아무나 상관없으니 계약만 해주면 좋겠다. 내가 날짜는 다 맞춰줄 수 있는데."

그 후로도 평일에 한두 팀은 자취방을 보고 갔다. 현우가 회사나 밖에 있을 때 손님이 본다고 부동산에서 전화가 오면 비밀번호를 알려주었다. 그리고 방에 돌아가자마자 비밀번호를 바꾸었다. 현우가 퇴근해 집에서 쉬고 있을 때도 종종 손님이 방문했다. 손님이 오고 갈 때마다 집 정리 정돈 상태에 신경이 쓰인다. 요즘 물건은 현우가 편한 대로 두기보단, 보기 좋은 상태로 정렬해 두게 된다.

'또 치워야겠네. 집 보여주는 거, 생각보다 피곤하구나.'

방 안인데도 옷을 편하게 벗고 있을 수 없는 것도 단점이다. 얼른 누군가 계약해 주기를 바랄 뿐이다.

새로운 세입자를 구하려고 집을 보여준 지도 2주가 지났다. 집주인을 통해서 오는 손님까지 포함하면 거의 열맷 팀은 보고 간 것 같다.

'전셋집 나가는 건 언제 결정될까? 이삿짐 업체도 예약해야 하는데.'

현우는 집을 본 손님들이 무슨 생각을 하는지 궁금하다. 김리치 님은 피드백이 없으면 직접 부동산에 물어보면 된다고 하셨다. 그 이후로, 현우는 부동산이 손님을 데리고 온 다음 날이면 그 부동산에 전화를 걸었다.

"어제 본 손님은 집 어떻다고 하세요?"

"그게, 옷장 쪽에 곰팡이가 좀 신경이 쓰인대요. 그것만 없으면 참 좋은데."

현우는 큰 짐을 옮겨 벽면 곰팡이를 가렸다. 다른 손님이 다녀간 후에도 확인한다. 부동산에서 이야기한다.

"현관문이 잘 안 닫히는 것 같아서."

"그랬군요. 문 안쪽에 들어와서 한 번 당기셔야 하는데. 조치해 둘게요."

집에 가자마자 도어락 배터리를 바꾸고, 현관문도 조정해 본다. 이번에는 다른 얘기도 들었다.

"싱크대 상판이 좀 얼룩진 부분이 있대요."

그 후로 손님이 올 때마다 상판 얼룩 위에 도마를 올려놓았다.

오늘도 전화가 왔다. 집 본다는 연락인가 했는데, 집주인이다.

"현우 씨, 계약하겠다는 사람이 있는데, 이사 날짜가 7월 1일이어야 된대."

집주인이 손님 구했나 보다. 그런데 7월 1일? 현우 잔금일보다 늦다. 잔금일 이전은 되는데 이후는 절대 안 된다. 무슨 말도 안 되는 소리인가 싶다.

"안 돼요. 이사 갈 집이 날짜가 6월 29일로 정해져 있어서 그때까지는 무조건 전세보증금 받아야 해서요."

"내 말 좀 들어봐요. 나도 현우 씨 사정 알지. 그래서 얘기하길, 이사 오실 분이 돈만 6월 29일에 먼저 주고 이사는 7월 1일에 들어오기로 했어요. 무조건 토요일에만 이사할 수 있대서."

현우 머릿속에 산군 김리치 님의 동시이행 관련 글이 스쳐 지나간다. 그러면서 새 세입자가 멍청하게 느껴진다.

'그 사람은 뇌를 생각하는 데 쓰긴 했나? 이사를 하면서 동시에 돈을 줘야지. 돈만 주고 만에 하나 내가 이사 안 나가면 어쩌려고?'

현우는 어찌 되었든 본인에게는 손해가 아니니 알겠다고 답한다.

"저야 돈만 29일 오전에 확실히 받으면 상관없어요. 시간이 중요해요. 저 그날 오전 11시까지 이사 갈 집에 돈 보내야 해서, 오전 10시에 돈 들어오는 거 맞으면 그렇게 할게요."

"그래요. 그렇게 내가 얘기할게요."

"네, 확인되면 또 연락해 주세요."

드디어 자취방 전세가 나갔다. 이제 큰 산 하나 넘었다. 집주인이랑 새 세입자가 계약을 무사히 마쳐야 할 텐데. 그래도 좋은 소식이니 김리치 님께 말씀드린다.

[전세 나갔습니다.]

[축하합니다. 날짜는요?]

[잔금 날짜에 딱 맞추었습니다. 새 세입자가 돈만 제 잔금일에 먼저 주고 이사는 이틀 후에 온다고 합니다.]

[좀 싸한데요.]

[안 그래도 집주인한테 시간이 중요하다고 여러 번 얘기했습니다. 집주인도 들어올 세입자한테 확답받았다고 합니다.]

[전세 계약서 내용을 어떻게 쓰는지 직접 보면 좋을 텐데, 그럴 수 없으니 직전까지 확인해야 합니다.]

[네, 계속 잘 챙기겠습니다.]

날짜가 정해졌으니 이삿짐 업체를 구해야 한다. 현우는 재작년에 자취방 이사 들어올 때 의뢰했던 업체가 떠오른다. 그때 업체에서 저렴하고 친절하게 해준 덕에 이사를 잘 마쳤었다. 이번에도 그 업체에 전화를 걸어 반포장이사로 예약하였다.

대출이 이것밖에 안 된다고?

오늘은 이 팀장이 똥 씹은 표정으로 인사도 안 받는다. 유 과장에게서 메시지가 온다.

[박 대리님네 팀장 또 왜 저래요? 업무 요청해야 하는데, 얘기도 못 꺼내겠네요. 뭐 아는 거 있어요?]

현우도 답장한다.

[글쎄요? 원래부터 저래서요. 오다가 똥이라도 쌌나?]

[똥 얘기하니까 퇴사 마렵네요. 저 이직 준비합니다. 모레 휴가 쓰고 면접 보고 올게요.]

유 과장 마음이 뜬 것도 이해가 간다. 현우가 유 과장과 메신저로 잡담하는데 핸드폰으로 전화가 온다. 1688-8114. 주택금융공사다. 현우는 얼른 빈 회의실로 들어갔다.

"여보세요."

"박현우 고객님 되시죠? 아낌e-특례보금자리 신청해 주셨는데, 5분 정도 시간 괜찮으세요?"

드디어 기다리던 대출 해피콜이 왔다. 상담원이 확인한다.

"지금 시세 조회 들어가고 있는데, 여기가 시세가 없는 걸로 나오네요. 시세는 이제 주택금융공사에서 감정 넣어서 해드릴 거예요."

현우는 혹시 대출이 더 나오지는 않을까 하는 마음에 물어본다.

"만약에 감정액이 제 매매한 금액보다 더 높게 나오면 혹시…."

"아니에요. 매매 금액이나 감정평가 금액 중 낮은 것 기준이에요."

"그러면 매매가보다 대출금액이 높게는 안 나오는데 적게 나올 수는 있다는 말씀인 거죠?"

"맞습니다. 말씀하신 것처럼 감정평가 금액에 따라 가능한 금액이 문자로 갈 거예요."

저번 상담사가 해준 말과 같다.

"최대한 좀 많이 나와야 하는데요. 보통 감정평가 금액을 매매가와 맞춰주시나요?"

"매매가 비슷하게 나와요. 그렇게 많이 차이 나지 않아요."

제발 그랬으면 좋겠다. 상담원이 현우가 대출 신청한 내용을 재확인한다.

"소득은 연봉 3,700 신청하셨고."

"3,724만 원이요."

"네, 맞아요. 끝자리는 다시 구체 조회할게요."

현우가 저번에 인터넷상에서 특례보금자리를 신청할 때, 기존 전세자금대출이 있다는 가정하에 최대 가능 대출 금액에서 전세 자금대출을 뺀 금액만 입력이 되었다. 지금 통화하는 김에 전세자 금대출 상환 조건으로 대출 금액을 수정해 보기로 한다. 이 내용을 상담원에게 설명해 준다.

"전세자금대출이 지금 1억 원이 잡혀 있는데, 이건 상환할 거예 요. 그리고 나머지 금액은 마이너스통장을 받아 놓은 거거든요. 제 가 계산했던 바로는 그것까지 해서 주담대 최대로 받았을 때 DTI 는 60% 딱 맞아요. 그래서 마통 금액은 안 빼도 돼요."

상담원이 현우가 체크한 우대금리 조건을 확인한다.

"그러면 체증식 분할, 아낌-e 0.1%P, 우대형 0.1%P, 저소득 0.1%P, 담보물 투기 지역 0.1%P라 0.2%P 할인되고요. 6월 29 일에 대출 나갈 거예요. 이렇게 해서 승인 낼게요. 40년 고정금리, 원리금 체증식 상환이고 6월 29일 신한은행 서초구름다리지점요. 자동으로 감정평가 신청했고요. 주택금융공사 콜센터 번호로 필 요 서류 안내랑 승인 문자 받으실 거예요. 신청 완료됐습니다."

"이거 처리가 며칠 정도 걸릴까요?"

"그건 저희가 말씀드릴 수는 없어요. 그래도 우리는 무조건 넘 기고 감정 기관에서 무조건 승인 날 거니까 걱정하지 마세요. 감정 기관에서 감정 바로 들어가고 연락드릴 거예요."

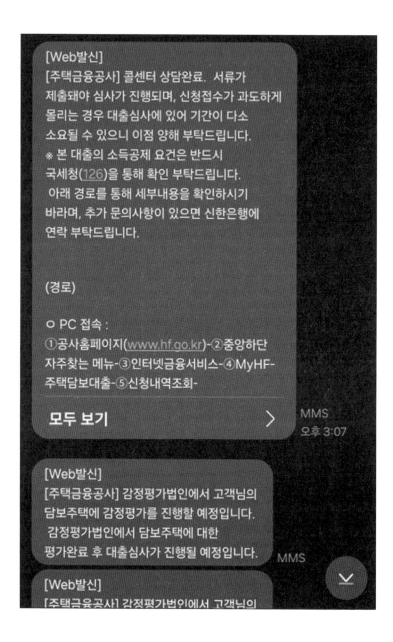

[Web발신]
[주택금융공사] 콜센터 상담완료. 서류가
제출돼야 심사가 진행되며, 신청접수가 과도하게
몰리는 경우 대출심사에 있어 기간이 다소
소요될 수 있으니 이점 양해 부탁드립니다.
※ 본 대출의 소득공제 요건은 반드시
국세청(126)을 통해 확인 부탁드립니다.
 아래 경로를 통해 세부내용을 확인하시기
바라며, 추가 문의사항이 있으면 신한은행에
연락 부탁드립니다.

(경로)

○ PC 접속 :
①공사홈페이지(www.hf.go.kr)-②중앙하단
자주찾는 메뉴-③인터넷금융서비스-④MyHF-
주택담보대출-⑤신청내역조회-

모두 보기 〉

MMS
오후 3:07

[Web발신]
[주택금융공사] 감정평가법인에서 고객님의
담보주택에 감정평가를 진행할 예정입니다.
 감정평가법인에서 담보주택에 대한
평가완료 후 대출심사가 진행될 예정입니다.

MMS

[Web발신]
[주택금융공사] 감정평가법인에서 고객님의

"알겠습니다. 그럼 콜 기다리면 되겠네요. 감사합니다."

잠시 후, 대출 신청 내용을 정리한 문자 여러 개가 온다. 현우는 내용을 천천히 들여다본다.

'얼추 맞네. 감정평가 잘 나오면 좋겠다. 이제 기다리기만 하면 된다.'

그렇게 며칠이 흘렀다. 왜 감정평가 결과가 아직도 안 나오는지 신경 쓰인다. 마냥 기다리기엔 시일이 많이 지났다. 잘되고 있는 게 맞나? 업무시간, 현우는 주택금융공사에 전화하러 쓱 일어섰다.

"박 대리, 요즘 왜 이렇게 바빠?"

"예, 뭐."

현우는 이 팀장의 말을 뒤로 하고 빈 회의실로 가서 주금공 콜센터에 전화를 건다. 겨우 연결된 콜센터에서 설명해 준다.

"대출 접수하셨을 때 감정 신청했고, 기다리시면 결과 나올 거예요."

나홀로 아파트만 아니었더라면 최종 대출 가능한 금액을 진작 알 수 있었을 것이다.

"날짜가 많이 지나서 그런데, 어떻게 진행되고 있는지 알 수 있을까요?"

"저희도 감정평가법인에 감정 의뢰하는 거라서요, 정확히 말씀 드리기가 어렵습니다."

만에 하나 누락되었을 경우도 생각해야 한다.

"괜찮으면 제가 감정평가 담당자분과 통화해 볼 수 있을까요?"

현우는 주금공 콜센터에서 받은 감정평가법인 번호로 전화를 걸었다. 담당 평가사와 통화할 수 있었다. 그가 말한다.

"차례대로 감정하고 있어요. 이게 아파트잖아요. 아파트는 정식 감정이나 방문 감정은 하지 않고 약식 감정을 합니다. 하루 이틀 정도 후에 결과 보실 수 있을 거예요."

"감사합니다."

단순히 업무가 밀린 거였나 보다.

바로 다음 날, 감정평가 결과가 나왔다.

'헉, 안 되는데.'

큰일이다. 감정평가액이 4억 5,000만 원밖에 안 나왔다. 매매가 4억 8,500만 원보다 3,500만 원이나 낮은 것이다. 이러면 예상한 만큼 대출이 안 나와서 돈이 모자란다. 주담대 아니면 돈 나올 구석이 없는데, 어떡해야 할지 모르겠다. 식은땀이 난다. 잔금이 부족해서는 절대 안 된다. 김리치 님이라면 어떻게 하셨을까? 현우는 김리치 님 조언을 여럿 떠올려본다.

'그래, 이것도 사람이 하는 일이니까, 이게 끝이 아닐 거야. 방법을 만들어보자. 내가 노력하면 바꿀 수 있어.'

현우는 마음을 가다듬고 감정평가법인에 전화를 건다. 담당 평가사가 전화를 받았다.

"안녕하세요, 다름이 아니라 혹시 감정평가액 조정이 가능한지 여쭙고자 전화 드렸거든요. 사실 제가 매매가의 80%만큼 대출이 될 거라고 예상하고 매매했는데 감평액이 생각보다 너무 적게 나와서요. 이렇게 되면 지금 사채를 써야 하는 상황이라, 혹시 저희 좀 도와주실 수 있으실까요?"

"아, 그러신가요?"

평가사가 좀 난처한 목소리로 말한다.

"이게 감정평가액이 약간은 조정이 가능한데, 이 아파트가 나홀로잖아요. 그러다 보니까 저희가 평가를 할 때는 기본적으로 인근에 다른 단지들이랑 비교해요. 그런데 이게 인접한 비슷한 집이 거래 사례가 별로 없고 하락장이라 매매가만큼 평가를 내드리기는 제한이 되거든요."

현우의 운명은 이분에게 달려있다. 현우는 진심에서 우러나 감정에 호소해 본다.

"그래도 조금만 더 올려주실 수 있을까요?"

"예, 물론 저희가 판단 여지가 있어서 가능은 한데."

"그 범위 내에서 최대한 좀 부탁을 드릴게요. 안 그러면 저 진짜 사채를 쓰거나 아니면 계약을 포기해야 하는 상황이에요. 비용이 많이 모자라거든요. 전문적인 판단에 제가 이런 말씀 드리는 게 예의가 아닌 줄은 압니다. 평가사님께서 다 신경 쓰셔서 하신 가격일 텐데, 그래서 부탁드리기 죄송한 마음이에요. 그렇지만 제가 지금 죽게 생겨서요. 어떻게 좀."

"네, 무슨 말씀인지 이해합니다."

"혹시 얼마까지 가능할까요?"

"제가 판단을 할 때 범위를 산정하고, 그 범위 내에서 보통 제일 낮은 금액으로 통보하거든요. 제가 원래 판단했던 범위가 4억 5천 부터 4억 7천 선이었어요. 큰 도움은 못 드릴 것 같은데."

"그래도 제일 높은 금액까지 올려주시면 감사하죠. 꼭 좀 부탁 드릴게요."

"음…. 그러면 주택금융공사에 제일 높은 금액으로 바꾼다고 통 보할게요."

세상에, 정말 감사하다. 전화해 보길 잘했다. 현우 사정을 이해 해 주시는 융통성 있는 분이셔서 참 다행이다. 그래도 아직 현우가 필요한 금액만큼 대출받기에는 부족하다. 밑져야 본전이라는 마음으로 한 번 더 부탁해 본다.

"혹시 4억 8천까지는 안 될까요? 4억 8천이면 나머지 금액은 어떻게든 해볼 수 있을 것 같아요."

"저희가 지금 감정평가하는 게, 현장을 가는 게 아니다 보니까 요. 현장에서 보면 분명 이 집이 좋은 점이 있을 것 같거든요."

"네, 다른 세대는 다 대형 평형이라 그런데, 이게 남향이고 층도 좋거든요. 햇빛도 잘 들고요."

"그런 게 고려가 전혀 안 되다 보니 저도 그냥 판단한 건데. 차라리 아예 말씀하신 가격을 맞혀 보죠. 다른 사례 좀 더 찾아서 4억 8천만 원으로 주택금융공사에 재발송할게요."

와, 이렇게 해주신다고? 기대 이상의 성과다. 얘기 꺼내보길 잘했다. 끝날 때까지 끝난 게 아니라는 김리치 님 말씀이 생각난다.

"감사드립니다. 덕분에 사채 덜 쓰게 되었어요."

"좀 도움이 되면 그나마 다행이네요. 제가 이따가 바로 확인해서 근거 만든 다음에 주택금융공사에 통보하고 알려드리도록 하겠습니다."

해냈다. 전화 한 통으로 대출 2,400만 원을 더 만든 것이다. 성취감은 이루 다 말할 수 없다. 현우는 감사한 마음에 담당 평가사 님 연락처로 선물 세트 기프티콘을 보내드렸다. 김리치 님은 이 이야기를 듣더니 감탄한다.

[감정평가를 다시 받았다고요? 현우 님 잘하시는 건 알았지만 이렇게까지 해내실 줄은 상상도 못 했습니다. 정말 대단하십니다.]

[안 되면 되게 해야지요. 자빠져서 운다고 해결되는 건 없으니까요. 제가 당연히 해야 하는 일이었어요.]

[저도 그동안 많은 분을 도와드렸습니다만, 현우 님처럼 적극적으로 문제 해결해내는 분은 처음 봅니다. 보통은 넋 놓고 있으면서 본인 일인데도 어떻게 돌아가는지 모릅니다. 그러다 문제 터지면 그때는 수습할 길이 없지요. 그나마 열심히 하시는 분들이 중간 단

계마다 챙기면서 '이런 일이 있었습니다. 어떻게 할까요?'라고 묻곤 하지요. 현우 님은 거의 다 스스로 적극적으로 해결하고 있으시네요.]

[저희 집 사는 건데요. 집주인 되려면 당연히 다들 이 정도는 하지 않나요?]

[아닙니다. 현우 님이 유난히 잘하고 계십니다. 이번에도 대단한 일 해내신 겁니다.]

김리치 님이 칭찬해 주니 조금은 우쭐해진다. 현우는 바뀐 감정 평가액 기준으로 대출금액을 넣어 예산안을 업데이트하였다.

□ 제한사항(특례보금자리론)
 - LTV 80% (MCG 보증, 생애최초) // DTI 60% // DSR X
 - 체증식 DTI 계산법 10년간 원리금 상환액 평균
 - 신용대출 DTI : 예금은행 가중평균 가계대출금리(잔액기준)에1%p를 가산
 - 대출일 기준 6.03%

가용금액	
현금	5,800,000
적금	25,000,000
전세금	24,000,000
합계	54,800,000

비용계산	
감정평가액	480,000,000
실대출	384,000,000
DTI 60% 한도	20,817,671
내 DTI	56.26%

대출금액			1년상환액	월상환액
보금자리론(4.3%)	384,000,000	→	16,626,288	1,385,524
신한마통(6.3%)	29,900,000	→	1,883,700	156,975
부산마통(7.8%)	21,000,000	→	1,638,000	136,500
보험(4.87%)	3,430,000	→	167,041	13,920
합계	438,330,000	→	20,315,029	1,692,919
총합계	493,130,000			

최종계산	
매매가	485,000,000
중개보수(합의)	2,000,000
취득세	2,850,000
교육세	285,000
증지/인지	167,000
법무사	220,000
국민주택 채권	648,076
근저당처리(보증포함)	657,640
근저당인지세	75,000
중개보수(전세)	400,000
이사비	700,000
전세집 정리(전기)	29,400
전세집 정리(청소비)	50,000
총구입비	493,082,116
예산합	493,130,000
잔액	47,884

수입/지출	금액
알바비	240,000
실수령	2,500,000
월상환	1,692,919
상환제외액	1,047,081
관리비/전기	150,000
전기	50,000
가스	70,000
인터넷	33,000
보험	200,000
핸드폰	21,000
운동	150,000
식비	200,000
잔액	173,081

전세보증금을 안 주면 어떡해요

잔금 및 이사가 벌써 이틀 앞으로 다가왔다. 현우는 출근하자마자 눈치를 보다 이 팀장에게 말한다.

"팀장님, 저 목요일에 연차 쓰겠습니다."

이 팀장은 모니터를 보는 채로, 현우와 눈도 안 마주치고 "그래요."라고 말한다. 팀원 개인사에 관심 없는 이 팀장 성격이 이럴 때는 편하다.

현우는 사무실을 나와 집주인에게도 전화를 걸었다. 전세보증금을 제때 돌려받을 수 있는지 다시 확인하기 위해서다. 저번에 새 임차인이 이사는 며칠 뒤 주말에 오더라도, 돈만 미리 현우가 나가기 전에 준다고 했었다. 현우가 그걸 받아 전세자금대출을 먼저 상환해야만 새집을 사는 데 필요한 주택담보대출이 정상적으로 나온다.

"안녕하세요, 잔금 한 번 더 확인하려고 하는데요. 28일 수요일 저녁에 보증금 돌려주시는 게 맞으시죠?"

"언제 자기가 이사 가죠?"

"제가 29일 목요일 새벽 아침에 일찍 나가요. 그때 말씀하셨던 게, 수요일 저녁에 주실 수 있다고 했는데. 맞지요?"

"근데 지금 그 부동산이 출근을 안 했어. 지금 몇 시예요?"

"지금 시각이요. 지금 오전 9시 50분요."

"10시 반쯤이나 출근하던데. 알았어요. 내가 이따 부동산 출근하면 확인할게요."

집주인도 새 임차인과 부동산을 통해 연락하니 지금은 확인할 도리가 없나 보다. 너무 일찍 전화한 것 같다. 집주인이 이야기한다.

"그리고 전기세나 가스 이런 거 말인데."

잔금일에 정산할 것은 현우도 미리 생각해 두었다.

"네, 그거 제가 정산하고 나갈 거예요. 전기는 오전에 정산할 거고요. 가스는 공동이라서 어떻게 해드릴까요?"

"가스는 우리가 이야기할게요."

"관리비는 매달 선불로 드렸는데, 제가 29일에 나가는 거니까 일할 계산해서 드릴게요."

"안 줘도 돼."

"그래도 돈 계산은 확실하게 하는 게 좋으니까요."

"아이, 자기 쓰던 철봉도 공짜로 줬잖아. 계산하지 말아요."

전에 현우 자취방 욕실 문에 걸려 있던 철봉을 집주인이 마음에 들어 하길래 드린 적이 있다. 그 선의를 이번에 돌려받았다.

"감사합니다. 그러면 전기료는 제가 당일 오전에 정산하고 나갈 거예요. 한전에 예약해 놨거든요."

"알겠어요. 그리고 청소비 내야 돼. 청소비."

전세 계약할 때 '퇴실할 때 청소하기로 한다'는 특약이 있었다.

"청소비 5만 원 드리면 되죠. 그거 현금으로 그냥 드릴까요? 아니면 입금을 해드릴까요?"

"그건 좋으신 대로 해."

"네, 알겠습니다. 잔금만 꼭 확인 좀 부탁드릴게요."

"그래요. 부동산이 오고 그다음에 연락해야 하니까. 오늘 중으로 확인해 볼게요."

"제가 아침 일찍 나가야 해서, 이사 가는 쪽에도 돈을 일찍 줘야 하니까. 부탁드려요. 제가 이거 꼬이면 진짜 안 돼요."

"걱정하지 마. 들어오는 사람이 젊은 사람인데 한번 약속한 건 지키지. 또 은행에서 나한테 돈 줘도 되냐고 그래서 돈 줘도 된다고 한참 전에 승인했어. 걱정 안 해도 될 거예요. 하여튼 내가 전화할게요."

"네, 알겠습니다. 감사합니다."

예전에 이미 다 이야기 나눈 상황이다. 걱정은 되지만, 일단은 믿고 기다려 본다.

다음 날 점심시간이 지날 무렵, 집주인에게서 전화가 왔다.

"그분이 입주하는 전날 저녁에나 돈이 나온다고 그러네. 어떡하지?"

"언제요? 30일 저녁이요? 안 되는데. 28일에 돈 주신다면서요."

이게 말인지 방귀인지 모르겠다. 돌아버릴 것 같다.

"저 대출 안 나와요. 그래서 29일이면 못해도 오전 11시 전이어야 한다고 말씀드렸었는데요. 이제 와서 이러시면 어떻게 해요?"

현우가 사는 집 잔금이 오전 11시다. 무조건 그전에는 전세보증금을 돌려받아야 한다.

"그쪽에서 좀 기다려봐라, 기다려봐라 그러더니 그러네. 하여튼, 내가 다시 한번 전화해 볼게요."

"아니 진짜 안 되는데. 저 큰일 나요. 한번 좀 제대로 통화 부탁드리겠습니다."

초조하다. 일이 손에 안 잡힌다.

한 시간쯤 후, 집주인과 다시 통화할 수 있었다. 집주인이 말한다.

"근데 그 사람이 전화가 왔는데, 29일 낮 12시 안으로는 되는데 정확히 몇 시까지 된다고는 못 알려주겠다고 한대."

"제가 내일 잔금이 오전 11시예요."

"그러니까 낮 12시 안이니까 거의 될 거야. 너무 걱정하지 마."

거의 된다는 말만 믿고 넘어갔다가는 여차하면 큰일 날 수 있다. 한 시간 오차도 안 된다. 이걸 어째야 하나 싶다.

"내일 오전에 어쨌든 입금된다는 말씀인 거죠?"

"그렇죠. 12시 안에는 된대요. 근데 12시 안에 된다면 자기 밥 먹으러 보통 11시 반부터 나가니까 그전에 해결하고 나가지 않겠어요?"

환장하겠다. 그건 추측일 뿐이다.

"저 잔금이 11시니까 진짜 시간 맞춰야 해요. 제가 대출 보증서가 바뀌는 거라 은행원도 처리하는데 한 10분, 20분 걸린대요. 그래서 은행에 또 전화해서 양해 말씀드려야 할 것 같은데…."

"그때 가서 또 전화해. 현우 씨가 전화하면 일찍 돈 줄지도 모르니까. 그리고 나는 그냥 요이땅하고 돈 들어오면 바로 보낼게."

"네. 오전 최대한 빠르게 좀 부탁드린다고 한 번만 더 얘기해 주시면 감사하겠습니다."

현우는 전화를 끊고 영 기분이 안 좋다. 머릿속이 복잡하다. 잔금을 제때 못 하면 어떡하지? 들어오는 세입자가 일찍 돈 못 주겠다고 말 바꾸면 끝인 상황이다. 이걸 어떡해야 할지 혼란스럽다. 최악의 수를 대비해야 한다.

'들어올 세입자가 배 째라 하고 보증금 미리 안 주면 돈이 비는데. 내가 받을 전세보증금 1억 2천만 원 중 잔금 전까지 필요한 건 전세대출 상환할 1억 원이지. 그걸 갚아야 주담대가 나오니까.'

현우는 지금 당장 해야 할 일이 뭔지 판단이 섰다. 1억 원만 내일 아침까지 만들면 된다. 그렇게 결론짓고 나니 어처구니가 없다. 무슨 수로 1억 원을 만들 수 있을까? 아무리 친한 사이라도 1,000만 원도 빌리기 힘든 게 현실이다. 1억 원을 하루 만에 만드는 건 말이 안 된다.

그래도 어떻게든 해야만 한다. 현우는 검색창에 〈단기대출〉을 검색했다. 대부업체라도 써야겠다. 딱 하루만 빌리면 되니까, 괜찮을 것이다. 현우는 검색 결과 상단에 나온 3금융권 업체 중 한 곳에 전화를 걸었다.

"그 조건이면 이자는 120만 원이에요."

"예?"

잘못 들었나 싶어서 다시 물어본다.

"그러니까, 1억 원을 딱 하루 빌리는 데 하루 이자가 120만 원이라는 말씀인 거죠?"

"네 맞습니다. 선이자 제하고 입금되실 거고요."

현우는 놀라서 전화를 끊었다. 이건 아니다.

'어떡하지?'

벌써 오후 세 시다. 내일이 잔금인데, 넋 놓고 있다간 은행 업무 시간이 끝나버린다. 시간이 촉박하니 마음이 급하다. 혼자 해결해 보려 했지만, 도리가 없다. 이제는 김리치 님과 상의해야겠다.

[내일이 잔금일입니다. 그런데 제 자취방에 들어올 세입자가 내일 몇 시에 돈을 줄지를 모르겠습니다. 확답을 안 해주나 봅니다.]

[그 사람이 돈을 미리 줄 의무는 없어서 싸하긴 했습니다. 내일 잔금 전에 지금이라도 알아서 다행입니다. 잔금 사고 안 날 거라고 말씀드렸었지요. 걱정하지 마세요.]

아니, 그러니까 실질적으로 뭘 어떻게…. 힘이 빠진다. 물어볼 기운도 안 난다. 주저앉아 울고 싶다. 그때 윤아에게 전화가 온다.

"현우야, 잔금 준비 잘 되고 있어?"

"1억이, 비어. 그거 없으면 대출도 안 나오는데…."

거의 울먹이는 현우에게 윤아가 차분히 말한다.

"현우야, 그 돈 내가 빌려줄 테니 걱정하지 마. 너 나한테 신세 지기 싫어하는 건 알지만, 필요할 땐 서로 의지해야지."

"네가? …고마워."

"은행 금방 닫을 거라, 시간이 급하네. 차용증이랑 근저당 서류는 내가 만들게. 신분증 보내줘 봐. 카톡으로 내용 보낼 테니 검토할래? 별문제 없으면 출력할게. 너 오늘 다섯 시 퇴근이지? 인감증명서 떼올 수 있어?"

"응. 주민센터 문 닫기 전에 서둘러 다녀올게."

현우는 퇴근하자마자 서초2동 주민센터로 달려가 인감증명서를 발급받았다. 그리고 자취방으로 돌아와 인감도장을 꺼냈다. 윤아가 가져올 서류에 날인하기 위해 다이소 밥상을 폈다.

'이럴 줄 알았으면 집주인한테 더 일찍 이사 나간다고 할걸. 괜히 잔금일 딱 맞춰서 말해가지고.'

다음부터는 피치 못할 사정이 아니라면 이렇게 날짜와 시간을 촉박하게 잡지 않을 것이다. 곧 윤아가 자취방에 도착했다. 윤아가 서류와 인주를 꺼내며 말한다.

"이런 거 쓰는 거 서운해하지 마."

"당연히 써야지. 가까운 사이일수록 그게 맞지."

"응. 막말로 우리 사이 어떻게 될지 모르잖아. 너 돈 들고 잠수 타면 나 채권 회수 못 해. 그래서 근저당도 잡는 거고. 담보가 있어 야지."

현우가 서운할 리가 없다. 냉정하게 말해 윤아와는 알고 지낸 지 몇 달 안 된 사이이고, 법적으로 남이다. 아무리 사랑해도 서로 지킬 건 지켜야 한다. 윤아가 차용증을 먼저 보여준다.

'법정이자로 써놨네.'

하루 쓰는 데 이자만 120만 원이었던 대부업체에 비하면 윤아 가 말도 안 되게 싼 이자로 빌려준다는 걸 안다. 현우는 하루치 이 자를 계산해 본다.

"12,603원, 내일 원금이랑 같이 계좌로 보내줄게"

"뭘, 됐어. 이자 대신 오늘 밥 사줘. 서초우동 왕새우김밥 세트 로 먹을 거야."

해봐야 만 원도 안 되는 분식은 윤아라면 얼마든지 사줄 수 있 다. 그것보다 자신을 믿고 큰돈을 빌려주는 윤아의 마음에 어떻게 보답할지 모르겠다.

금전소비대차계약서

대여인 김윤아를 「갑」이라 하고, 차용인 박현우를 「을」로 하여 「갑」과 「을」 간에 다음과 같이 금전소비대차계약을 체결한다.

제1조 (금전소비대차)「갑」은 「을」에게 금100,000,000원을 대여하고, 「을」은 이를 차용한다.

제2조 (변제기한)「을」의 「갑」에 대한 위 차용금의 변제기한은 계약일로부터 1년이 되는 날 로 한다. 다만, 계약만료일 전에 상호합의하는 경우 동일한 조건으로 갱신된 것으로 본다.

제3조 (이자지급) 차용금에 대한 이자는 연 4.6%로 하며, 매월 25일에 지급한다. 제4조 (원금상환) 차용금 원금은 계약만료일에 전액 일시 상환한다.

제5조 (변제방법)「을」의 「갑」에 대한 변제는 「갑」의 주소지에 지참변제하거나 「갑」이 지정하는 계좌로 입금한다.

제6조 (기한의 이익 상실)「을」이 변제일까지의 사이에 다음 각호에 해당하게 될 경우 기한의 이익이 상실되는 것으로 하여 「갑」은 어떠한 최고절차도 거칠 필요 없이 즉시 위약을 청구할 수 있다.
1. 이자지급을 3회 초과하여 지체할 경우
2. 「을」의 부도 또는 파산시
3. 기타 위 호와 유사한 경우

제7조 (기타) 상기 채무에 관한 분쟁의 재판관할은 채권자의 주소지를 관할하는 법원으로 정한다.

본 계약의 성립을 증명하기 위하여 본 증서 2통을 작성하고 각자 서명 날인한 후 1통씩 보관한다.

첨부: 인감증명서(1개월 이내)

2023년 6월 28일

대여인 「갑」 성명: 김윤아   (인)
　　　　　주민등록번호: 900414-2000000
　　　　　주소: 서울시 서초구 서운로 65, 107동 2302호 (서초동, 래미안퍼스트원아파트)

차용인 「을」 성명: 박현우   (인)
　　　　　주민등록번호: 910225-1000000
　　　　　주소: 서울시 서초구 효령로 372, 1동 803호 (서초동, 서리풀현대1차아파트)

윤아가 말한다.

"내용 동의하면 차용인 옆에 이름 쓰고, (인)에 도장 찍으세요."

현우는 인쇄된 '성명: 박현우' 옆에 펜으로 또박또박 이름을 쓰고 도장을 찍었다.

"간인도 찍자."

현우는 차용증과 인감증명서를 나란히 놓고 모든 종이에 도장 모양이 걸쳐지도록 간인을 찍었다.

윤아가 두 번째 서류를 꺼냈다.

"근저당권 설정 계약서. 말한 것처럼 담보물은 내일 잔금 하는 집이야."

현우는 윤아와 함께 각 조항을 꼼꼼히 살펴보았다. 윤아가 채권 자겸 근저당권자란에 이름을 적고 도장을 찍으며 말한다.

"채무자겸 근저당권설정자, 인적사항 맞는지 확인하고 서명, 날인해 주세요."

현우도 주민등록번호 옆에 이름 석 자를 쓰고 도장을 찍은 후, 서류를 반으로 접어 간인을 찍었다. 윤아가 그런 현우를 흥미롭게 본다.

"잘 찍네. 도장 잘 찍는 거 멋있어."

"회사에서 계약 많이 해봐서."

윤아는 별것이 다 멋있다고 한다. 윤아가 스캐너 앱으로 깔끔하게 서류를 촬영한다.

근저당권 설정 계약서

채 권 자 겸   김윤아 (900414-2000000)
근 저 당 권 자   서울시 서초구 서운로 65, 107동 2302호 (서초동, 래미안퍼스트윈아파트)

채 무 자 겸   박현우 (910225-1000000)
근저당권설정자   서울시 서초구 효령로 372, 1동 803호 (서초동, 서리풀현대1차아파트)

채 권 최 고 액   금일억이천만원정   **(₩120,000,000원정)**

위 당사자간에 다음과 같이 근저당권설정계약을 체결한다.

[제 1 조]   근저당권설정자는 채무자가 위 금액 범위 안에서 채권자에 대하여 기왕 현재 부담하고 또는 장래 부담하게 될 단독 혹은 연대채무나 보증인으로서 기명날인한 차용금증서, 각서, 지급증서 등의 채무와 발행배서 보증인수한 모든 어음 채무 및 수표금상의 채무 또는 상거래로 인하여 생긴 모든 채무를 담보코저 끝에 쓴 부동산에 순위 제5번의 근저당권을 설정한다.

[제 2 조]   장래 거래함에 있어서 채권자 사정에 따라 대여를 중지 또는 한도액을 축소시킬지라도 채무자는 이의하지 않는다.

[제 3 조]   채무자가 약정한 이행의무를 한번이라도 지체하였을 때 또는 다른 채권자로부터 가압류 압류 경매 파산선고를 당하였을 때는 기한의 이익을 잃고 즉시 채무금 전액을 완제한다.

[제 4 조]   저당물건의 증축 개축 수리 개조 등의 원인으로 형태가 변경된 물건과 부가종속된 물건에 대하여도 이 근저당권의 효력이 미친다.

[제 5 조]   보증인은 채무자 및 근저당권 설정자와 연대하여 이 계약상의 책임을 짐은 물론 저당물건의 하자 그 밖의 사유로 인하여 근저당권의 일부 또는 전부가 무효로 될 때에는 연대 보증 책임을 진다.

[제 6 조]   이 근저당권에 관한 소송은 채권자 주소지를 관할하는 법원을 관할 법원으로 한다.

위와 같이 계약을 체결하고 계약서 2통을 작성, 서명 날인 후 각각 1통씩 보관한다.

2023 년   6월   28일

1

306

채 권 자 겸   김윤아 (900414-2000000)
근 저 당 권 자   서울시 서초구 서운로 65, 107동 2302호 (서초동, 래미안퍼스트원아파트)

채 무 자 겸   박현우 (910225-1000000)
근저당권설정자   서울시 서초구 효령로 372, 1동 803호 (서초동, 서리풀현대1차아파트)

부 동 산 의 표 시

1동의 건물의 표시
서울특별시 서초구 서초동 1335-4 서리풀현대1차아파트 제1동
[도로명주소]
서울특별시 서초구 효령로 372
철근콘크리트벽식조 평슬래브지붕 10층 아파트
지1층 000.00㎡
1층 000.00㎡
2층 000.00㎡
3층 000.00㎡
4층 000.00㎡
5층 000.00㎡
6층 000.00㎡
7층 000.00㎡
8층 000.00㎡
9층 000.00㎡
10층 000.00㎡

전유부분 건물의 표시
건물번호 제8층 제803호
구조 철근콘크리트벽식조
면적 49.76㎡
대지권의표시
대지권의 목적인 토지의 표시
서울특별시 서초구 서초동 1335-4 대 1236.5㎡
대지권의 종류 소유권대지권
대지권의 비율 1236.5분의 23.809㎡

- 이 상 -

2

"한 부 사진 찍은 것 메일로 보내줄게. 메일에 보낸 날짜랑 시각 찍히니까, 증거로 남기게."

현우 노트북을 열어 바로 작업한다. 〈금전소비대차계약서 및 근저당권설정계약서〉 메일을 주고받았다. 윤아가 OTP를 꺼내며 말한다.

"입금해 줄게. 계좌번호 알려줄래?"

현우 계좌로 1억 원이 들어왔다.

"윤아야, 고마워. 덕분에 살았어."

"뭘. 내일 돈 들어오면 근저당은 안 걸 거야. 등기부 지저분해져. 마음고생 많았지? 밥 먹으러 갈까?"

"윤아야, 아직. 확실하게 해야지. 내용증명도 보내."

김리치 님이 가족 간 차용증을 뒤늦게 만든 게 아니라는 날짜 증명을 위해 내용증명을 활용하는 예시를 든 적이 있다. 내용증명은 어떤 내용의 문서를 언제 발송했다는 걸 공적으로 증명하는 제도이기 때문에 확실하다. 그래서 현우는 차용증을 쓰면 내용증명까지 주고받는 게 원칙이라고 생각했다.

"어? 그렇게까지 안 해도 돼. 나중에 필요할 때 해."

"이참에 해보고 싶어. 비용은 내가 낼게."

현우는 인터넷우체국 사이트에 접속했다. [우편-증명서비스-내용증명-신청]. 좀 전에 쓴 서류를 내용 삼아 회사 주소로 발송했다. 윤아가 갸우뚱한다.

"회사, 괜찮겠어?"

"거기밖에 내가 받을 수 있는 데가 없으니까."

"그래, 뭐."

아무튼 윤아 덕분에 한고비 넘겼다.

지긋지긋한 집주인

잔금 및 이사일 아침이 밝았다. 현우는 긴장한 탓인지 새벽 5시 30분에 눈이 떠졌다. 자취방 옷장을 열어 진공 팩에 압축해 둔 의류를 차곡차곡 포갠다. 충전기, 매수계약서, 잔금 서류 등 당장 쓸 것들은 따로 빼둔다. 아침 9시가 되니 이삿짐 업체가 왔다.

"상자 하나는 그냥 둘게요."

현우는 자취방에 작은 짐 상자 하나를 남겨두기로 한다. 아직 전세보증금을 받지 못했는데 짐을 다 빼버리면 점유권을 잃기 때문이다. 전세보증금을 지키기 위한 선택이다.

반포장이사여서, 현우가 크게 손대지 않아도 업체에서 알아서 큰 이사 박스에 차례대로 척척 짐을 담아 주었다. 30분이 채 지나지 않아 이삿짐 차량에 짐을 다 실었다. 업체에서 현우에게 고마워하며 말한다.

"정리를 미리 다 해주셔서 금방 끝나네요."

이삿짐 업체는 남은 짐이 있는지 마지막 확인을 하고 새집으로 먼저 출발했다.

주택담보대출은 잔금일 아침 일찍 들어온다고 했었다. 현우는 은행 앱을 열어본다. 어제 전세자금대출 1억 원을 무사히 상환한 덕분에 현우 계좌로 주택담보대출 3억 8,400만 원이 제대로 입금되어 있다. 이제 마이너스통장을 포함해 잔금 할 돈은 다 준비되었다.

잔금 시 필요한 서류도 다시 한번 확인한다. 매매계약서 원본은 챙겼고, 신분증이랑 인감도장도 챙겼다. 주소는 계약서 쓰고 나서 안 바뀌었으니 주민등록초본까지는 필요 없고 주민등록등본 있으면 된다. 가족관계증명서 상세로 뽑은 것, 이건 취득세 때문에 가족들 주택 수 확인하는 목적이다.

'이제 다 됐다. 가볼까?'

현우는 현관 문고리를 잡고 나가려다가, 빈 자취방을 마지막으로 한번 돌아본다. 1년하고 9개월간 지낸 날들이 스쳐 지나간다. 에어컨 실외기 위로 빗물 떨어지는 소리, 새벽 내내 고양이 우는 소리, 담배 피우던 취객. 습해서 사흘간 마르지 않던 빨래도, 곰팡이와 지낸 시간도 이제 모두 과거로 남을 것이다. 이 방에 알게 모르게 정들었나 보다.

'내 방, 그동안 고마웠어. 안녕.'

현우는 알 수 없는 감정을 뒤로 하고 현관문을 나섰다. 이제는 새집으로 갈 시간이다.

잔금 한 시간 전, 서리풀효령부동산에 도착했다. 현우가 일찍 온 이유가 있다. 짐이 빠졌는지 확인하기 위해서이다. 최소한 이삿짐이 나가고 있는 모습이라도 봐야 한다. 집이 빈 걸 보고 돈을 주는 게 원칙이다. 동시이행이 중요한 것이다.

"짐 다 빠졌는지 집 좀 미리 볼 수 있을까요?"

"네, 그러세요."

부동산 사장님과 함께 서리풀현대1차 803호로 올라가 보았다. 자잘한 짐 하나도 없이 깨끗하게 비어 있다.

사장님이 말한다.

"이분들이 짐을 좀 일찍 빼셨어요. 붙박이장은 그냥 내가 비용 들여서 뺐어요."

본래 옵션이 아니라 신경 쓰였던 붙박이장도 없어졌다. 참 감사하다.

부동산 사무실로 돌아가니, 현우가 법무통에 의뢰한 법률사무소 직원이 와 있었다. 매도자도 잔금 약속 시각보다 일찍 도착했다. 매도인 아저씨가 활짝 웃으며 덕담한다.

"좋은 분들께 집 팔아서 참 좋아요. 행복하게 사세요."

"네, 감사합니다. 잘 살겠습니다."

훈훈한 분위기다.

자취방 집주인에게서 전세보증금 준다는 연락은 아직도 없다. 어제 윤아에게 돈 안 빌렸으면 큰일 났을 것이다. 미리 대비한 게 천만다행이다.

법률사무소 직원이 서류를 살펴보다 매도자에게 말한다.

"사장님, 등기부랑 지금 주소가 다르시네요? 등기부에는 서초구 서초동으로 돼 있으신데 지금은 부산 사시는 거 맞죠?"

매도인 아저씨가 대답한다.

"아, 우리가 이사 갔는데 등기부는 안 바꿔놨어요."

"이거 맞춰야 하는데. 5만 원만 주시면 저희가 처리해 드릴게요."

"네, 그래요."

법률사무소 직원은 수많은 서류에 도장을 꾹꾹 눌러 찍고는 말한다.

"서류는 다 됐습니다."

부동산 사장님이 현우에게 이야기한다.

"잔금 입금하시면 됩니다."

현우는 은행 앱을 열어 잔금을 1억씩 나누어 여러 번 이체했다. 잔금이 1일 최대 이체 한도 5억 원보다 큰 금액이었더라면 은행 가서 이체 한도를 상향했을 텐데, 현우 잔금은 5억 원이 넘지 않으므로 굳이 안 그래도 되었다.

법률사무소 직원이 서류를 챙겨 일어난다.

"잔금 확인 되셨죠? 그럼 전 가보겠습니다."

"네, 감사합니다. 등기필증 나오면 등기우편 서리풀효령부동산으로 보내주시겠어요?"

현우는 등기우편 수령 장소를 부동산으로 하겠다고 부동산 사장님께는 미리 말씀드렸다. 김리치 님께서 괜히 회사로 등기필증을 받았다가는, 집 샀냐는 관심과 질투를 한 몸에 받게 될지도 모른다고 했다. 그 상황이 싫으니 부동산에 맡겼다가 나중에 직접 찾아가는 게 낫다.

법률사무소 직원이 나간 후, 부동산 사장님이 현우에게 또 다른 서류를 보여준다.

"이건 오늘 자로 공과금 정산한 내용이에요."

항목별로 기간과 금액, 입금 계좌 및 예금주가 표로 정리되어 있다. 현우는 사장님 설명에 따라 정산을 마쳤다. 그리고 집 현관 비밀번호를 문자로 받았다. 사장님이 묻는다.

"복비 현금영수증은 핸드폰 번호로 해드리면 되죠?"

"네."

현우는 바로 중개보수를 이체해 드렸다. 사장님이 입금한 것을 확인하며 말한다.

"축하해요. 이제 진짜 집주인 되신 거네요."

"감사합니다. 다 덕분이에요."

계약서 쓸 때와는 또 다른 기쁨에 가슴이 벅차오른다. 오늘에야 비로소 진정한 자유인이 된 것처럼 뿌듯한 기분이 든다. 이제 현우도 집주인이다. 현우는 정말 강남에 집을 산 것이다.

시계를 보니 낮 열두 시가 넘었다. 현우는 부동산을 나와 윤아에게 연락한다.

[잔금 잘 끝났어. 전세금만 들어오면 끝이야.]

[걱정하지 마. 주겠지. 밥부터 챙겨 먹어. 새벽부터 한 끼도 안

먹었지? 정신없겠지만 식사 거르면 안 돼.]

밥 먹을 정신이 없다. 김리치 님께도 잔금 끝났다고 말씀드린다. 김리치 님께 금방 답장이 왔다.

[점심 드셔야 합니다. 잔금일에는 식사를 놓치기 쉽습니다. 오늘 남은 일 처리 하시려면 지금 꼭 드세요. 지금 긴장하셔서 잘 모르는데, 생각보다 에너지를 많이 쓰셨을 겁니다.]

다들 왜 이리 현우 밥에 진심인지. 그래도 하라는 건 한다. 브랜드버거 뱅뱅사거리점에 들렀다. 버거와 감자튀김이 술술 들어간다. 엄청나게 허기졌나 보다. 먹길 잘했다고 생각하는 중, 자취방 집주인에게 전화가 왔다.

"여보세요."

"예, 지금 1억 부쳤어요."

전세금 일부를 이제야 보내줬나 보다.

"네. 바로 확인할게요."

"아니, 1억을 일단 부쳤고. 뭐더라, 부동산비 자기가 내는 거 알고 있지요? 근데 부동산비를 너무 많이 달래서 내가 깎아달라고 얘기 좀 했어요. 20~30만 원이면 되는데, 그게 넘어서, 내가 지금 그걸 못 계산하겠어. 그래서 일단 나머지는 떼어 놓고, 부동산비 이야기하고 부칠게. 그럼 되지?"

당황스럽다. 그러면 보증금 나머지 2천만 원은 언제 준다는 거지? 나중에 복비를 제하고 준다는 말인 것 같지만, 복비는 많아 봐야 법정요율 적용해서 36만 원이다. 세금 붙어도 40만 원이 안 된다. 아무리 봐도 너무 많이 떼 놓는다. 그래도 계좌를 보니 보증금 일부 1억 원은 제대로 입금되어 있다.

윤아에게 바로 1억 원을 갚아야겠다. 은행 앱으로 이체하려는데, 어라, 안 된다. 매수 잔금을 하면서 큰돈을 쓴 탓에 모바일 일일이체한도 5억 원에 걸린 것이다. 현우는 윤아에게 카톡으로 [이체한도 걸려서 돈 내일 갚을게]라고 쓰다가, 보내지 않고 지워버렸다. 전세금 들어오자마자 바로 돈 갚겠다고 한 게 본인이었다.

'신용이 중요하지. 은행 가서 갚으면 되잖아.'

현우는 근처 은행 영업점 창구에 가서 윤아에게 송금했다.

[확인했어. 신용 확실하네.]

[일일자금 정말 고마워.]

번거로워도 직접 움직이길 잘했다. 약속한 건 지켜야 한다.

현우는 매수한 집으로 다시 갔다. 잔금도 했고, 이삿짐도 들어왔으니 현관 비밀번호를 바꿀 차례다. 현우가 현관문을 반쯤 열고 번호 키를 눌러 조작하는데, 자취방 집주인에게 전화가 왔다.

"여보세요."

"내가 잔액을 부쳤는데, 100만 원 빼고 부쳤어요."

"네?"

무슨 말인가 당황해 자세를 고쳐 잡는 순간, 현관문을 놓쳐버렸다. 쾅, 하는 소리를 내며 현관문이 닫혔다. 전기료나 청소비 같은 걸 제대로 안 냈을까 봐 100만 원이나 떼놨나? 현우는 아침에 이미 정산한 내용을 다시 설명한다.

"다른 거 다 정산했어요. 나머지 금액 다 보내주시면 비밀번호 알려드릴게요."

"비밀번호 그냥 찍어줘. 문자로."

남은 100만 원은 집 상태 확인하고 준다는 건가? 찝찝하다.

아. 전화를 끊고 보니 현관문이 아예 잠겨버렸다. 비밀번호를 바꾸던 중이라 비밀번호가 뭔지 모르겠다. 이리저리해봐도 안 열린다.

'개 열받네.'

어쩔 수 없이 열쇠 수리공을 불렀다.

"9만 원입니다."

실수 때문에 억울하게 9만 원을 써버렸다. 매수할 때도 "잠깐만요." 했다가 500만 원 더 냈고, 지금도 "앗." 하니 9만 원이 들었다. 매 순간 정신 차려야겠다. 약간 찌그러진 현관문을 보니 마음이 쓰리다.

퇴근한 윤아와 만나 같이 저녁을 먹는다. 그런데 아직도 전세금 잔액이 안 들어왔다. 계속 신경이 쓰인다.

현우는 전세 대항력을 유지하기 위해 전세보증금을 다 돌려받기 전까지는 자취방에서 전입을 빼면 안 된다. 새집으로 전입신고를 바로 하고 싶었는데 그럴 수 없는 게 답답하다. 다행히 새로 전입할 집이 현우 집이고, 주택담보대출 실행 시 당일 전입요건이 없어서 전입신고가 급하진 않다.

"나머지 돈은 언제 주려고 그러지? 1억은 먼저 준 거 보면 분명 집주인이 새로 들어오는 사람한테 돈을 받긴 했단 말이야. 전화 좀 해볼게."

현우는 자취방 집주인에게 전화를 걸었다.

"사장님, 제가 비밀번호도 알려드렸는데 잔액 주셔야죠."

"36만 원 맞아. 괜찮아. 부동산비가 36만 원이래."

집주인이 딴소리한다.

"복비요. 그거 그냥 빼고 주세요."

"조금만 기다려. 왜 그러느냐면 우리 남편이 자기 방에 뭐 하러 갔어. 뭐가 나서 그거 좀 시공하러 갔거든."

"뭐가 났다고요?"

"아, 곰팡이 슬고 그랬더라."

"그건 그쪽 단열이 안 돼서 결로가…."

"하고 오면 자기한테 정산하고 부칠게. 걱정 마. 오늘 중으로 해줄게. 우리 신랑이 나한테 줘야 하는데 지금 저쪽에 이러고 있으니까 전화하지 말고 기다려."

무슨 말인지 알아들을 수가 없다.

"윤아야, 집주인이 이상한 소리 하는데. 어떡하지? 잠깐만, 김리치 님한테 얘기 좀 해볼게."

현우는 김리치 님과 상의한 후 윤아에게 이야기한다.

"나, 돈 받을 때까지 자취방에 가서 좀 앉아 있을게. 언제 끝날지 몰라. 먼저 들어가. 내일 봐."

윤아에게 새집 구경시켜 줄 겨를도 없이, 현우는 자취방 앞으로 갔다. 집주인 남편 어르신이 방문을 열어놓고 수리 중이다. 현우는 방 안으로 들어가 집주인 남편에게 말한다.

"뭐 도와드릴까요?"

"괜찮아요."

바닥은 이사해서 그런지 더러워서 못 앉겠다. 현우는 집주인 남편 동선에 방해 안 되게 방 안에 계속 버티고 서 있다. 현우는 집주인 남편에게 다시 말을 건다.

"사장님, 전세금 잔액 주시면 제가 직접 복비 이체할게요."

"나는 권한이 없어요. 나한테 말해도 소용없고, 수리 다 하고 와이프랑 말해보고 돈 줄게요."

집주인 남편은 화장실 문 안쪽에 페인트를 칠하고 있다. 두 시간이 지났다. 덥고 지친다. 뒤늦게 집주인이 왔다.

"박현우 씨, 벽에 곰팡이가 심해서 벽지가 다 상했잖아요. 아니, 세상에. 나는 외국에서 살아봤거든. 그러면 원상복구 조항이 있어서 우리가 다 해주고 나왔거든. 벽이 다 이렇게 잘못됐잖아. 우리 남편이 하는 거 봤죠?"

"아니 이거는 결로가….."

현우가 화내려던 차에 집주인 남편이 대신 말해준다.

"박현우 씨 집 깔끔하게 쓴 거 알잖아. 이거는 구조가 그런 거라 돈 받지 마."

"감사합니다."

감사하다고 말해서 못 무르게 쐐기를 박는다. 그런데 집주인이 황당한 말을 한다.

"내가 지금 이체가 안 돼. 내일 줄게."

"예? 그러면 저도 내일 나갈게요."

현우는 이 방에서 밤샐 각오로 왔다. 돈 줄 때까지 버틸 것이다.

"내가 이체가 안 된다니까."

"그러면 남편분이라도 대신 보내주셔야죠."

옥신각신하다 결국 집주인 남편이 복비만 제외한 금액을 입금 해 주었다. 벌써 밤 열 시다.

'지긋지긋하네. 내 인생에 다시는 전세란 없다.'

강남 내 집 입주, 그 이후

새로운 아침이다. 어제 하루 종일 잔금, 이사, 전세금 반환까지 해내느라 무리해서 그런지 피곤하다. 그래도 오늘 일어나 눈을 뜬 곳은 현우 명의의, 현우 소유의 집이다. 몸은 찌뿌둥하지만, 기분 만큼은 날아갈 것 같다.

'나는! 집 있다!'

좋소기업 출근길마저 아름답게 느껴진다. 실실 웃음이 난다. 지 나가는 비둘기에게 속으로 말을 건다.

'안녕, 비둘기야? 서구, 초구, 구구? 너는 집이 있니? 나는 집이 있단다.'

출근해서 차가운 아메리카노를 들이키며 업무를 하는데, 누군

가 현우를 찾는다.

"박현우 씨 계시나요?"

우체국 집배원이다. 회사에 우편물 배달하러 자주 와서 현우와
는 안면이 있다. 오늘따라 집배원이 머뭇거리며 선뜻 우편물을 건
네지 못한다. 뭐지? 의아한 현우에게 집배원이 편지봉투를 쥐여준
다. 봉투에 쓰여있다.

〈이 우편물은 내용증명우편물로 발송하였음을 증명함〉

'아, 윤아한테 돈 빌린 내용증명 이제 왔네.'

집배원이 걱정하는 것 같다. 흔들리는 눈빛이 마치 "어쩌다 분
쟁에 휘말리셨어요?"라고 말하는 것 같다. 이래서 윤아가 회사로
보내도 괜찮겠냐고 물어봤나 보다. 현우는 내용을 아는 우편물이
라 태연하게 받고 걱정하지 말라며 웃어 보였다.

저쪽에서 이 팀장이 현우에게 오라고 눈짓한다.

"현우 씨, 나 한 시간 이따 보고하러 갈 건데, 자료 좀 만들어요."

"예?"

이 팀장이 또 자기 일을 짬 시킨다. 현우 표정이 마음에 안 들었
는지 팀장이 한 소리 한다.

"'예?'라고? 그게 팀장한테 할 소리야? 고분고분하게 잘해야 승
진도 하고 나처럼 강남에 집도 살 거 아냐."

'뭐래, 땅도 없는 게. 공구리 가지고 엄청 유세 떠네.'

현우는 더 이상 이 팀장이 부럽지 않다.

'저도 이제 강남에 집 있거든요.'

현우는 집을 사면서 그동안 있었던 일을 복기한다.

현우가 집을 사기로 마음먹은 것은 올해 2월이었다. 매수하고 입주까지 하니 6월 말이다. 내 집 마련 처음부터 끝까지 5개월이 걸린 것이다.

5개월 간의 대장정 동안 쉴 새가 없었다. 처음에는 머리 터지게 부동산 공부를 하며 어떤 집을 사야 하는지 판단 기준을 세웠다. 그리고 대출 공부를 하며 있는 돈 없는 돈 다 끌어와서 예산을 만들었다. 매일 임장을 다니며 서울과 수도권에서 살 집을 찾아보았다. 그리고 노력 끝에 가장 좋은 집을 만나 매수 계약을 했다. 계약 직후에는 전세를 빼고 이사 준비를 하며, 잔금을 완료하고 집주인이 되었다.

매수 과정을 정리하며 되짚어본다. 매 순간 예기치 못한 돌발 상황과 우여곡절이 셀 수 없을 정도로 많았다. 그런데도 현우는 내 집 마련을 해내고야 말았다.

〈서울 강남에 내 집 마련〉. 평생 불가능할 것 같던 일을, 결국 이룬 것이다.

'절대 쉽지 않았지. 다 해낸 내가 레전드다. 이제 부동산 보고 불로소득이라고 헛소리하는 것들, 논리로 패버릴 거야.'

새삼 그동안 도움을 주었던 분들이 떠오른다. 혼자서는 이렇게 해낼 수 없었을 것이다. 부동산 사장님도, 매도자도, 전 집주인도 다 감사하다. 잊지 않을 것이다.

윤아가 보고 싶다. 남자는 아무것도 없을 때 자기를 믿어준 여자를 평생 못 잊는다고 한다. 내가 뭐라고. 처음부터 항상 현우를 응원하고 지지해 준 윤아가 정말 고맙다. 윤아가 있어서 이 모든 걸 포기하지 않고 해낼 수 있었다. 앞으로 윤아에게 더 잘해주리라.

또, 산군 김리치 님. 처음 현우는 부동산에 대해 아무것도 몰랐지만, 김리치 님께서 실전에서 필요할 때마다 많이 알려 주시고 도와주신 덕분에 지금처럼 기적을 이룰 수 있었다. 김리치 님은 어제 이사를 마친 현우에게 그동안 고생 많았다며, [앞으로 현우 님의 인생을 찾으며 행복하게 지내시기를 바랍니다.]라는 말을 남긴 채 상담 톡방을 종료하였다. 현우가 뭐라 답할 겨를도 없이, 그대로 그렇게 끝이 나버렸다.

김리치 님께 제대로 감사 편지라도 드리는 게 도리인 것 같다. 현우는 산군 김리치 님 블로그에 들어가, 김리치 님의 이메일 주소를 검색해서 찾았다.

'어? 어디서 봤던….'

메일 주소를 본 현우 머릿속이 바쁘게 돌아간다. 현우는 윤아에게 전화를 건다.

"윤아야, 미안한데 오늘 저녁에 우리 집 오기로 한 거. 일이 좀 있어서, 다음 주로 미뤄도 될까?"

며칠 후, 윤아와 약속한 날이 되었다. 반차 내고 집으로 뛰어온 현우는 준비를 서두른다. 윤아가 오기 전에 꼭 해야 할 일이 있다. 아직 가구 배송이 오지 않아 텅 비어있는 거실에 중요한 것들을 하나씩 준비해 둔다.

저녁 시간, 퇴근한 윤아가 현우 집 현관문을 노크한다. 현우는 문을 활짝 열어 윤아를 맞이하며 붉은 장미 꽃다발 한 아름을 안겨준다.

"어서 와. 우리 집이야."

"어머, 꽃이잖아? 고마워 현우야. 너무 예쁘다."

윤아가 활짝 웃는다. 이제 시작인데 벌써 감동하면 어떡하지? 내가 얼마나 이 순간을 설레는 마음으로 준비했을지 윤아는 알까? 현우는 윤아를 집안으로 맞이한다. 간접등 덕에 분위기가 은은하다. 스피커에서 잔잔한 음악이 흐르고 있다. 거실 창틀 위쪽에 붙여둔 가랜드, 주변에 배치한 풍선, 꽃장식을 보고 윤아 눈이 휘둥그레진다.

"이게 다 뭐야?"

현우는 LED 등 수십 개로 만든 길을 따라 거실 바닥 한가운데 하트모양으로 두른 꽃 안으로 윤아를 데려간다. 현우는 윤아를 마주 보고, 박현우 이름 석 자가 새겨진 서리풀현대1차 등기필증을 당당하게 윤아 품에 안겨주며 말한다.

"나랑, 결혼해 주세요."

윤아는 상상도 못 했다는 얼굴이다. 감동하였는지 눈물을 글썽인다. 현우는 윤아를 안아주며 이야기한다.

"며칠 동안 집 안 보여줘서 미안해. 나 사실 집문서로 이렇게 너한테 프러포즈하는 게 꿈이었거든. 그런데 잔금하고 등기필증이 나오려면 며칠 걸리더라고. 그래서 어쩔 수 없이 좀 기다리게 했어.

처음부터 윤아 너였잖아, 산군 김리치 님. 긴가민가했는데, 메일 주소 보고 확신했어. 끝까지 비밀로 할 생각이었던 거야? 나보고 내 인생 찾고 행복하게 지내라고 했지? 그렇게 너 할 말만 하고 톡방 나가버리는 게 어딨어? …그런데 아무리 생각해도, 나한테는 너랑 함께하는 게 행복이더라고. 너 없는 행복은 상상할 수가 없어.

지금의 나를 만든 건 너야. 나랑 앞으로도 함께해 줄래? 평생 옆에서 행복하게 해줄게."

＊＊＊

오늘은 시빌런포레어쩌고아파트에 입주한 양 주사네 집들이 겸 동기 모임이 있는 날이다. 현우는 멀리 가기 귀찮지만, 남양주에 사는 차 과장이 태워준다고 한다.

[나 아침에 삼성역 들를 일 있어서, 가는 길에 태워줄게.]

차가 없는 현우는 이 친구가 아니었더라면 갈 길이 요원하다. 고마운 마음에 답장한다.

[땡큐, 기름은 내가 넣을게.]

[강남역으로 데리러 갈 테니 나와.]

아이고, 강남역 사거리에 차를 댈 깜찍한 생각을 한다니. 현우는 집 근처 차 대기 좋은 위치를 링크로 보냈다.

[촌티 내지 말고 내가 찍어주는 데로 와. 강남역에 차 못 대.]

차 과장이 예정보다 한참 늦더니, 현우를 만나자마자 구시렁거린다.

"도곡로에 30분 동안 갇혀 있었어. 무슨 3km 가는 데 30분이 걸리냐. 이래서 서울이 싫어. 교통이 너무 안 좋아."

교통과 교통량은 엄연히 다른 개념이지만, 현우는 굳이 아는 척하지 않는다.

"차 막혀서 고생했네. 와줘서 고맙다."

"가는 길인데 뭐."

차 과장과 현우가 제일 늦게 도착했다. 양 주사는 먼저 도착한 친구들과 함께 이미 한 상 차려놓고 있다. 술 한잔 걸친 강 프로가 말한다.

"너희들은 운동 좀 해라. 애 낳으니까 죽겠다."

양 주사가 끼어든다.

"야, 슬슬 너희도 골프 같은 거 해봐. 나 골프 시작했는데 너무

좋다? 아파트 커뮤니티에서 아침마다 연습하면 세상 그렇게 좋을
수가 없어."

강 프로는 못 들은 척하고 현우에게 말을 건다.

"현우 너 아직도 운동하지?"

"하지."

"너 좀 세냐? 허벅지 씨름하실?"

쓸데없는 데 힘 빼기 싫다.

"아니."

"쫄?"

남자 자존심에 도발은 못 참는다.

"덤벼."

현우는 차례대로 오는 동기들의 허벅지를 모두 친히 바깥으로
늘려주었다. 죄다 이겨버렸다. 강 프로가 너덜너덜한 표정으로 현
우에게 말한다.

"이 새끼는 밥 먹고 운동만 하나? 하체 변태야. 너 아직도 멍청
한 여자 싫다고 아무도 안 만나지? 그래서 결혼은 하겠어?"

차 과장이 말한다.

"현우 이 새끼 여친 생김. 결혼한대."

강 프로가 못 믿겠다는 표정이다.

"우리는 말을 믿지 않아. 사진 내놔라. 제일 잘 나온 거 고르는
거 안 돼. 랜덤으로 세 개 내놔."

"싫어."

"보면 닳냐?"

"닳아."

"뭐냐, 치사하다."

친구들이 난리를 부리는 바람에 어쩔 수 없이 어제 윤아와 찍은 사진을 보여줬다. 강 프로가 놀라서 말을 잇지 못한다.

"야, 뭐야, 너."

부러움에 할 말을 잃은 강 프로를 보며 차 과장이 웃는다.

"결혼한 놈이 그러면 안 되지."

"아니, 있어봐. 야, 여자가 다섯 살 이상 어리지? 이 새끼 너, 너는 세금 더 내라. 와, 진짜."

'안 그래도 취득세 많이 냈다. 이제 재산세도 낼 거다.'

이 와중에 양 주사가 단톡방에 사진 여러 장을 보낸다.

"우리 아파트 단지랑 커뮤니티인데, 진짜 멋있지?"

강 프로도 질세라 송도신도시 사진을 보낸다.

"자랑하지 마라. 우리 집은 송도다. 송도 미만 잡."

다른 친구들도 집 사진을 보내며 자랑한다. 현우는 어떡할지 분위기를 살피다, 윤아와 집 앞 산책할 때 찍은 동네 사진을 보냈다. 양 주사가 보더니 현우에게 말한다.

"네가 여기 사진이 왜 있냐?"

"우리 동네."

"와, 나 여기 사는 게 평생 꿈인데."

꿈은 현실로 만들기 위해 노력할 때 의미가 있다.

'넌 나보다 돈도 많은데, 지금 강남으로 이사 가면 되잖아?'

그러나 주담대를 추가로 일으켜 해외여행 다니고 골프 치는 양주사를 보면, 평생 이 멀고 먼 신도시 아파트에 눌러살 것 같다.

현우는 온라인 스토어 부업을 시작했다. 방법을 배우기 위해 월매출 5억이 넘는 대표님이 운영하는 스터디를 찾았다. 스터디는 소수정예로 운영되는데, 신청 양식을 제출한 후 줌 면접을 통해 선발하는 방식이었다. 현우 차례가 되었다. 대표님이 신청 양식을 보더니 현우에게 묻는다.

"강남 사시잖아요. 부자이신데 이런 걸 하시는 이유가 있으시나요?"

주소가 강남이면 이런 소리를 들을 수 있다고 윤아가 예견하긴 했지만, 실제로 직접 듣게 되니 벙벙하다. 사실대로 "주담대 갚으려고요."라고 말하면 안 뽑아줄 것 같으니 적당히 둘러댔다.

스터디 합격 후, 현우는 제2의 소득을 열심히 일궈 나갔다. 낮에는 회사 일에 집중하고, 밤에는 온라인 스토어를 키운다. 지금은 성장에 집중할 때다. 워라밸 같은 건 부자들이나 찾는 것이다. 그런데 윤아를 보면, 부자가 더 열심히 일하는 것 같다.

온라인 스토어용 사업자 계좌 때문에 집 근처 은행에 갔다. 은행원이 서류를 확인하며 말한다.

"사업장 임대차계약서 있으셔야 하고요. 집주인한테 허락은 받으셨어요?"

"자가인데요."

현우의 말에 은행원 표정이 달라진다.

"아, 자가시구나. 대표님, 대출은 안 필요하세요? 사업자대출 잘해드려요. 저희가 2금융 캐피탈은 LTV 95%까지도 해드립니다. 꼭 저희한테 연락해 주세요."

은행원은 현우에게 명함을 쥐여주며 문밖까지 바래다주었다. 강남 아파트라는 짱짱한 담보가 있으니 은행이 먼저 나서서 대출 영업을 한다. 현우는 기분이 묘하다. 사람들이 현우를 대하는 게 달라졌다.

현우의 온라인 스토어 순수익도 이제는 월급보다 많아졌다. 사업을 더 키우려면 넓은 공간이 필요하다. 더 이상 집에서만 해나가기 어려울 것 같다. 윤아가 그런 현우를 물끄러미 보다가, 손을 잡고 역삼동 상가건물로 간다.

"현우야, 사업장 여기로 할래? 내 건물이라, 편하게 들어와."

이젠 놀랍지도 않다.

주말 아침, 윤아가 나갈 준비를 서두르고 있다. 현우는 아기를 안은 채로 물통을 챙겨 윤아 가방에 넣는다.

"아침 먹고 가. 버터장조림비빔밥 했어. 계약하고 흑석 넘어갈 때 밥 먹을 시간 없대서, 롤유부초밥 도시락도 싸뒀어."

"와, 역시 현우가 최고야! 어제 세입자 이사 나가는 거 대신 보고 오느라 고생했을 텐데, 아침까지 챙겨줘서 고마워."

"당연히 내가 해야지. 그러려고 휴직한 건데. 엄마 나가신다, 인사하자. 안녕히 다녀오세요."

거실 창으로 따뜻한 햇살이 한가득 비친다. 현우는 이 모든 순간이 너무나 소중하고 애틋하다. 우리의 매일이 앞으로도 기쁨으로 가득하기를.

아름답다. 인생은 원래 이런 색이었구나.

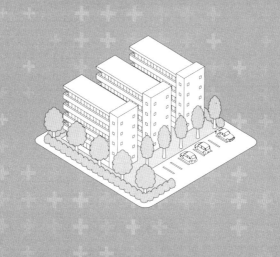